찔레꽃

초판 1쇄 발행/2008년 7월 18일
초판 6쇄 발행/2010년 3월 20일

지은이/정도상
펴낸이/고세현
책임편집/김정혜
펴낸곳/(주)창비
등록/1986년 8월 5일 제85호
주소/413-756 경기도 파주시 교하읍 문발리 513-11
전화/031-955-3333
팩시밀리/영업 031-955-3399 · 편집 031-955-3400
홈페이지/www.changbi.com
전자우편/literat@changbi.com
인쇄처/상지사P&B

찔레꽃

정도상 연작소설

창비

차례

겨울, 압록강 • 007

함흥 · 2001 · 안개 • 029

늪지 • 071

풍풍우우風風雨雨 • 101

소소, 눈사람 되다 • 137

얼룩말 • 169

찔레꽃 • 197

해설 키치에 맞서는 비정성시_정은경 • 222

작가의 말 • 241

수록작품 발표지면 • 244

겨울 압록강. 강물 위에서는 물안개가 꿈결인듯이 피어올랐다. 영하 삼십도의 허공으로 올라와 자욱하게 퍼진 물안개는 즉시 얼어 안개꽃이 되어 펑펑 쏟아져내렸다. 강가에 줄지어 선 느티나무 가지마다 눈꽃이 하얗게 피어 있었다. 바람이 불면 하얀 느티나무가 미친 듯이 가지를 흔들며 춤을 추었다. 나는 그 여자를 찾았다는 생각에 빠져 있었다.

겨울, 압록강

집안(集安)에 가서 여자를 찾아야 했다.

영하 이십오도의 아침이었다. 칠보산 호텔 주변을 산책하는데, 만주 봉천(奉天)의 칼바람이 옷자락을 마구 헤집고 들어왔다. 귀는 떨어져나갈 듯이 아팠고, 코끝은 빨갛게 얼어 따끔거렸다. 아직 행사가 끝나지 않은 것이 가시처럼 마음을 쿡쿡 찔렀다. 어젯밤, 단골 안마사인 미나(美娜)한테 말만 꺼내지 않았어도 좋았을걸. 언제나 깊이 생각하지 않고 입이 먼저 방정을 떠는 것이 문제였다. 크게 기대하지 않았는데 미나가 덜컥 같이 가겠다고 해버렸다. 아차, 싶었지만 주워담기에는 자존심이 상했다. 키도 작고 몸매도 가녀린 미나는 집안이 고향인 조선족 처녀였다. 곧 미나가 호텔 앞으로 올 시간이었다. 서둘러 호텔로 돌아가 가방을 쌌다. 가방을 끌고 호텔을 나오자마자 후회가 칼바람처럼 밀려왔다. 그 여자의 전화번호는커녕 심지어는 주소도 모

8

른다는 게 영 찜찜했다. 내가 아는 것은 그 여자가 집안에 살고 있다는 것뿐인데, 그것도 지난 초가을의 일이었다. 그러고 보니 이름도 모르고 있었다. 쪽지에다 이름과 전화번호를 받은 기억은 나는데, 그걸 제대로 챙기지 않은 것이다. 칠보산 호텔 앞에서 인민해방군의 어린 병사들이 눈을 치우는 것을 무심히 보면서 나는 어찌할 바를 모르고 있었다. 아무 준비도 없이 무턱대고 가는 것이 과연 잘하는 짓인지 따지고 있는데, 미나가 택시에서 내리지도 않은 채 나를 불렀다. 미나는 칠보산 호텔이라면 칠색팔색을 했다. 나는 어정쩡한 마음으로 택시에 올랐다.

집안행 버스를 타는 곳은 상상 밖의 장소에 있었다. 버스터미널이 아니라 여기저기 골목에 장거리 버스들이 행선지별로 드문드문 서 있었다. 가방을 질질 끌면서 이 골목 저 골목을 기웃거리다가 간신히 집안행 버스를 찾았다. 차장한테 돈을 치르고 버스에 올랐더니 공중변소에 들어온 듯한, 퀴퀴한 구린내가 코를 찔렀다. 하지만 나는 이방인이었다. 드러내놓고 냄새를 탓할 수는 없었다. 헛기침을 하고 뒤쪽의 빈자리를 찾아 앉았다. 영하 이십오도의 추위 속에서 갑자기 난방이 잘된 버스에 들어오니 온몸이 근질거렸다. 얼굴이 퉁퉁 붓는 느낌이 나면서 눈이 아팠다. 손바닥을 비벼 열을 낸 뒤에 눈두덩을 꾹꾹 눌렀다. 손바닥이 눈을 가리자 문득 기묘해졌다.

'가지 마!'

망막 깊은 곳에서 외마디 절규가 울려나왔다. 어둠 저편의 철로 위로 거대한 빛이 달려오고 있었다. 가슴이 두근거렸다.

'가지 마!'

손을 내저으며 간절히 소리쳤다. 순간 지하철의 하얀빛 속으로 작

은 그림자 하나가 뛰어들었다. 빛은 모든 것을 빨아들였다. 찰나의 순
간에 세상은 검게 변했다. 하늘도 땅도 내겐 온통 검었다. 끄응, 가슴
저 밑바닥에서 깊은 신음소리가 올라왔다.

"괜찮아요?"

미나가 어깨를 툭 치며 물었다. 고개를 끄덕여 괜찮다는 표시를 했
다. 깊게 숨을 들이마시고 길게 내뿜기를 여러번 되풀이했다. 미나가
목덜미를 주물렀다. 미나의 손을 가만히 밀어낸 뒤에, 눈을 떴다.

이마에 진땀이 끈적하게 배어났다. 다시 호흡을 길게 가져가며 손
바닥으로 이마의 땀을 닦아냈다. 짧은 기억은 악몽으로 변했고, 연탄
불처럼 뜨거워진 머리는 좀체 식지 않았다. 버스는 예정된 시간을 넘
겼는데도 출발하지 않고 엔진만 데우고 있었다. 남아 있는 빈자리를
모두 채울 요량인지 때에 찌든 두툼한 코트를 입은 차장이 버스 앞에
서 고래고래 소리를 지르며 호객행위를 했다. 잠시 뒤, 머리에 큼직한
보따리를 이고 아이를 손에 잡은 아낙네가 허겁지겁 뛰어오는 게 보
였다. 그 뒤로 노숙자 차림의 늙은 남자 하나가 손에 검은 봉지를 들
고 뛰고 있었다. 혹시 버스를 놓칠지도 모른다는 조바심과 다급함이
뜀박질에 담겨 있었다.

보따리를 버스 옆구리에 넣고 아낙네가 아이를 데리고 버스에 올랐
다. 두리번거리며 빈자리를 찾는 여자는, 윗입술이 쭉 찢어진 언청이
였다. 반면에 아이는 너덧살쯤으로 보이는 여자애였는데 이목구비가
뚜렷했고, 탐이 날 정도로 아주 귀여웠다. 맞춤한 자리가 없어 그들은
바로 내 옆에 함께 앉았다. 이어 때에 절어 기름기가 반들반들한 늙수
그레한 남자가 버스에 탔다. 얼굴에는 주름살이 자글자글했고 수염엔
밥알이 붙어 있으며 앞니는 빠져 있었다. 손에는 찐고구마 두 개와 생

수병이 들려 있었다. 남자는 언청이 어미 품에 안긴 아이에게 찐고구마를 들려주었다. 손톱 가득 검은 때가 낀 손으로 아이의 볼을 어루만져주는 남자의 눈길에는 깊은 애정이 담겨 있었다. 가슴이 뭉클했고 아팠다. 아이의 볼에는 바람이 거칠게 할퀴고 간 흔적이 가득했다. 바람은 아이의 양볼에 붉은 사과처럼 동상의 흔적을 남겨놓았다.

언청이 아내가 남편에게 어서 돌아가라고 손짓했다. 이어서 무어라고 말을 했는데 그것은 말이 아니라 바람이었다. 쪼개진 언청이의 윗입술 사이로 빠져나와 말이 되지 못하는 바람소리에는 알아듣기 힘든 조선말이 섞여 있었다. 살짝 얼음이 밴 딸의 볼에 깊은 뽀뽀를 하고 돌아서는 아비의 눈에 슬쩍 눈물이 비쳤다. 머루처럼 깊고 예쁜 눈을 가진 딸은 늙고 못난 아버지를 향해 작은 손을 예쁘게도 흔들어주었다. 두어 걸음 걷던 남자는 돌아서서 주머니에서 꼬깃꼬깃하게 꿍쳐놓았던 십 위안짜리(약 1,600원) 지폐 몇장을 꺼내 아이의 손에 쥐여주었다. 낡은 옷과 거친 음식을 먹으며 어린 딸을 위해 육신을 고단하게 하면서도 희망을 놓지 않는, 세상의 저 숱한 아비 가운데 하나인 남자가 버스에서 내렸다. 그가 내리자 기다렸다는 듯 버스문이 닫혔다. 버스가 슬슬 움직이자 언청이 아낙네는 조용히 눈물을 찍어냈다. 남자는 버스 밖에서 하염없이 손을 흔들며 코를 팽 풀어 바지에 슥슥 닦았고, 어린 딸은 버스 안에서 흘러내리는 누런 코를 들이마셨다.

버스가 심양(瀋陽)을 벗어나자 언청이 어미의 품에 안겨 있던 어린 딸이 칭얼거리며 울기 시작했다. 좌석을 가득 채운 승객들은 어미와 딸의 소란을 잘도 참아주고 있었다. 언청이 어미는 딸을 토닥토닥 달랬지만, 딸은 마냥 울기만 했다. 미나가 가방에서 사탕을 꺼내주었다. 꼬마는 사탕을 받아 손에 쥐었다. 그러면서 배를 잡고 징징거렸다. 언청이 어미가 무어라 웅얼거리자 딸도 웅얼거렸다. 조선말이었지만, 주변 사람들과는 통하지 않는 그들만의 언어가 따로 있다는 것이 신기했다. 마침내 언청이 어미가 버스 통로에 신문지를 깔고 겹겹으로 입힌 딸의 옷을 벗겨냈다. 세상에, 여기서? 설마 그럴 리가? 이런 생각을 하는데 언청이 어미는 단호하게 딸의 엉덩이를 까놓고는 신문지 위에 앉혔다. 어린 딸은 기다렸다는 듯이 응가를 했다. 버스 가득 지독한 구린내가 퍼졌다. 그러나 누구 하나 언청이 어미와 그 어린 딸을 나무라지 않았다. 응가를 마치고 밝게 웃는 아이를 미나가 번쩍 안아 올렸다. 그사이에 언청이 어미는 딸의 뒤처리를 깔끔하게 해냈다. 내게도 한때는 자식의 똥이 전혀 더럽지 않던 시절이 있었다. 가슴 깊은 곳에 묻혀 있는 아들의 얼굴이 떠올랐다. 나는 무간지옥 속으로 빠져들었다.

아침 열시쯤에 심양에서 출발한 버스는 오후 네시를 넘겨서야 집안에 도착했다.

버스에서 내리니 찬바람이 따귀를 후려치듯 몰려왔다. 머리가 찌잉, 울렸다. 바람 속에 칼날이 섞인 느낌이었다. 영하 이십오도의 심양에서 맞던 바람과는 질 자체가 달랐다. 심양은 차라리 따뜻한 셈이었다. 집안의 냉랭한 공기는 고드름처럼 살에 쩍쩍 달라붙었다. 곧장 택시를 타고 집안반점으로 갔다. 미나와 한방에 묵을 수 없어 방을 두개 달라고 했다. 미나와 함께 집안에 온 것은 무슨 흑심을 품어서도 아니었다. 정말이지 나는 그 여자를 찾고 싶었다. 여권을 내주고 수속을 밟는데 무슨 문제가 있는지 미나의 목소리가 높아졌다. 잠시 후, 미나가 얼굴이 빨개져서 돌아섰다.

"왜?"

무슨 귀찮은 일이 생겼나 싶어 속에서 슬그머니 짜증이 일어났다.

"내 호구(戶口, 신분증)를 증명하는 게 없어서 방을 못 준다고."

미나가 맥빠진 얼굴로 대답했다.

"나는 괜찮고?"

"예."

어쩌다가 증명서를 두고 왔느냐고 묻지 않기로 했다. 이미 지나간 일이고, 시시콜콜 따져봤자 해결될 수 있는 것도 아니었다.

"그럼 내 방에서 같이 자지 뭐? 어차피 침대도 두 개고."

"그것도 안된대요. 부부가 아니라고……"

어처구니가 없었지만, 호텔 직원의 태도는 촌스럽게도 완강했다. 예상치 않은 문제에 부닥쳐 속으로 짜증을 내고 있는데 미나가 조선족이 운영하는 여점(旅店)도 괜찮으냐고 물었다. 미나의 뜻에 따르기로 했다. 가방을 끌고 호텔 밖으로 나오니 이미 칠흑처럼 검은 어둠이 도시를 점령한 뒤였다. 도로는 텅 비어 가로등만 휑뎅그렁했다. 추위 속에서 한참을 기다려 간신히 택시를 타고 조선여점에 도착했다. 여점이라는 이름의 숙소는 한국의 여인숙처럼 초라했다. 미나는 의외로 방을 하나만 잡았다. 다행히 침대는 두 개였다.

지독한 추위만큼이나 집안의 밤은 깊었다. 저녁을 먹고 노래방에 가서 술을 마셨다. 미나가 노래를 부르는 동안, 나는 노래에 집중하지 못했다. 무엇을 하든 즐겁지 않았고 자주 허탈해지곤 했다. 노래방의 휘황한 조명을 보면서, 깊은 어둠속을 달려오던 하얀빛이 생각나 괴롭고 아팠다.

나를, 버리고 싶었다.

고비사막의 어느 언저리에 늑대가 뜯어먹다 만 낙타의 뼈처럼 바람 속에서 오래오래 풍화작용을 하며 버려지고 싶었다. 마유주를 마시고 겔을 나섰다가 대초원의 강추위에 심장이 파열된 유목민 사내들처럼 혹은 대지의 마지막 남은 몇오라기의 풀을 찾아나섰다가 얼음물에 거꾸로 처박혀 죽어버린 말처럼 온통 버려져 해체되고 싶었다. 아직 온기가 남아 있는 항문으로 작은 들쥐들이 들락거리며 내장을 파먹고, 늑대며 독수리가 달려와 머리통과 뼈만 남기고 모두 해치우고 나면, 바람이 내 슬픔의 뼈를 하얗게 표백해주기를…… 그것을 나는 벽제의 화장터에서 자식의 뼈를 만지며 간절히 소망했었다.

춥고 어두운 집안의 밤, 미나는 노래했고 나는 망연히 바라보았다. 잔뜩 흥이 오른 미나의 노래는 유쾌했지만 나는 외로웠다. 여점으로 돌아와 각자의 침대에 누웠다. 술기운이 오른 미나는 약하게 코를 골며 잠에 빠져들었지만, 나는 쉽게 잠들지 못했다. 잠이 오지 않으니 온갖 망상이 가뭇없이 떠올랐다가 사라졌다. 망상을 떨쳐버리기 위해 가방에서 책을 꺼내 읽는데 도무지 집중이 되지 않았다. 결국 노트북 컴퓨터를 켜고 시시껄렁하고 별로 웃기지도 않는, 이야기도 엉성한 영화를 하염없이 보았다. 그러다 옆침대에서 자고 있는 미나의 옷을 벗기는 상상에 빠져들기도 했다.

거의 뜬눈으로 밤을 지새우고 아침을 맞았다. 머리가 깨질 듯 아팠다. 더운물이 나오지 않아 대충 눈곱만 떼고, 여점 밖으로 나가 근처의 허름한 식당에서 만두 몇개와 멀건 죽으로 아침을 때웠다. 다른 음식들도 있었지만 특유의 향 때문에 먹질 못했다. 어쨌든 일 위안짜리

치고는 훌륭한 아침식사였다. 식당에서 나오며 미나는 광개토왕비를 보러 가지 않겠느냐고 물었다. 고개를 저었다. 내 관심은 광개토왕비가 아니라 그 여자였다.

내가 그 여자를 만난 것은 '2005 국제고구려학회'가 열린 작년 초가을이었다.

북의 사회과학원 학자들, 남의 여러 대학에서 온 학자들, 그리고 일본과 중국의 교포 학자들이 심양에 모여 학술회의를 개최했다. 학술회의가 끝나자 집안으로 고구려 유적 답사를 떠나게 되었다.

나는 애초부터 불청객이었다. 학술회의에 참가한 국어연구원의 지인이 북의 보장성원으로 박이 나왔다고 전화로 알려주었다. 박을 만나 속이야기를 하고 싶었던 참이라 밤 아홉시 비행기를 타고 심양으로 날아왔다. 박은 다음날 집안으로 답사를 가니 함께 가자고 했다.

심양에서 환인(桓仁), 통화(通化)를 거쳐 집안으로 오는 버스 안에서 나는 마음을 다해 남북관계의 진전에 대해, 또한 그것을 위해서 서로가 어떤 신뢰를 쌓아야 하는지에 대해 박에게 아주 오래 이야기했다. 사람이 사람에게 말로 진심을 전한다는 것이 얼마나 어려운지 그제야 비로소 알았다.

사실, 당시의 나는 북과 실무접촉을 할 때마다 막막한 느낌에 사로잡히곤 했다. 사소한 단어 하나에 얽매여 무려 일곱 시간이나 입씨름을 한 적도 있었다. 소통부재 속에서 서로의 주장을 완고하게 내세우며 버팅기는 시간이 하염없이 길어지기도 했다. 그럴 때마다 나는 그들에 의해 '악질반동'이 되었다. 남에서는 주사파로 몰려 오래도록 왕따를 당해왔는데, 북에서는 악질반동이 되는 순간을 자주 감당해내야

했다. 내가 쓴 평화와 그들이 쓴 평화라는 어휘는 매번 그 뜻을 달리했다. 그 고민을 어느 선배에게 말했더니 자주 만나다보면 지혜가 생긴다며 크게 웃었다.

아무튼 박과 이야기하며 답사를 따라다니는데, 집안에서 광개토왕비로 가는 길에 남측의 답사 주최자가 다가와 내게 참가비를 요구했다. 학술회의 참가비와 답사비를 합해 전부 오백 달러 정도를 내라는 것이었다. 나는 학술회의에 온 것도 아니고, 학자들과 함께 호텔에 묵은 적도 없으며 기껏 버스 뒷자리에 끼어앉아 세 끼니를 얻어먹었을 뿐인데 오백 달러는 부당하다고 했다. 그러나 고구려대학의 교수라는 자는 예외가 없다며 고집을 피웠다. 찌질하기 짝이 없는 그자의 태도에 구역질이 올라와 그동안 먹은 밥값과 버스비를 넉넉히 계산하여 구십 달러를 그의 얼굴에 뿌리고 버스에서 내려버렸다.

버스는 떠났고, 나는 낯선 도시에 홀로 남겨졌다. 중국말을 전혀 못했고, 아는 사람도 없는 곳이었지만 오랜만에 찾아온 고적함이 꽤 마음에 들어 나는 배회를 즐겼다. 낡고 삭은 아파트단지 사이에 들어선 작은 시장을 느긋하게 구경했고, 운동장에서 시시덕거리며 체조를 하는 고중(高中)학교 학생들도 훔쳐보면서 걷고 걸었다. 그렇게 한참을 걷다보니 불쑥 강물이 나타났다. 강변을 따라 걷는데 표지석이 서 있었다.

鴨綠江.

모래 한줌이 들어간 듯 눈이 뻑뻑했다.

낯선 이물감 때문에 한참 동안 압록강이라는 글자를 쳐다보다가 표지석 아래 강물에 눈길을 던졌다. '압록강은 흐르고 있었다.' 이념과 체제, 국경과 의식의 밖에서 압록강이 도도하게 흐르며 존재했다는 것을 확인하는 순간, 갑자기 어느 텅 빈 공간으로 빨려들어가 침묵의 소용돌이 한가운데 선 느낌이었다. 한번도 고구려의 국내성과 압록강이 동일한 공간에 존재한다고 생각해본 적이 없었다. 국내성 앞으로 압록강이 흐른다는 상상조차 하지 않았다니, 망치로 뒤통수를 맞은 듯 둔중했다. 눈을 감았다.

한참 후에 눈을 뜨고 다시 압록강을 바라보았다. 조금 전까지만 해도 보이지 않던 것들이 보이기 시작했다. 강건너에는 낡고 오래된 도시가 이국적인 풍경으로 칙칙하고 낮게 엎드려 있었다. 바보가 아니라면 북의 어느 도시라는 것쯤 한눈에 알 수 있었다. 마음이 물에 젖은 솜처럼 무거워졌고, 배회의 즐거움이 사라지고 말았다. 새 두 마리가 서로를 희롱하며 강을 자유롭게 넘나드는 것을 보며 압록강을 따라 천천히 그러나 무겁게 걸었다.

조금은 씁쓸해진 마음으로 강 중간의 작은 섬과 바람에 나부끼는 느티나무와 붉은 구호와 허름한 차림의 사람과 찌그러진 삼륜차를 스쳐지나갔다. 한참을 걷는데 시끄러운 중국어 사이에서 귀에 익은 조선말이 들려왔다. 돌아보니, 지지리도 못난 어느 아낙이 휴대폰으로 통화를 하고 있었다. 언뜻 얼굴로 봐서는 오십은 족히 넘겨 보이는 아낙이었다. 그 아낙의 투박한 조선말이 반가웠다. 국경지대의 억센 억양이 묘하게도 마음을 울렸다.

통화가 끝나기를 기다려 그 아낙에게 안내를 부탁했다. 자기는 무식해서 안내 같은 것은 할 줄 모른다며 그 여자는 뒤로 뺐다. 나는 집안이 처음이고, 심양으로 돌아가야 하는데 중국말을 전혀 몰라 도움이 필요하다며 다시 부탁했다. 물론 안내비도 주겠다고 덧붙였다. 아낙네는 쑥스러워하며 맨먼저 무엇을 하겠느냐고 물었다.

먼저 심양행 버스시간을 알아보고 싶다고 했다. 아낙네는 그 자리에서 전화를 걸더니 시간을 알아보았다. 심양행 막차는 정오에 있다고 했다. 정오라면, 이미 막차는 떠난 뒤였다. 무슨 막차가 그리 일찍 떠나느냐며 따졌더니, 그걸 어찌 아느냐며 아낙이 부끄럽게 웃었다. 하루를 더 묵으면서 집안을 살펴볼 것인지, 아니면 택시라도 타고 심양으로 돌아갈 것인지 결정해야 했다. 집안에서 심양까지 택시로 일곱 시간 이상 걸리는 장거리였다. 반면에 택시비 천 위안은 싼 셈이었다. 아낙은 택시를 타는 것에 반대했다. 하루를 묵는다고 해도 버스를 타면 삼백 위안은 넘지 않을 것이라는 게 이유였다. 돈이 아무리 많아도 그렇게 허투루 쓰면 안된다는 아낙의 말에 나는 고개를 끄덕였다.

강변에 있는 식당에서 점심을 먹었다. 못생겼지만 아낙의 얼굴에는 권(귀염성)이 있어 보였다. 이런저런 이야기를 주고받다보니, 의외로 아낙은 조선족이 아니라 북조선 출신의 화교라는 것을 알게 되었다. 지금은 중국 국적을 회복한 한족이기 때문에 자주 강건너 만포를 들락거린다고 했다.

"어떻게 그럴 수가 있어요?"

북을 자유롭게 드나든다는 것이 믿어지지 않았다.

"통행증만 있으면 간단해요."

아낙은 씨익 웃었다. 그네에게 궁금한 것이 많아 고구려 유적에는 흥미를 느끼지 못했다. 아낙과 나는 근처 맥줏집으로 자리를 옮겼다. 아낙의 나이는 서른여덟이었다. 쉰에 가까운 나이라고 생각했던 터라 깜짝 놀랐다. 만주의 찬바람이 얼굴에 거친 흔적을 남겨서 그렇지 자세히 보니 주름도 별로 없었다. 나는 묻고 아낙은 대답했다.

강건너 만포에 살 때, 열네살에 열세살인 배구선수를 만나 첫사랑에 빠졌다. 배구선수답게 열세살 소년은 늘씬하고 잘생겼다. 사람들의 눈을 피해 도둑고양이처럼 살금살금 만나가며 사랑을 키우다가 만난 지 두 해가 지나 열여섯에 압록강의 갈대 속에서 처음으로 몸을 섞었다. 아낙은 압록강의 갈대숲을 가리키며 쑥스럽게 웃었다. 남자의 몸이 그리 좋은 줄 너무 일찍 알았다며 또 웃었다. 두 사람 모두 어찌나 몸상태가 좋은지 갈대밭이나 보리밭, 으슥한 숲속이나 마을의 창고에 들어갔다 나오면 어김없이 아이가 들어섰다. 아이를 지우려고 의사들한테 뇌물도 숱하게 바쳤다.

그렇게 세 번쯤 낙태를 했고 또 임신하자 스물에 결혼했다. 배가 점점 불러오자 열아홉 어린 남편은 밖으로 나갔다. 그는 아이를 낳기도 전에 옆마을의 처녀들에게 눈독을 들이더니 길고 긴 바람행각에 빠져들었다. 집을 나서는 순간, 남편은 총각으로 행세했다. 배구선수였기 때문에 처녀들에게 인기도 좋았다.

"북조선에는 호텔이나 여관이 없을 텐데 어떻게 바람을 피워요?"

내가 물었다.

"참 나, 하고자 하는 마음만 있으면, 비가 오나 눈이 오나 바람이 부나 어디에서든 못하겠어요? 마음이 문제지 장소가 문제겠어요? 창고도 있고, 산간도 있고, 보리밭도 있고, 빈 교실도 있고, 호호호, 갈대밭도 있는걸요."

아낙과 나는 크게 웃었다. 남편이 바람피우는 것은 참고 참았으나 두들겨패는 것은 끝내 참을 수 없어 이혼을 제기했다. 만일 화교가 아니었다면 이혼이 아주 어려웠을 터인데 북조선 국적이 아니라서 쉽게 이혼을 했다며 아낙은 쓰게 웃었다. 지옥 같은 결혼생활을 하면서 사내아이 둘을 낳았다. 이혼을 하자마자 만포에서 혼자 사는 것이 버거워 집안으로 건너왔다며 깨진 이 사이로 피식 웃음을 내보였다. 슬픈 이야기를 할 때도 웃을 줄 아는 여자였다.

"한국엔 가봤어요?"

내가 물었다.

"아니요. 가보고 싶지 않아요."

아낙이 도리질을 쳤다.

"왜요?"

"한국사람들 나빠요. 특히 선교사들은 정말 나빠요. 비디오카메라 같은 거 주고 만포 가서 뭐, 못사는 사람들 찍어오면 돈을 준다고도 하고, 탈북자라고 하기만 하면 돈도 생기고 집도 생긴다고 그러고, 집안에 와 있는 탈북자들 찍어달라고 하고, 순 저질들이에요. 그런 사람 많이 만나봤어요. 뭐 인권 그러는데, 순 입에 발린 거짓말이에요. 한때는 여기도 그런 사람들 바글바글했어요. 그리고 우리 어머니가 지금도 만포에 살아요. 가난하지만 집안보다도 만포가 좋다네요. 집안은 복잡하고 답답해서 싫대요."

아낙은 압록강이 흐르는 강변의 식당에서 허드렛일을 해서 차곡차곡 모은 돈으로 명절때면 만포로 건너가 새끼들도 만나고, 두고 온 어머니도 만나는 것이 낙이라고 했다. 식당에서 일하고 받는 월급이 얼마냐고 물으니, 사백 위안 정도 된다고 대답했다. 사백 위안이면 우리 돈으로 육만원이 조금 넘는 정도에 불과했다. 그 돈을 모아 옷과 음식을 사서 보따리에 이고 만포로 건너가는 아낙의 모습이 눈앞에 그려졌다. 사는 게, 참, 그랬다.

"남편은요?"

"재혼해서 잘살고 있어요."

"만포 가면 만나요?"

"애들 보려면 만나야지요."

"다른 여자랑 사는 남편인데, 혹시 증오하진 않아요?"

"증오라니요? 첫남자인데…… 밉지 않아요."

콧등이 시큰하게 아파왔다. 불현듯, 못난 이 아낙네가 사랑스러웠다. 아낙은 집안의 여기저기를 안내해주며 언뜻언뜻 북에서 보내던 한시절을 회고했다.

아낙과의 이야기 여정에 점점 빠져들고 있는데, 심양에서 박이 득달같이 전화를 해댔다. 그렇게 불쑥 내려버리면 미안해서 어쩌느냐며 당장 심양으로 돌아오라는 것이었다. 너무 늦었으니 내일 보자고 해도 새벽열차로 평양으로 돌아가니 아무리 늦더라도 심양으로 돌아와 술 한잔 하자고 졸랐다.

나는 아낙과 더 있고 싶었지만 박에게 아직 못다한 말이 남아 있었다. 평양으로 돌아가기 전에 소주라도 한잔 같이 하면서 가슴 깊은 곳에 숨겨진, 날것의 생간처럼 피가 뚝뚝 묻어나는 이야기를 끄집어내고 싶었다. 하는 수 없이 택시를 타기로 했다. 아낙이 아는 사람을 통해 팔백 위안으로 택시비를 깎아주었다. 택시에 오르자 아낙은 다음에 꼭 오라는 말과 함께 전화번호와 이름을 적은 쪽지를 내 주머니에 넣어주었다.

겨울 압록강, 강물에서는 물안개가 끊임없이 피어올랐다.

영하 삼십도의 허공으로 올라와 자욱하게 퍼진 물안개는 즉시 얼어

안개눈이 되어 펑펑 쏟아져내렸다. 강가에 줄지어 선 느티나무 가지마다 눈꽃이 하얗게 피어 있었다. 바람이 불면 하얀 느티나무가 미친 듯이 가지를 흔들며 춤을 추었다. 압록강은 안개눈 속에서 조용히 흘렀다. 압록강으로 나온 이후 미나는 일절 입을 열지 않았다. 집안이 고향이라면서 집에 가보겠다는 말도 꺼내지 않았다. 나는 그 여자를 찾겠다는 생각에 빠져 있었다.

멀리 중국의 집안에서 북의 만포를 연결하는 철교가 보였다. 그 위로 트럭 한 대가 느릿느릿 기어가고 있었다. 내린 눈 위에 또다시 함박눈이 쌓인 압록강의 풍경은 온통 하얀 설국(雪國)이었다. 깊은 눈 속에 갇힌, 오갈 데 없는 남녀의 연애가 아스라하게 펼쳐질 것만 같은 풍경의 압록강에 새로 내린 함박눈이 노래처럼 흐르기 시작했다. 함박눈은 순식간에 세상을 하얗게 덮으며 눈사람이 되어 걸으며 식당마다 들러 허드렛일을 하는 사람을 살피며 그 여자를 찾았으나 도무지 흔적을 찾을 수가 없었다. 이름도 성도 모르고, 주소도 없이 사람을 찾는다는 것 자체가 무모한 짓이었다. 하지만 나는 그 무모를 감당해야만 했다.

압록강을 따라 줄지어 선 식당을 다 뒤지고 다녔지만 허탕이었다. 몸이 언 빨래처럼 꽛꽛했다. 언 몸을 풀어줄 얼큰한 국물이 간절했다. 미나한테 매운라면이 먹고 싶다고 했다. 집안에 매운라면이 어디 있겠느냐며 미나가 싫은소리로 투덜거렸다. 하는 수 없이 조선족 식당을 찾아가자고 말했다. 미나는 조선족 식당이 어디에 있는지 모르겠다며 또 얼굴을 찌푸렸다. 집안이 고향이라면서 그것도 모르냐며 이번엔 내가 볼멘소리를 했다. 마침 눈길에 슬슬 기어가는 택시가 있어서 무조건 탔다. 미나한테 집안에서 가장 유명한 조선족 식당으로 가자고 말했다. 미나가 무어라 말을 하자 택시는 집안 시내 방향으로 겨우 한모퉁이만 돌더니 어느 식당 앞에 멈춰섰다. 걸어서 오분도 미처 걸리지 않을 거리여서 짜증이 났다. 게다가 한눈에 보기에도 식당은 지저분했다..문을 열고 들어가니 무슨 쓰레기장에 온 기분이 들었다.

식당에 들어가 두부찌개와 된장찌개 중에서 고민하다가 두부를 광적으로 좋아하던 아들이 떠올랐다. 견더보기로 하고 두부찌개를 주문했다. 기억은 언제나 기습적으로 나를 덮쳤다. 아무런 연관이 없는 엉뚱한 곳에서 느닷없이 치밀어오르는 추억 때문에 내 가슴에 자리잡은 열네살 아들의 무덤엔 풀이 자라지 않았다. 상수리나무 아래에 아들을 묻고 돌아오던 날, 나는 울지 않았다. 그 아들이 어느새 내 곁에 앉아 있었다.

멸치를 듬뿍 넣어 우려낸 국물에 두부를 반 모 크기로 큼직하게 너덧 덩이나 넣고 고춧가루와 마늘을 듬뿍 넣은 찌개는 일품이었다. 나는 내 옆에 앉은 아들과 속엣말을 주고받으며 두부찌개를 먹었다. 식당의 겉모습과는 딴판인 음식맛에 놀라며 대체 요리사가 어떤 사람인지 궁금해졌다. 땀을 뻘뻘 흘리며 밥을 두 그릇이나 해치웠다. 한 그릇은 아들 몫이었다. 먹을 때는 몰랐는데 밥을 다 먹고 나니 슬픔이 목구멍까지 가득 차 있었다. 잠시 수저를 들고 먹다 남은 두부를 물끄러미 바라보고 있는데 찌개그릇으로 눈물이 후드득 떨어졌다.

요즘 들어 눈물이 너무 헤펐다. 서둘러 손등으로 눈물을 찍어내고 담배를 입에 물고 두리번거리는데, 너덧살쯤 된 여자아이가 재떨이를 들고 쪼르르 달려왔다. 세상에, 아이는 버스에서 응가를 하던 그 꼬맹이였다. 나는 반가워서 번쩍 안아들고 볼에 입맞춤을 했다. 아이가 부끄러워하며 주방으로 뛰어갔다. 뒤를 따라가보니 언청이 아낙이 주방에서 일을 하고 있었다. 아이는 어미 품에 안겨 나를 쳐다보았다. 아이의 눈은 흑진주처럼 반짝거렸다. 예뻤다. 데려다 키우고 싶은 마음이 간절했다.

다시 그 여자를 찾아나섰다. 식당에서 강건너 만포가 잘 보이는 철교 아랫마을에 가보라는 소식을 들었다. 택시를 잡아타고 그곳으로 갔다. 택시에서 내렸지만 마을의 어느 집으로 들어가 그 여자의 흔적을 뒤져야 하는지 몰라 참으로 답답하고 막막했다. 그저 택시기사에게 기다려달라고만 하고 강변으로 나갔다.

강변에 서니, 강건너에 만포가 손에 잡힐 듯이 가까이 보였다. 뿌연 안개눈 속에서도 거리를 오가는 사람들의 걸음걸이가 확연히 보였다. 집집마다 굴뚝에서는 하얀 연기가 오르고 있었고 멀리에서 기적소리가 아스라했다. "어이, 여봅세! 김씨—!" 하고 부르면 길을 걷던 김씨가 금방이라도 손을 흔들어줄 것만 같았다. 흐르는 강물의 중간을 국경선으로 정해놓는 바람에 삶의 공동체와 순환이 깨져버린 만포와 집안의 아득한 풍경 속에 나는 오래오래 서 있었다. 그사이 미나는 압록강으로 내려가 물에 얼굴을 비추며 앉아 있었다.

나는 혼자 상상했다.

고구려 시절, 강을 사이에 두고 두 마을이 있었으리라. 마을사람들은 서로 왕래하며 연애하고 혹은 연애에 실패하며, 상처받고 상처주며, 노동과 음식을 나누고, 어린것들을 결혼시켜 자손을 낳으며 살았을 터였다. 저 강은 국경이 아니라 함께 빨래를 하고, 고기를 잡고, 논에 물을 대는 공동의 재산이었으리라. 강 건너편의 농부 총각과 고구려왕이 살았던 국내성의 어느 고관집 하녀인 언청이 처녀가 만나 결혼을 했고, 앞니 빠진 총각은 남편이 되고 언청이는 아내가 되어 어여쁜 딸을 키우며 행복하게 웃었을 풍경이 기록영화의 낡은 필름처럼 머릿속에서 차르륵차르륵 소리를 내며 떠올랐다.

아니 고구려 시절까지 거슬러올라갈 필요도 없었다. 한국정부가 중국에 나와 있는 북조선 사람들 중에서 고위급으로 판단되는 인사를 골라 서울로 데려오면서 어마어마한 선전공세를 퍼붓던 그 순간부터 이 공동체는 깨지고 말았다. 그렇지 않았더라면 만포의 아낙네가 함지박 가득 콩을 머리에 이고 집안으로 건너와 옥수수며 양말 혹은 돼지고기 반 근으로 바꿔 다시 돌아가 식구들의 저녁을 해주었을 터였다. 혹은 집안의 총각이 만포의 처녀네 처마밑에서 강둑으로 나와달라고 수작의 휘파람을 불고 있을지도 모를 일이었다.

통행증이나 여권 혹은 비자가 필요한 국경이 아니었다면, 강을 사이에 둔 두 마을 사람들은 삶과 운명을 함께 나누는 공동체로 살아가고 있을 터였다. 그러나 강은 국경이 되고 말았다. 국경이 되어 운명을 함께 나누던 발걸음을 막고 있는 것이다. 끊임없이 물안개는 피어오르고, 허공으로 솟아오른 물안개는 영하 삼십도의 추위에 순식간에 얼어 안개눈이 되어 하늘하늘 내려와 속절없이 쌓였다. 강변을 따라 늘어선 버드나무 가지마다 안개눈이 쌓여 황홀한 풍경을 만들어내는데, 풍경 속에는 그러나 상처가 가득했다. 미나가 압록강에서 올라왔다. 두 눈이 벌겋게 부어 있었다. 울었느냐고 묻자 고개를 돌렸다.

그 여자는 어디로 갔을까?

다시 그 여자를 찾아 떠돌았다. 이름도 성도 모른다는 것이 절망스러웠다. 나의 부주의만을 탓하기에는 그 여자에 대한 그리움이 너무 깊었다. 어쩌면 지금의 이 그리움은 그 여자를 향한 것이 아닐 수도 있었다. 혹한의 추위 속에서 귓불이며 코끝이 빨갛게 얼도록, 발가락을 흐르는 핏속에 얼음덩어리가 떠다니게 하고 싶었는지 몰랐다. 내가 사는 서울의 사당동에서 아주 멀리 떨어진 이곳 집안에 와서, 부재가 분명한 아들을 그리워하며, 버티고 견디는 것이란 생각이 들자 문득 한걸음도 움직일 수가 없었다. 결국 나는 첫남자가 밉지 않다던 촌 아낙네의 풋풋함을 끝내 찾지 못했다.

심양 연변가(延邊街), 허름한 아파트의 더러운 유리창 앞에 서 있다. 내 가슴은 더러운 유리창이었고, 그 유리창으로 보는 세상은 그러나 아스라했다.

사람처럼 늙어가는 아파트 뒤로 새로운 건물이 솟아오르고 있다. 언젠가는 낡고 더러운 이 유리창도 산산이 깨어져 기억의 심연으로 가라앉고 말 운명이었다. 집안에서 돌아오자 미나는 나를 이곳으로 데리고 왔다. 그 여자를 찾지 못하고 다음날 첫차를 타기 위해 조선여점에서 잘 때, 미나는 탈북자라고 고백했다. 머리카락이 쭈뼛 섰고 등골이 서늘해졌다. 집안이 고향이란 말은 거짓말이었고, 함흥에서 태어나고 자랐다고 미나는 담담하게 이야기했다. 미나의 이야기를 듣는 내 마음은 지옥이었다.

미나는 한성안마로 일을 하러 나갔다. 한푼이라도 더 벌어야 한국에 갈 수 있다는 미나의 말은 절박했다. 내가 전화를 하면 곧 출장안마를 나올 터였다. 이 아파트는 한 달만 동거하면 미나를 한국으로 데려다주겠다고 어느 한국인 사업가가 빌린 것이라고 했다. 한성안마에 전화를 걸어야 하는데, 나 역시 그 한국인 사업가와 다를 바 없는 수

컷이 아닌가 싶어 자꾸만 망설여졌다. 아니 나는 정확히 수컷이었다. 미나한테 함흥에서 살던 이야기를 듣기 위하여 출장안마비를 지불해야 했다. 바람이 불었고 유리창이 흔들렸다.

더러운 유리창 사이로 바람에 흔들리는 풍경을 응시했다. 곧 함박눈이 쏟아질 듯 하늘은 흐렸고 사람들의 발길은 끊어져 있었다. 자전거들이 잔설 속에 서 있다. 꿈의 마을로 달려갈 자전거 한 대를 미나한테 선물할 수 있다면 얼마나 좋을까? 저 건너 아파트의 창문마다 사람들이 살고 있겠지,라는 생각을 하니 콧등이 시큰하게 울렸다. 어둠과 함께 함박눈이 펑펑 쏟아져내렸다. 나는 끝내 한성안마로 전화하지 않았다. 미나를 더이상 기만하고 싶지 않았다. 이 아파트에 더 있을 이유도 없었기에 가방을 끌고 밖으로 나왔다.

'눈 내려 어두워서 길을 잃었네.'*

나는 조용히 노래를 부르며 눈 속으로 걸음을 내디뎠다. 그때, 불쑥 미나가 나타났다.

"라면 사왔어요. 먹고 싶어했잖아요."

라면이라는 말에 바보처럼 돌아섰다. 다시 아파트로 들어가면서 미나한테 아무것도 묻지 않기로 했다. 미나는 주방에서 라면을 끓였고 나는 창가에 서서 눈 내리는 저녁을 하염없이 바라보았다. 라면 끓는 냄새가 풍겨왔고, 배가 몹시 고팠다.

* 정호승 시 「맹인 부부 가수」(『슬픔이 기쁨에게』 창비 1979) 중에서.

가지우 조선족 아내가 낳고 단호하게 앓아지 마저 밤안개 속에서 누군가 불쑥 나타나더니 미향의 팔을 대뜸 움켜잡았다. 가슴이 서늘해지며 팔에 소름이 돋았다. 이쯤에서 그만두고 싶었다. 세상에는 돈보다 소박하던 어떤 것들이 있었고 사랑의 하나가 색순이레라 산뜻악이 피뜩 들었다 축복은 안 가겠다며 뺨을 맞았다.

함흥 · 2001 · 안개

안개는 도시의 아침을 완벽하게 점령하고 있었다.

안개 속에서 사람들은 속수무책이었다. 바다에서 항구도시로 올라온 지독한 해무(海霧)였다. 언제나 같은 자리에 완고하게 서 있던 거무튀튀한 건물과 늙고 삭아버린 아파트가 안개바다 위에서 섬처럼 떠 있었다. 안개 속에서는 사람도 작은 섬처럼 느껴졌다. 도무지 측량할 수 없는 사람과 사람 사이의 거리를 안개가 더 멀리 벌리고 있었다. 바람이 불면 첩첩하던 안개가 한쪽으로 몰려갔고, 먼바다에 외롭게 떠 있는 섬처럼 보이는 모든 것들이 자꾸 흔들렸다. 환시이고 착각이었을까.

햇살 아래였다면 그 표정이 분명했을 것들이 안개 속에서는 애매하고 몽롱했다. 사람과 사물 사이, 사람과 사람 사이의 분명하지 않은 그 거리가 작은 위로처럼 마음에 와닿았다. 자전거 행렬과 직장이나

학교를 향해 잰걸음을 놀리는 사람들이 꼬리에 꼬리를 물고 안개 속으로 사라졌다가 불쑥 튀어나오곤 했다. 붉은 구호와 그 아래를 걷는 사람들의 어둡고 우울한 얼굴도 안개 속에서는 보이지 않았다. 안개는 도시의 모든 길을 아득하고 흐릿한 습기의 뭉텅이 속에 깊이깊이 숨겼다.

안개가 도시를 떠나지 않았으면 좋겠다고, 충심은 혼자 중얼거렸다. 안개가 사흘만 계속된다면 뭔가 색다른 소문들이 한여름의 방울나무처럼 무성하게 자랄 것만 같았다. 안개가 불러올지 모를 어떤 돌연한 일들이 심심하기 짝이 없는 이 도시의 거리와 골목과 창문 들을 종이비행기처럼 떠다닌다면…… 문득 소풍을 앞둔 소학교 아동처럼 충심의 가슴이 풍선처럼 부풀어올랐다.

집에서 나와 첫번째 골목을 돌 때부터 안개 속에서 뒤를 밟는 사람이 있다는 게 느껴졌다. 얼굴을 직접 마주치지 않아도 냄새와 발걸음 소리로 그가 재춘오빠라는 것을 충분히 알 수 있었다. 그는 매섭게 찢어진 눈초리에 불량기가 가득해서 사납쟁이 개마저도 꼬리를 사타구니에 구겨넣고 슬슬 피해갈 터였다. 첫인상만으로도 그가 주먹질을 일로 삼는 왈패라는 것을 단박에 알 정도의 사람인데, 오늘은 안개 덕을 톡톡히 보고 있었다. 고중 때던가. 총화 때문에 집합하라고 해도 주머니에 손을 넣고 느릿느릿 걸어와 맨 뒷줄에 도마뱀 꼬리처럼 붙어 있다가 툭 떨어져나가던 이가 그 사람이었다. 앉으라고 하면 삐딱하게 서 있고, 서라고 하면 쪼그리고 앉아 나무꼬챙이로 흙에다 낙서를 즐기는 그 사람은 늘 외톨이였다. 유일하게 잘하는 것이 있다면, 그것은 공을 차는 것이었다. 수비수들을 제치며 바람처럼 공을 몰고 들어갈 때에만 그는 우레와 같은 박수를 받았다.

그가 바로 뒤를 따라오고 있었다. 마음 같아서야 그와 함께 안개 속을 천천히 걷고 싶은 충심이었지만, 빠른 걸음으로 걷는 어머니와 보조를 맞춰야 했고 또 마땅한 핑계가 없어 안타까웠다. 십칠년을 한동네에서 살아온 탓에 어머니도 잘 아는 사람이라 그가 충심의 연애 상대방인 줄 알면, 어머니는 기가 막혀 그 자리에서 푹 쓰러질지도 몰랐다.

충심의 흰 저고리에 내려앉던 안개가 검정 치마에도 척척 감겼다. 안개에 젖어 무릎에서 엉기는 치마 때문에 걸음걸이가 아주 불편했다. 충심은 무릎에 감기는 치마를 슬쩍 들어올렸다가 놓았다. 오직 안개만이 충심의 여린 속살을 엿보았을 뿐이었다. 안개는 대극장 앞에도 자욱하게 고여 있었다. 안개 속에서 유영하듯이 오고가는 사람들의 모습이 참으로 까마득했다. 어느 순간, 불쑥 나타났다가 순식간에 멀어지는 사람도 있었다.

정거장에 도착했더니, 유리창이 깨진 무궤도전차가 사람들을 꾸역꾸역 태우고 있었다. 돼지공장에서 일하는 어머니가 지각을 면하려고 전차를 향해 달음박질을 쳤다. 안개 속으로 어머니를 태운 무궤도전차가 딸랑딸랑 소리를 내며 멀어져갔다. 전차가 속절없이 사라진 뒤에도 딸랑딸랑 소리는 안개 속에 오래오래 남아 있었다. 느닷없이 충심은 안개 속에 홀로 남겨졌다. 그 짧은 순간, 혼자 남겨진 충심은 무심코 고개를 뒤로 돌렸다.

"방학 되면 함께 떠나자마."

딸랑거리는 전차소리를 순식간에 밀어내고 그의 거친 목소리가 귓전을 맴돌았다. 아까부터 뒤를 따르던 재춘오빠가 어느새 옆에 와 있었다. 충심은 말없이 음악학교를 향해 몸을 돌렸다. 함께 떠날 자신이 없었다. 한 달 전부터 그는 고집스레 이 말만을 끈질기게 되풀이했다. 군에 자원해서 가을에 입대하라는 통지서를 받자 그는 안달이 나서 조바심을 쳐댔다. 칠년이라는 긴 세월을 군대에서 보내게 되었으니 마지막으로 함께 여행을 가자는 것이었다. 함흥에서는 다문 며칠이라도 함께 보낼 마땅한 방법이 없어서 그러는 줄을 충심도 충분히 짐작하고 있었다. 그래서 더욱 걱정이었다. 더구나 방학 때마다 남양의 이모 집에 다녀오곤 했기에 이번에도 가야만 했다. 피하고 싶은 남양행이었지만 벌써부터 어머니는 은근히 기대하는 눈치였다.

"야, 충심아!"

선뜻 대답이 없는 충심을 향해 잔뜩 볼이 부은 목소리로 그가 불렀다. 충심은 못 들은 척 걷기만 했다. 학교가 가까워지자 학생들이 점점 많아졌다. 그의 숨소리가 점차 거칠어졌다. 본래 성깔이 나올까봐 충심은 무서웠다. 그를 사랑하지만 여행을 함께 갈 자신은 아직 없었다.

"학교 끝나면 거기서 기다리겠음둥!"

그의 말에 안된다고 해야 했지만 대답이 선뜻 나오지 않았다. 만일 약속된 장소에 나가지 않았다가는 무슨 일이 벌어질지 몰랐다. 충심은 못 들은 척하고 교문을 향해 걸었다. 안개 속에서 팔랑거리며 걷는 통통한 여학생의 모습이 눈에 띄었다. 눈에 익은 씩씩한 팔자걸음이었다.

"은실아!"

충심은 그를 무시하고 때맞춰 나타난 은실의 이름을 좀 크다 싶은 목소리로 소리쳐 불렀다. 옆에서 걷던 그가 문득 걸음을 멈췄다. 가슴이 덜컹 내려앉았으나 충심은 애써 외면했다.

"나, 기다린다!"

그가 다시금 무겁게 한마디를 남겼다. 순간, 충심은 거역할 수 없다고 느꼈다.

"난 또 누구라고? 충심이구나."

교문 앞에서 은실이 기다리고 있었다. 은실이 손을 내밀었다. 충심은 은실의 손을 잡고 붉은 구호가 붙어 있는 음악학교 교문을 통과했다. 키가 작고 몸매도 가려린 충심과 통통한 은실은 함흥 제1고중학교에 이어 음악학교에서도 단짝으로 유명했다.

"아침에 일어나니까 방 안에 쥐며느리가 기어다녀 죽을 뻔했다마."

은실은 어제도 같은 말을 했다. 칠렐레팔렐레 천방지축으로 뛰어다니는 처녀였지만, 은실은 온갖 종류의 벌레를 다 무서워했다. 그중에서도 나방을 가장 무서워했는데, 나방이 나타나면 오리처럼 소리를 꽥꽥 지르며 호들갑을 떨며 엄살을 부렸다. 고중에 다닐 때는 그런 은실이 재미있어 나비를 잡아 나방이라고 장난을 치곤 했다. 그럴 때마다 은실은 기절 직전까지 갔다. 나중에 나비였다는 것을 알고도 은실은 팔짝팔짝 뛰었다. 나비도 싫다는 거였다. 벌레에 대한 은실의 엄살은 고중에서도 아주 유명했다.

"심심해, 심심해, 심심해. 뭐 재미있는 거 없나마?"

아침부터 은실은 심심하다며 입으로 따발총을 쏘았다. 연애라도 해야 고질적인 은실의 심심병이 나을 것 같았다. 은실이 가장 재미있어하는 것은 학생들 연애소문이었다. 충심은 은실의 입방아에 오르지 않으려고 극도로 언행을 조심했다. 은실의 입에 한번 걸리면 그날로 소문이 온 함흥에 다 퍼질 판이었다. 더욱이 혼자 마음껏 상상하고는 사연에 사연을 보태기까지 했다. 은실이 내는 소문은 특히나 발이 달려서 퍼지는 속도가 아주 빨랐다.

"오늘도 열심히 공부하자마."

충심은 은실의 손을 잡고 학교 안으로 들어서면서 뒤를 슬쩍 돌아봤다. 안개 때문에 그의 모습은 보이지 않았다.

"어찌나요? 충심이 입에서 비린내가 풀풀 풍기는데?"

은실이 입술을 삐죽 내밀며 야죽거렸다. 충심은 은실의 옆구리를 살짝 꼬집었다. 은실이 죽는다고 엄살을 부렸다.

혁명가요의 역사를 배우는 제1교시가 끝났다. 잠시 쉬는 시간에도 은실의 입은 쉬지 않고 수다를 쏟아냈다. 배도 고프지 않은 모양이었다. 악기를 배우는 제2교시가 시작되었고, 손풍금 소리가 울려퍼지자 안개가 슬금슬금 물러가기 시작했다. 안개가 걷히자 남루하고 가난한 교실 풍경이 확연하게 드러났다. 지금쯤 그는 무엇을 하고 있을까, 생각하다가 충심은 엉뚱한 건반을 누르고 말았다. 화들짝 놀라는 바람에 또 엉뚱한 건반을 눌렀다. 선생님의 따끔한 지적에 충심은 진땀을 뻘뻘 흘렸다.

점심시간이 되었다. 충심은 곽밥 보자기를 흔들며 설렁설렁 걸었다. 후텁지근한 바람이 하얀 옷고름과 검은 치마에 끈적하게 달라붙는 느낌이었다. 안개가 나간 자리를 폭염이 채우고 있었다. 매미들이 합창하는 여름 한낮, 방울나무 그늘을 찾아 옹기종기 모여앉은 음악학교의 동무들이 하얀 웃음을 통통 튀겨내고 있었다.

"저 동무들 웃음이 꼭 튀밥 같지? 그렇지 않네?"

리인모 로인이 작시한 '장군님은 강하십니다……'를 흥얼거리며 걷는 은실한테 충심이 물었다.

"우씨, 튀밥 먹어본 지가 언제인지 모르겠다마."

항상 엉뚱한 대꾸를 늘어놓는 은실이다운 대답에 충심은 피식 웃었다. 은실의 아버지는 당간부에다 전력사업소의 간부여서 배급이 좋은 줄로 알았는데 튀밥 구경도 못해봤다니 의외였다. 하기야 은실도 곱 삶이든 흰쌀밥이든 곽밥을 싸온 적은 없었다. 두 사람은 큰 그늘을 드리우고 있는 운동장 구석의 방울나무 아래로 갔다.

곽밥 보자기를 풀어헤쳤다. 충심의 보자기에는 갈색의 대동강 맥주병이 들어 있었다. 은실은 보자기에서 플라스틱 물병을 꺼냈다. 충심은 병목을 감싼 비닐과 고무줄을 풀어 뚜껑을 열었다. 나물죽 냄새가 시큼하게 올라왔다. 정말이지 죽이라면 신물이 날 지경이었다. 하지만 누구나 죽을 싸왔기 때문에 불평도 부끄러움도 없었다. 죽을 한모금 들이켰다. 목에서 탁 걸리는 기분이었다.

참아야 한다, 참고 넘겨야 한다. 하루 세 끼 죽도 못 먹어서 떠도는 사람들이 많은데 행동을 잘못해서 비판받는 것은 정말 싫다.

이렇게 모질게 마음을 먹고 충심이 간신히 죽을 넘기는 사이에 은실은 후루룩 마신 뒤에 병을 탁 내려놓았다. 은실은 먹는 것을 좋아해서 벌레나 곤충 종류를 빼고는 뭐든 거리낌이 없었다. 하지만 모두들 맛있다며 먹는, 살이 통통하게 오른 가을 메뚜기를 구워먹는 걸 옆에서 보기만 해도 은실은 칠색팔색이었다.

"이제 좀 살 것 같다마. 노래를 부르면 배가 금방 꺼져서 싫더라."

은실이 보자기에 병을 싸며 툴툴거렸다.

"그런데도 살이 안 깎이는 걸 보면 참 신기하다마."

충심은 은실을 놀렸다.

"무스그?"

은실이 종주먹을 들이댔다. 충심은 깔깔 웃으며 슬쩍 몸을 피했다.

그 바람에 맥주병이 넘어져 속에 담긴 죽이 쏟아져 흘렀다.

"오마나! 저 아까운 것을?"

은실이 얼른 맥주병을 세웠다. 그러나 이미 쏟아진 죽을 주워담을 수는 없었다. 막상 흙 위에 쏟아진 죽을 보니 뜨끔했다. 먹을 것이 없어 집까지 팔고 떠도는 사람들이 생기는 마당에 비록 나물죽에 불과하지만 음식을 헤프게 다뤘다는 죄책감에 얼른 주변을 둘러보았다. 무엇보다도 돼지공장에서 일하는 틈틈이 나물을 뜯어온 어머니한테 미안했다. 충심은 주변의 흙을 긁어모아 죽을 덮었다.

"학교 끝나면 무스그해?"

은실이 물었다. 학교 끝나면 재춘오빠가 기다리는 성천강 다리 밑으로 가야 하는데……

"무스그해?"

은실이 또 물었다. 충심은 얼른 대답을 못하고 머뭇거렸다.

수업이 끝나자마자 은실은 충심의 손을 잡고 함흥역으로 갔다.

"저기 점쟁이가 있는 데 가보자. 아주 용하다고 소문이 뜨르르한 사람이래."

"미신쟁이한테 가보자고?"

충심은 깜짝 놀라 걸음을 멈추고 은실을 노려보았다. 은실이 헤실헤실 웃으며 손을 잡아끌었다. 충심은 말만 들었지 미신쟁이를 직접 본 적은 없어 솔직히 궁금하기도 했다. 함흥역 옆의 작은 공원에는 사람들이 제법 많았다. 긴 나무의자에는 학생들과 청년들, 여행을 떠나려는 사람들, 노숙자들이 앉아 햇볕을 피하고 있었다. 찢어진 셔츠를 입은, 석탄처럼 새카맣게 때가 낀 꼬마가 야윈 비둘기처럼 공원을 떠돌고 있었다. 모두 오래 굶주린 사람들이었다. 어떤 날에는 역 광장에서 굶어죽은 사람이 있다는 소문이 바람처럼 그러나 은밀히 돌기도 했다. 은밀할수록 소문은 언제나 사실이었다. 어떤 이들은 의자를 버리고 아예 나무그늘에 누워 있기도 했다. 그중에서 인민복을 단정하게 입고 마흔 중반쯤 돼 보이는, 말라깽이여서 신경질적으로 보이는 남자 앞으로 은실은 충심을 데리고 갔다.

"저어기, 어마니가 가보라고 해스리……"

미신쟁이는 옆에 앉으라고 눈짓을 보냈다. 미신쟁이 옆에 은실과 충심은 나란히 앉았다. 당간부처럼 생긴 남자가 미신쟁이라니, 얼른 믿기지 않았다. 은실 어머니가 이런 미신쟁이를 알고 있다는 것도 신기했다. 충심은 미신쟁이의 옆얼굴을 흘깃흘깃 쳐다보았다. 어두우면서 깊었고, 무서우면서도 날아온 파리를 피해 머리를 방정맞게 흔드는 모습에 웃음이 나오려는 것을 간신히 참았다. 미신쟁이가 헛기침을 두어 번 하면서 사방을 두리번거렸다. 그런 뒤에 은실을 향해 고개를 돌렸다. 은실이 생년월일과 태어난 시간을 말해주자 미신쟁이는 손가락을 이리저리 꼽으며 혼자 무어라 중얼거렸다.

충심은 기분이 이상했다. 자기 운명의 주인은 자기라고 배웠는데 누구한테 운명을 물어본단 말인가? 그것도 당에서 금지하고 있는 미신쟁이한테 운명을 물어본다는 것은 망탕한 짓 중에서도 상급이었다. 당간부를 아버지로 둔 은실은 행실에 문제가 생겨도 그냥저냥 넘어갈 수 있지만 간부는커녕 당원도 아닌 사람을 아버지로 둔 충심은 조심해야만 했다.

운명을 미리 안다는 것은 두려운 일이었다. 더구나 한번도 운명을 미리 알아야겠다고 생각해본 적이 없는 충심이었다. 음악학교를 졸업하면 선전대나 기동대에 들어가게 될 터였다. 너무나 뻔해서 한번도 의심해본 적 없는 미래였다. 미신쟁이는 한참 동안 손가락을 짚으며 무어라 중얼거렸다. 충심은 입을 삐죽 내밀었다. 그 말라깽이가 어찌 운명을 알겠는가 싶어 미덥지 않으면서도 문득, 재춘오빠와의 미래가 궁금해져서 물어보고픈 마음이 새록새록 돋았다. 마침내 미신쟁이가 눈을 뜨고 은실에게 고개를 돌렸다.

"아주 먼 곳으로 시집을 가겠는데? 한번도 아니고 두세 번."

미신쟁이가 낮게 말했다.

"무스그라니?"

미신쟁이의 말에 은실은 화를 버럭 냈다. 충심도 이게 무슨 말인가 싶어 한순간 어안이 벙벙했다.

"사주팔자가 그렇게 나온 걸 어찌나?"

미신쟁이가 말꼬리를 흐리며 대답했다. 미신쟁이의 말을 들으며 충심은 만일 그것이 자신의 운명이었다면 까근까근 따지고 싶었지만 참았고, 대신 은실을 놀리고 싶어졌다.

"너는 좋겠다. 멀리 황해도로 시집가겠구나야."

충심은 재미있어서 함박웃음을 터뜨리며 말했다. 은실의 얼굴이 실룩샐룩 언틀먼틀해졌다. 그러더니 충심과 미신쟁이를 번갈아가며 노려보았다. 충심은 그게 더 재미있었다. 미신쟁이도 열없는 표정으로 빙그레 웃었다.

"어찌나? 은실이 신랑감은 황해도에 있다네!"

충심은 노래를 부르듯이 가락을 넣어 말했다.

"입 닫으라마!"

은실은 소리를 버럭 지르고는 벌떡 일어났다. 충심은 깜짝 놀랐다.

역광장을 향해 팔랑거리며 걸어가는 은실을 보고 있자니 웃음이 나왔다. 미신쟁이한테 가자고 한 게 누군데? 되레 화를 내기는. 충심은 미신쟁이한테 인사를 했다. 그러자 미신쟁이가 오른손을 내밀더니 왼손으로는 손가락 두 개를 펴 보였다. 이십원을 내라는 뜻이었다. 운명을 보지도 않은 사람이 그것을 왜 내는가 싶어 은실을 쳐다보았다. 그러나 은실은 멀찍이 서서 미신쟁이를 노려보고 있었다. 사로청 처녀의 교양상태가 영 망탕이라고 투덜거리며 충심이 대신 복채를 치렀다.

사랑이란 참으로 이상했다.

고중 시절, 충심을 좋아한 남학생은 재춘오빠와 충성오빠였다. 두 오빠는 완전히 상반된 이유로 고중에서 유명했다. 충성오빠는 함흥이 알아주는 천재로 불렸는데 결국 직통으로 평양의 종합대학에 들어갔다. 재춘오빠도 그 유명세에서는 충성오빠에 결코 뒤지지 않았다. 비록 왈패질과 주먹질로 유명했지만 김재춘이라는 이름 세 글자 앞에서 또래의 학생들은 물론이고 선생님들도 고개를 외로 꼬았다.

충심과 충성. 충성오빠가 충심한테 연애편지를 보낸 일이 알려지면서 제1고중에서는 이름까지 잘 어울리는 한쌍이라고 소문이 자자했다. 충심도 충성오빠의 연애편지를 받고 분홍빛 꿈을 꾸기도 했다. 충성오빠는 충심의 노래에 반했다며 날마다 사랑의 편지를 보내왔다. 충심은 사랑에 보답이라도 하려는 듯 더욱더 노래에 열심이었다. 수업이 끝나면 음악실에서 홀로 노래연습을 하며 충성오빠의 잘생긴 얼굴을 떠올렸다.

그러던 어느날 밤, 대극장 옆 골목에서 싸움이 벌어진 것을 우연히 보게 되었다. 대극장 공연을 앞두고 있어서 늦게까지 연습을 하고 나오던 참이었다. 보름달이 휘영청 밝아 가로등이 꺼져 있어도(하기야 전력사정 때문에 가로등이 켜지는 날은 거의 없었지만) 싸우는 모습을 자세히 볼 수 있었다. 삼 대 일의 싸움이었는데, 세 사람은 대학생에 가깝게 체구가 크고 뚱뚱했다. 그들에 비하면 재춘오빠의 체구는 소학교 학생처럼 작았다.

'함흥번개'라는 별명에 걸맞게 재춘오빠의 발놀림과 손놀림은 무척 빨랐다. 쉭쉭, 소리를 내며 치고 빠지는 주먹에 상대방 남자들은 쩔쩔맸다. 재춘오빠 주먹이 스치고 지나가는 것처럼 보였는데도 그들의 눈두덩, 콧대, 입술이 금세 부풀어올랐다. 그가 싸우는 모습은 아주 깔끔했고 춤처럼 아름다웠다. 그 모습에 충심은 온통 마음을 빼앗기고 있었다.

마침내 한 남자의 코에서 피가 흐르기 시작했다. 그는 소나기처럼 쏟아지는 빠른 주먹에도 굴하지 않고 뚝심으로 밀고 들어와 마침내 재춘오빠를 끌어안았다. 그러자 그중에서 덩치가 가장 큰 사람이 재춘오빠의 목을 잡고 조이기 시작했다. 재춘오빠는 두 팔을 흔들며 몸부림쳤다.

세 사람 중에서 덩치가 가장 작은 사람이 그러다 죽이겠다며 말렸다. 그러자 나머지 한 사람이 화를 버럭 냈고 끝내는 그들 두 사람이 서로 티격태격 다투었다. 그사이에도 덩치가 가장 큰 사람은 재춘오빠의 목을 더욱 세차게 조였다. 재춘오빠가 축 늘어지자 두 사람이 마구 짓밟기 시작했다. 짓밟히는 순간에도 그는 몸을 일으키려고 버둥거렸다.

아무리 생각해봐도 왜 그랬는지 모르겠다. 충심은 비명을 지르며 싸움판으로 뛰어들어 그의 몸 위에 엎드렸다. 고래고래 고함을 지르며 그의 몸을 감싸는 충심 때문이었는지는 몰라도 그를 뭉개고 있던 사람들이 손을 툭툭 털고 골목의 어두운 안쪽으로 사라졌다. 충심은 그를 부축하려고 손을 어깨에 댔다. 그가 사납게 충심의 손을 뿌리쳤다.

그는 간신히 몸을 일으키더니 비틀거리며 걸었다. 충심은 그의 뒤를 따라 천천히 걸었다. 달빛이 그의 어깨에 하염없이 쏟아져내렸다. 모두에게 손가락질당하는 그가 갑자기 안쓰럽게 느껴졌다. 비틀거리며 한참을 걷던 그는 성천강 다리 중간쯤 오자 걸음을 멈췄다. 충심은 달빛 속에 하염없이 서 있는 그를 저만치에서 바라보았다.

깊은 침묵 속에 서 있던 그는 보름달이 구름 속으로 들어가자 다시 발걸음을 옮겼다. 충심도 말없이 그의 뒤꿈치를 밟으며 걸었다. 다리를 거의 건넜을 때였다. 느닷없이 그가 돌아서더니 충심을 끌어안고 입을 맞추었다. 충심은 그를 밀어낼 수 없었고 오히려 목석처럼 서서 그의 입맞춤을 받아냈다. 입 안으로 비릿한 피냄새가 흘러들었다. 아주 잠깐 동안 충성오빠의 얼굴이 스쳐지나갔다. 달이 구름 속에서 나왔다.

그게 시작이었다.

충성오빠의 사랑을 받을 때는 황홀했다. 그런데 재춘오빠를 사랑하게 되자 황홀함보다는 간절함이 깊었다. 재춘오빠를 생각하면 가슴속에서 풍선이 부풀어오르는 것만 같았다. 그제야 비로소 충심은 사랑을 받을 때와 할 때의 차이가 무엇인지를 깨달았다. 충성오빠가 어느 모로 보나 충심에겐 훨씬 더 잘 어울리는 사람이었지만, 이상하게도 마음은 전혀 어울릴 것 같지 않고 심지어 인간 말종이라고 손가락질 받는 재춘오빠한테로 기울어져갔다. 그 이유를 설명할 재주를 충심은 갖고 있지 않았다.

여름방학이 시작되었다.

남양의 이모한테 가서 중국에서 건너온 좋은 물건이 있으면 사다 팔자고 어머니가 계획을 펼쳐놓았다. 남양의 이모는 도문(圖們)에서 쌀을 사다가 혜산이나 청진에 내다팔아 이문에 밝으니 반드시 도움이 될 것이라며 어머니는 들뜬 표정을 지었다.

"곧 아버지 생일인데, 니밥이라도 한그릇 해드려야지. 허기야 니밥이든 곱삶이든 냄새 맡아본 지가……"

어머니는 말을 잇지 못했다. 병을 얻었으나 약이 없어 치료를 못하고, 강대나무처럼 꼿꼿하게 말라가는 아버지는 구들장 신세를 지고 누워만 있었다. 돼지공장에서 돼지밥을 모아오는 일을 맡아보고 있는 어머니는 낡고 닳은 쇠바퀴 달구지를 쩔거덕쩔거덕 끌고 온 함흥 시내를 누비고 다녔다. 사람 먹을 밥도 없는 고약한 세월이라 돼지밥은 언감생심 꿈도 꾸지 못했다. 그 먼 선착장까지 달구지를 끌고 가서 썩은 생선이라도 실어 돌아오는 날에는 그렇게 기쁠 수가 없다는 어머니의 기대를 충심은 저버리기 어려웠다. 이제 돼지공장에도 돼지는 거의 없었다. 빈 축사만 바라보며 나물을 뜯다가 돌아오는 날이 많아지고 있다며 어머니는 자주 한숨을 내쉬었다.

남양에 가야만 하는 까닭을 말하자 재춘오빠는 힘없이 고개를 끄덕였다. 재춘오빠는 렬차를 타고 그렇게 멀리 갈 생각은 없었다. 가까운 원산이나 금강산에 갔다가 돌아올 생각이었다는 말을 듣고 충심은 미안해서 어쩔 줄을 몰랐다.

"남양도 좋지. 가자마."

그가 빙그레 웃었다. 웃음 뒤끝에 약간은 섭섭한 표정이 묻어나는 것을 충심은 놓치지 않았다.

남양으로 떠나는 날, 충심은 설레는 마음을 안고 함흥역으로 나갔다. 푹푹 찌는 날씨에 어머니가 싸준 무거운 보따리를 들고 오래 걸었더니 속옷이 축축하게 젖어들었다. 역에 도착했더니 방학을 맞이한 학생들이 여행을 떠나기 위해 모여들고 있었다. 이 많은 사람들이 모두 렬차를 탈 수 있을까 걱정될 정도였다. 간신히 표를 사고 그와 만나기로 약속한 역광장으로 나갔다. 여느 날과 달리 옷을 단정하게 입은 그가 담배를 피우며 서 있었다. 반가움에 그를 향해 달려가는데 검정 치마에 하얀 저고리를 입은 은실이 불쑥 나타났다. 충심은 화들짝 놀랐다.

"은실아."

"충심아."

충심은 은실의 손을 잡고 환하게 웃었다. 재춘오빠가 충심을 향해 고개를 돌리더니 빙긋 웃었다. 은실은 평양에 간다고 했다. 은실 때문에 재춘오빠는 애꿎은 담배만 피우며 충심의 주위를 빙글빙글 돌았다. 두 시간이 지겹게 흐른 뒤에야 은실은 평양행 렬차를 타고 떠났다. 청진행 렬차는 여전히 미정이어서 충심은 그와 함께 공원의 나무 그늘에 거리를 두고 앉아 뙤약볕을 피했다. 손도 잡고 싶고 무릎을 베고 누워 하늘도 보고 싶었지만 대낮인데다 눈이 많아 참아야 했다.

다시 두 시간이 흐른 뒤에야 청진행 렬차가 곧 출발한다는 안내방송이 흘러나왔다. 예정보다 네 시간이나 지난 뒤에 렬차가 들어온 거였다. 렬차가 들어오자 사람들이 개미떼처럼 플랫폼으로 몰켜갔다. 충심은 자주 앞사람의 발뒤꿈치를 밟았고, 뒤에 오는 사람도 충심의 발뒤꿈치를 밟아 신발이 자꾸 벗어지곤 했다. 혹시라도 늦어 렬차지붕으로 올라가게 될까봐 조바심이 났다.

처음엔 걷던 사람들이 플랫폼에 서 있는 렬차를 보자 뛰기 시작했다. 자신도 모르게 충심의 발걸음도 빨라졌다. 남양의 이모네에 갖다 주라고 어머니가 낙지와 멸치 등 건어물을 바리바리 싼 보따리를 그가 대신 들어준 것이 그나마 큰 다행이었다. 빈손으로 렬차를 타려는 사람들은 주로 몸갖춤이 나빠 보였다. 오랫동안 빨지 않아 때가 꼬질꼬질하게 낀 옷을 입은 사람들의 곁에 가면 생선내장 썩는 냄새가 풍겼다. 그래도 피할 방법이 없었다.

좁다란 승강구로 어마어마한 등짐을 진 사람들이 몰켜들어 왱가당 댕가당 아우성을 질러댔다. 재춘오빠는 보따리를 앞으로 감싸안고 악착스럽게 사람들을 헤치고 승강구 쪽으로 나가며 충심을 위해 길을 열어줬다. 다른 사람들도 악착같기는 마찬가지여서 충심은 저고리가 벗어질 뻔도 하였다. 혹시라도 젖가슴이 보일까봐 얼른 저고리를 수습하는 사이에 누군가가 그 자리를 차지했다. 순서대로 한 사람씩 차곡차곡 타면 될 터인데 먼저 타려고 하니 난리법석이 벌어지는 거였다. 몰캉몰캉했다가는 영락없이 지붕으로 올라가야만 했다.

충심은 젖먹던 힘까지 내어 앞선 사람의 어깨를 잡아채고 앞으로 나갔다. 재춘오빠가 안간힘을 써서 길을 열어주었다. 악착을 떨고 떤 뒤에 간신히 렬차에 오르니 온몸이 땀으로 홍건했다. 손수건으로 얼굴의 땀은 닦았지만 저고리를 적시고 있는 등의 땀은 그대로 둬야 했다.

먼길을 가야 했기에 객실에 자리를 잡는 게 낫겠다 싶었다. 어렵사리 사람들의 어깨를 비집고 객실로 얼굴을 들이민 순간, 충심은 숨이 턱 막혔다. 객실은 사람들이 뿜어내는 열기로 용광로처럼 달아 있었다. 나무로 만든 의자에는 차창으로 탄 남자들이 미리 차지하고 가족이나 동행의 손을 잡아 끌어올리고 있었다. 충심은 객실에 있다가는 사람들의 몽몽한 열기에 찜이 될까 겁이 나 포기하고 돌아섰다.

승강구에도 발디딜 틈이 없는 것은 마찬가지였다. 그래도 충심은 어찌어찌해서 간신히 몸 하나 세울 자리는 마련했다. 승강구 계단에 앉은 사람들이 그렇게 부러울 수가 없었다. 여전히 렬차에 오르지 못한 사람들은 지붕으로 올라갔다. 마침내 무춤무춤 렬차가 움직였다. 재춘오빠는 충심의 손을 슬며시 잡았다가 놓았다. 렬차가 역을 빠져나가 속력을 조금 내자 승강구로 시원한 바람이 쏟아져들어왔다.

함흥에서 출발한 이 렬차가 중간에서 멈추지만 않는다면 낙원, 신포, 단천, 북천, 김책, 청진, 나진, 선봉, 온성을 거쳐 남양의 종착역까지 닿는 데 하루면 충분할 터였다. 혹은 운이 좋아 청진에서 회령을 거쳐 남양으로 가는 노선을 이용하게 된다면 시간을 더 줄일 수도 있었다.

하지만 원하는 역에 언제 도착할지는 아무도 몰랐다. 심지어 기관사도 짐작하지 못했다. 각 지역의 변전소에서 렬차에 얼마나 오래 전기를 공급하느냐에 달린 일이었다. 만일 신포의 전기사정이 나쁘면 렬차는 움직이지 못하는 쇳덩어리가 되어 오래 서 있어야 할 터였다. 그렇게 되지 않기를 소망할 뿐이었다.

함흥 시내를 벗어나 한참을 달리자 동해의 푸른 물결과 해안으로 밀려오는 하얀 파도가 보이기 시작했다. 렬차에 오르느라 고생한 사람들이 바다를 보자 저마다 낮게 탄성을 질렀다. 충심도 바다를 바라보며 남양에 도착했을 때 반겨줄 이모와 이종사촌 미향의 환하고 예쁜 얼굴을 그리다가 곧 슬픔에 잠겼다. 남양에 도착하자마자 재춘오빠와는 헤어져야 하기 때문이었다.

함흥을 출발한 지 두 시간이 미처 못 되었는데 렬차가 슬그머니 서버렸다. 사람들이 웅성웅성 떠들며 불만을 토해냈다. 몇몇은 벌써 렬차에서 내려 풀숲에다 소변을 누기도 했다. 이미 정차에 익숙해진 사람들은 일찌감치 렬차에서 내려 삼삼오오 모여앉아 장기전을 준비했다. 충심과 그도 렬차에서 내려 급한 용무를 처리했다.

뙤약볕에서 두 시간을 보내고 있을 즈음에 렬차가 다시 바퀴를 굴렸다. 음악학교를 졸업하면 선전기동대에 들어가는 것밖에는 달리 미래가 없는 함흥을 잠시라도 떠난다는 것이 충심에겐 작은 위로가 되었다. 은실도 렬차에서 흘러가는 차창을 보고 있겠지, 지금쯤 마식령을 넘고 있을까? 평양에 가면 충성오빠를 만나 소식을 전해주겠다는 것을 시큰둥하게 대답했는데, 종합대학은 어떤 모습일까? 나라에서 가장 좋은 대학이니 근사하겠지? 종합대학 철학과라면, 최고의 수재들만 모인다는데, 직통생으로 들어갈 정도의 천재니까…… 충심은 자신도 모르게 가슴속이 맵싸해졌다. 그러다 문득 옆에 서 있는 재춘오빠한테 미안한 마음이 뭉클 솟았다.

함흥역보다 훨씬 작은 낙원역에 렬차가 도착했다. 많은 사람들이 내렸고, 덕택에 비록 삐걱거리지만 엉덩이를 붙일 나무의자를 차지할 수 있었다. 재춘오빠와 함께 의자에 앉아 안도의 한숨을 내쉬는 사이에 낙원역에서 올라탄 사람들로 객실이 도로 꽉찼다. 기적을 울리며 떠났으면 좋으련만, 렬차는 거무튀튀한 역사에 멈춰서서 움직일 줄을 몰랐다. 역사 안쪽 그늘에 붉게 핀 칸나의 소담한 꽃송이를 하염없이 바라보는데 밤이 오고 말았다.

충심은 고중 시절 갑자기 사라진 동무들의 얼굴을 떠올려보았다. 셋이던가 넷이던가? 고중 사학년 때 사라진 만순이와 그 동생 만복이, 작년여름 이후로 학교에 나오지 않아 끝내 함께 졸업하지 못한 길자, 그리고 소문 속에서 떠돌던 많은 사람들의 이름이 가슴 깊은 곳에서 떠올랐다가 스러졌다. 고난의 행군을 함께하지 않은 배신자라는 손가락질을 받아야 했던 그 이름들, 보위부에서 나와 집뒤짐을 하면서도 쌀 한톨 나오지 않는 살림살이에 혀만 끌끌 차고 돌아갔다는 소문들, 그리고 미국, 미국은 왜 우리를 이다지도 못살게 하는 것일까? 이런저런 생각을 하다가 충심은 그만 자신도 모르게 눈물을 흘렸다.

"내리자마."

재춘오빠가 선반에서 보따리를 챙겨들더니 충심의 손을 잡아끌었다. 렬차에서 내려 허리를 쭉 펴고 숨을 크게 내쉬었더니 조금은 살 것 같았다. 두 사람은 낙원역 밖으로 나왔다. 낙원역 앞은 어두컴컴했다. 드문드문 희미한 불빛이 새어나오는 창문 몇개가 보일 뿐이었다. 두 사람은 다시 역 안으로 들어갔다.

플랫폼 바닥에 앉아 마른 낙지 한 마리와 두 바가지의 물로 허기진 배를 채운 뒤 딱딱한 씨멘트 바닥에 고단한 몸을 뉘었다. 어디에 숨어 있다가 나타났는지, 모기들이 지독하게 몰려들었다. 모기는 바지 위에서도 피를 빨았다. 허벅지가 물려 발갛게 솟아오른 물집 때문에 가려워 죽을 지경이었다.

견디다 못해 충심은 벌떡 일어나 앉았다. 재춘오빠가 혀를 끌끌 차더니 어디론가 사라졌다. 오래지 않아 생쑥과 생솔가지를 한아름 안고 왔다. 그것들로 모깃불을 피웠다. 연기가 뭉게뭉게 밤하늘로 퍼져올랐다. 연기를 따라 모기들도 가버리는 느낌이 들어 좋았다. 모깃불 옆에서 담배 한개비를 피운 그는 또 역을 나가더니 잠시 후에 한아름 이나 되는 풀을 안고 왔다.

그는 풀을 바닥에 편편하게 깔고 그 위에 자신이 입던 옷을 덮었다. 손으로 만져보니 제법 푹신했다. 두 사람은 그 위에 나란히 누웠다. 밤이 깊자 모기는 아무런 문제가 아니었다. 저고리를 헤치고 들어오는 재춘오빠의 손길 때문에 충심은 잠을 이루지 못했다. 아무리 막아도 재춘오빠는 막무가내로 저고리 속에 손을 넣어 젖가슴을 만지려고 했다. 싫은 것보다는 부끄러워 충심은 그의 손길을 완강하게 거부했다. 은실에 비해 젖가슴이 턱없이 작아 늘 부끄럽게 생각하던 충심이었다. 충심은 그가 젖가슴을 만져보고 실망이라도 할까봐 두려웠다.

렬차가 다시 출발한 것은 하늘이 여명으로 붉게 물들어올 때였다. 하늘에서 붉게 들끓는 아침노을을 배경으로 렬차는 천천히 달렸다. 그러나 태양이 바다에서 불쑥 떠오르자 렬차는 달리기를 멈추고 말았다. 사람들은 렬차에서 내려 주변으로 흩어져 샘물을 찾아 마시거나 나물을 뜯어와 강냉이가루를 섞어 죽을 끓여먹었다. 재춘오빠는 충심을 데리고 들판으로 나가 싱아를 끊어와 줄기의 껍질을 벗겨주었다. 신맛이 나는 싱아를 많이 먹었더니 속이 아렸다. 그래도 재춘오빠가 곁에서 챙겨주니까 충심은 렬차가 자주 멈춰도 지루한 줄을 몰랐다.

함흥을 떠나고 나서 둘째 밤을 맞이한 곳은 신포를 지난 북천역이었다. 낮에 낙지 한 마리와 싱아를 조금 먹었을 뿐, 제대로 먹지를 못했더니 충심은 배가 많이 고팠다. 뱃속에서 천둥소리가 울렸다. 잠이라도 빨리 들면 지독한 허기를 잊을 수 있을 텐데, 쌀쌀한 밤공기가 얇은 옷 속으로 파고들어 잠을 멀리 쫓아버렸다.

"오빠, 달이 떴다마."

"……보고 있어."

"얼마나 배고픈지 볼이 움푹 파여 있네.* 어쩌나요? 달도 날마다 굶어서 저렇게 작아지는데……"

"작아지고 작아지다가…… 에이 관두자. 말하면 뭐 하갔네? 배만 더 고프지."

두번째 밤은 허기 때문에 머리가 아팠다. 충심은 그의 품에 안겨 두통을 견디다가 나중에는 지칠 대로 지쳐서야 간신히 잠이 들었다. 새벽녘의 추위에 잠이 깼다. 옆에 있어야 할 그가 보이지 않아 두리번거리며 찾았더니, 그는 담배를 피우며 어스름 속의 먼산을 바라보고 있었다. 이제 곧 떠날 사람이었다. 그의 뒷모습은 쓸쓸했다. 재미없는 여행을 따라와 죽도록 고생만 하는 그한테 정말 미안했다.

생각해보니 둘이 함께 찍은 사진 한 장이 없었다. 소풍이나 산보 가서 충성오빠와 다정하게 찍은 사진은 무척 많았다. 반면에 그와는 산보도 제대로 하지 않았다. 사람들 앞에 떳떳하게 소개할 자신감이 없어서 되도록 숨기고 싶었던 사람이 재춘오빠였다. 그래서 언제나 조심조심 눈치를 보며 만나곤 했다. 충성오빠였다면 공원이나 거리에서 내놓고 만났을 터였다.

재춘오빠와는 가끔은 가동을 중단한 공장의 버려진 창고에서도 만났다. 은실의 수다에는 농장이나 공장의 창고가 처녀총각의 은밀한 연애장소로 자주 등장했다. 창고에서 누가 누구랑 했다더라, 애를 배서 낙태를 했다더라, 누가 누구를 데리고 들어가는 것을 봤다더라, 창고를 무대로 불량하고도 은밀한 소문이 은실의 입을 타고 쉼없이 흘러나왔다. 그때도 충심은 찬바람이 쌩쌩 불도록 쌀쌀하게 대했다. 다정은 마음뿐이었다. 몸으로는 한번도 다정해본 적이 없었다.

충심은 조용히 일어나 뒤에서 그의 등을 껴안았고 목덜미에 얼굴을 묻었다. 그의 등은 따뜻했다. 여기가 렬차 플랫폼이 아니라 오직 두 사람만 있는 방이라면 얼마나 좋을까? 방만 있다면, 그에게 모든 것을 주고 싶었다. 이제 보름 정도 있다가 군대에 들어가면, 얼마나 긴 시간을 기다려야 그를 다시 만날 수 있을지…… 가늠할 수도 없는 그 시간을 생각하자 눈물이 볼을 타고 흘렀다. 충심은 이대로 시간이 영원히 정지하기를 간절히 소망했다.

태양이 떠오르고 전력이 공급되자 렬차는 무거운 몸을 이끌고 길을 떠났다. 차창에 기대어 충심은 허기를 잊으려고 눈을 꼭 감았다. 꼬부랑 할머니처럼 느릿느릿 달리던 렬차는 김책시 못미처에서 다시 멈추고 말았다. 재춘오빠는 말도 없이 렬차에서 내려 산을 깎아내고 만든 가탈진 다락밭으로 올라가기 시작했다. 근처의 강냉이밭에서 일하는 사람들이 있는데 다락밭으로 무작정 올라가는 모습을 보니 충심은 겁이 더럭 났다. 소리쳐 이름을 부르고 싶었지만 소리가 입밖으로 나오질 않았다.

다락밭에 도착한 그는 정신없이 이랑으로 뛰어들었다. 이랑에서 무언가를 쑥 뽑아들자 하얀 올감자가 다래다래 열려 있는 게 보였다. 그것을 보자 충심은 자신도 모르게 침이 꿀꺽 넘어갔다. 그는 정신없이 올감자를 캐내 옷자락에 쌌다. 그때, 강냉이밭에 있던 농부가 작대기를 흔들며 달려오더니 그의 등짝을 냅다 후려쳤다. 그는 감자알을 우르르 쏟아내며 넘어졌다. 렬차 안의 사람들은 농부가 그를 짓이기는 것을 쳐다보며 혀를 끌끌 찰 뿐이었다. 그는 밭이랑에 얼굴을 처박고 농부한테 얻어맞으면서도 놓친 감자알을 주워모았다. 충심은 렬차 안에서 발을 동동 구르다가 철로로 뛰어내렸다. 그사이에 그가 다락밭

에서 터덜터덜 내려오고 있었다. 충심은 눈물을 뿌리며 재춘오빠한
테 달려갔다.

"감자다마!"

"오빠, 어찌나요?"

흙과 피가 범벅이 된 얼굴을 보면서 닭알처럼 굵은 눈물을 하염없
이 흘리는 충심을 보고 그가 씨익 웃으며 옷자락 속에서 감자를 내보
였다.

"누나가 애를 뱄는데 사흘을 굶었다고 사정했더니 두들겨패다 말
고 주더라마."

충심은 흙과 피가 범벅이 된 그의 얼굴을 치맛자락으로 닦아주었
고, 그는 흙묻은 손으로 충심의 눈물을 닦아주었다. 두 사람은 렬차에
서 멀리 떨어진 곳으로 가서 감자를 구웠다. 감자가 구워지자 그는 검
게 탄 껍질을 벗겨내고 포근포근한 속알맹이를 충심의 입 앞에다 내
밀었다. 부끄러운 마음에 충심은 직접 껍질을 까먹겠다고 도리질을
쳤으나 그는 기어이 충심의 입에다 감자를 넣었다. 감자가 입 안에서
스르르 녹았다. 충심의 여린 가슴도 따뜻한 온기에 녹아내렸다.

남양역이 점점 가까워오자 재춘오빠는 입을 꾹 닫아버렸고, 충심은
멀어져가는 풍경에 하염없이 눈길을 던졌다. 그토록 자주 멈춰서던
렬차도 남양역이 가까워지자 결승선을 앞둔 달리기선수처럼 마지막
안간힘을 쓰며 달려갔다. 덜커덩덜커덩 렬차는 충심과 그의 마음을
밟으며 어두운 터널로 들어갔다. 재춘오빠가 충심의 손을 꽉 잡았다.
충심도 손아귀에 힘을 주어 간절한 마음을 전했다.

창고에 갔을 때 해버릴 것을…… 입도 맞추고, 젖가슴도 만지게 하

고, 다정하게 껴안고 있다가 다리 사이로 손이 들어오면 모르는 척, 못 이기는 척 허락해줄 것을. 그 창고에서 두려움에 질려 일정한 거리를 유지하고 근접도 못하게 했던 일이 후회가 되어 몰려왔다. 다른 처녀애들은 말만 하면 치마를 걷어올렸다며 싱거운 우스개를 하면서도 그는 충심에게 손끝 하나 대지 않고 웃기만 했다. 은실이 수다로 전하던, 그 누구누구 속에 사실은 재춘오빠의 이름도 들어 있었다. 그 말을 들었을 때만 하더라도 충심은 이름만 알았지 그를 전혀 모르고 있었다. 충심은 재춘오빠와 이 창고에서 몸을 섞었을 여학생의 이름도 은실을 통해서 알고 있었다. 그중에는 친하게 알고 지내는 언니의 이름도 들어 있었다. 그래서 싫었고, 무엇보다도 몸을 열어줄 마음의 준비가 되질 않았다. 이제 막상 헤어지려니 그게 그렇게 후회가 되는 충심이었다.

마침내 렬차가 남양역에 도착했다. 파김치가 되어 느른한 표정으로 남양에 도착했을 때는 함흥을 떠난 지 닷새가 지난 뒤였다. 승객들이 서둘러 렬차에서 내렸다. 하지만 그는 꿀먹은 벙어리처럼 입을 꾹 다물고 차창에 머리를 기대고 있었다. 충심은 슬금슬금 눈치만 살필 뿐 무어라 말도 걸어보지 못하고 엉거주춤 서 있었다. 시험지를 받아든 것처럼 마음이 아주 불편했다.

렬차에서 내린 승객들이 플랫폼을 지나 역을 썰물처럼 빠져나갔다. 플랫폼은 순식간에 텅 비어버렸고 그 위로 햇살만 쨍쨍하게 쏟아졌다. 그가 움직일 때까지 충심은 조바심을 참고 말없이 기다렸다.

"함흥으로 언제 돌아갈 거야?"

인내심이 바닥을 드러낼 무렵에야 그가 무겁게 닫혔던 입을 열었다. 예전 방학 때처럼 머무르게 된다면 일주일은 필요했다. 그사이에 함흥으로 가져갈 물건도 사야 하고.

"일주일 정도."

충심은 조마조마한 심정으로 대답했다.

"기다릴게. 함께 돌아가자마."

재춘오빠의 말에 충심은 안된다고 할 수가 없었다. 잠은 어디서 자고 밥은 어떡하느냐고 물었더니 자신이 알아서 할 터이니 걱정하지 말라고 대답했다. 남양에는 아는 사람이 있느냐고 물었더니 되레 화를 버럭 냈다. 한번 입에서 떨어진 말은 거둬들이는 법이 좀체 없는, 이 남자의 성질머리를 충심은 익히 알고 있었다. 도리없이 충심은 고개를 끄덕인 뒤에 먼저 렬차에서 내렸다.

"충심아."

"미향아."

개찰구를 빠져나오자 이종사촌 미향이 손을 흔들며 뛰어왔다. 두 처녀는 역광장에서 서로 손을 잡고 폴짝폴짝 뛰며 부끄러운 줄도 모르고 환하게 웃었다. 미향은 충심의 손에서 보따리를 빼앗아들었다.

충심은 긴 여행을 무사히 마쳤다는 안도감으로 고개를 들어 남양의 거리를 쳐다보았다. 함흥보다 훨씬 작은 도시였지만 어딘지 모르게 활기가 넘쳐 보였다. 알 수 없는 불안감이 건물이며 거리에 은근히 고여 있는 것을 빼면 도시의 활기가 마음에 꼭 들었다.

미향도 성숙한 처녀로 변해 있었다. 살도 약간 올라 몽글몽글한 버들강아지처럼 보기가 참 좋았는데, 밝게 웃는 모습에서 언뜻언뜻 알 수 없는 그늘이 느껴진다는 게 흠이었다. 직감적으로 무슨 일이 있구나, 생각이 들었다.

미향은 충심을 데리고 역에서 가까운 장마당으로 갔다. 장마당은 보잘것없는 골목에 불과했으나 길 양편으로 좌판을 벌인 장사치들이 저마다 특색있는 물건들을 꺼내놓고 손님을 기다리고 있었다. 장마당답게 흥성거리는 분위기가 가득했다.

장사치 중에는 몸갖춤이 다른 이들과 전혀 다른 사람이 있었다. 충심이 화려한 색상의 옷을 입은 아낙네를 손으로 가리키며 어떤 사람이냐고 물었더니 도문에서 건너온 조선족이라고 미향이 대답했다. 그외에도 몇사람이 더 눈에 띄었는데, 조선족들은 몸갖춤부터가 달라 한눈에 알아볼 수 있었다. 옷도 새것이었고, 태도도 당당했다.

총을 멘 군인들이 장마당을 둘러보며 지나갔고, 충심은 장마당에 나온 물건들이 신기해서 눈길을 돌리지 못했다. 미향이 국밥이라도 사먹자며 손을 끌었다. 장마당 중간에 있는 허름하고 작은 식당에 들어가 국밥을 주문했다. 국밥을 기다리면서 충심은 재춘오빠를 생각했다. 혼자만 밥을 배불리 먹는 게 정말 미안했다. 미향에게 사실을 고백하고 그를 데려올까도 고민하다가 고개를 저었다. 처녀가 남자를 데리고 남양까지 왔었네 하면서 당장 함흥에 있는 어머니 귀에 말이 들어갈 터였다.

국밥이 나와 수저를 드는데 아까 보았던 조선족 아낙네가 주렴을 헤치고 들어왔다. 조선족 아낙네는 국밥집 아낙네와 서로 알고 지내는 사이인지 이런저런 말을 나누었다. 그중에서도 남양의 누구네 집 딸은 도문으로 건너가 식당에서 기껏 한 달 일하고 중국돈으로 천 위안을 벌어왔고, 그 돈으로 집안을 일으켜세웠다는 말이 충심의 귀에 쏙 박혔다. 또 혜산의 누구네 집 딸은 식당에서 석 달을 일하고 오천 위안을 벌어와 적어도 삼년 벌이를 했다는 말도 소곤거렸다. 충심은 속으로 중국에 건너가 일만 하면 정말 그렇게 많은 돈을 벌 수 있는지 궁금했다.

　국밥을 먹은 뒤에 충심과 미향은 다정하게 손을 잡고 집으로 향했다. 멀리 중국의 도문이 보였고, 그 중간에는 두만강이 도도하게 흐르고 있었다. 두만강을 가로질러 다리가 놓였는데 그 위로 낡은 트럭 한 대가 짐을 가득 싣고 털털거리며 중국 쪽에서 건너오고 있었다.

　강건너 도문 시내가 아스라하게 보였다. 자세히 보이진 않지만 도문은 잘사는 도시 같았다. 충심은 가슴이 뻐근하게 아파왔고 속도 상했다. 우리식 사회주의를 지킨다는 자부심이 없는 것은 아니었지만 함흥역의 노숙자들과 아까 장마당에서 잠깐 보았던 어린 거지가 눈에 밟혔다. 충심은 장군님과 당이 어련히 알아서 하겠지, 공화국의 미래를 믿어야지,라고 생각하면서 도문시를 바라보던 부러움의 눈길을 돌렸다.

　집에 오니 이모가 반겨주었다. 이모는 도문을 드나들며 쌀이며 옷감을 사다가 혜산과 청진에 내다팔았다. 이문이 많은 것은 아니었지만 금강산에서 철도공사를 하다가 돌아가신 이모부 대신 세대주가 되어 악착같이 살았다. 그런데 재작년부터는 도문으로 건너갈 수가 없었고, 도문에서 건너온 조선족이나 한족 장사치들과 거래했다. 이모는 작년에 비해 꽤 늙어 보였다. 방학이 되면 미향이 장사를 대신 나간다고 했다.

　도문의 조선족이 쌀을 가져오면 그것을 사서 렬차에 싣고 청진까지 가서 팔고 오는데 거의 열흘 이상이 걸려 아주 힘들다며 미향은 고개를 절레절레 흔들었다. 어떤 때는 쌀을 도둑질당하지 않기 위해 아예 렬차 위생실에 차곡차곡 쌓아놓고 그 안에 들어가 지키며 혜산까지 간 적도 있다고 했다. 미향네가 철도가족이기 때문에 기관사들이 편리를 봐주기에 가능하다는 말도 덧붙였다.

밤이 왔다. 미향과 충심은 밤늦도록 이야기꽃을 피웠다. 이야기를 하다가 미향은 가끔 한숨을 내쉬었다. 어제 처음 봤을 때 그늘이 있다는 것을 어렴풋이 느꼈는데 무슨 일이 있는 걸까? 충심은 틈을 봐서 무슨 일이 있느냐고 물었다.

"충심아, 나도 군대엘 갈까?"

미향이 느닷없이 군대 이야기를 꺼냈다.

"외서?"

충심은 당원이 될 수 없는 아버지를 맨먼저 떠올렸다. 처녀가 군대에 가려면 무엇보다도 집안이 좋아야 했고 그다음이 실력이었다. 총각들이 군대에 가는 것은 지원으로 충분했지만 처녀들은 시험에 통과해야 했다. 가고 싶다고 해서 누구나 군대에 가는 것은 아니어서 여군은 인기가 높았다. 게다가 선군(先軍)의 시대가 아니던가.

"거저."

미향이 말꼬리를 흐렸다.

"외서? 말해보라마?!"

충심이 여러번 옆구리를 찌르며 재촉하자 미향은 장사를 하다가 빚을 졌는데, 빚쟁이가 학교까지 찾아와 난리를 피웠다고 했다. 어쩌면 집을 팔아야 할지도 모른다며 한숨을 푹푹 내쉬었다.

충심은 장사를 하는데 빚이 있다는 것을 이해하지 못했다. 미향은 장사를 크게 하려고 돈을 빌렸는데 렬차에 물건을 싣고 가다가 그만 중간에서 강탈당하는 바람에 한푼도 건지지 못했다고 말했다. 미향의 한숨과 남양역에서 노숙자로 자고 있을 재춘오빠 생각에 충심은 잠을 자지 못하고 뒤척거렸다. 먼산에서 소쩍새가 밤새도록 울었다.

날이 밝자 충심은 미향과 함께 장마당 구경에 나섰다. 어머니가 아동옷을 사오라고 했기 때문에 미리 물건을 볼 요량이었다. 아무래도 중국에 가까운 남양은 아이들 옷값이 헐할 것이라고 어머니가 말했는데, 막상 장마당에 나와 값을 물어보니 형편없는 물건인데도 함흥과 별로 차이가 나지 않았다. 옷보다는 쌀이 나았지만 함흥까지 가져가서 장사를 할 정도라면 몇가마니는 필요했다.

이래저래 충심은 고민이었다. 차라리 옷감을 사갈까 궁리하면서 장마당을 살피고 다니다가 재춘오빠와 딱 마주쳤다. 아…… 명치끝에 숯불을 올려놓은 듯 가슴이 아팠다. 제대로 씻지 않았는지 몰골은 영 형편없었고, 몇끼니를 굶었는지 눈이 퀭했다. 저 사람이 과연 재춘오빠가 맞는지 의심이 갈 정도였다.

장마당을 떠돌며 흙바닥에 떨어진 음식찌꺼기나 주워먹는 어린 거지 꼬락서니로 멈춰선 그와 충심의 눈길이 허공에서 서로 엉켰다. 충심의 눈에서 눈물이 주르륵 흘러내렸다. 그는 고개를 숙이고 충심의 곁을 지나갔다. 충심은 그 자리에 얼어붙은 듯 서서 눈물을 닦았다. 속이 상해서 미칠 지경이었다.

"무세 우나마?"

미향이 물었다.

"눈에 티가 드갔어."

충심은 티끌 핑계를 대며 눈물을 줄줄 흘렸다. 눈물에 티끌이 실려 나오게 많이 울라고 말한 뒤에 미향이 앞서 걸었다. 충심은 고개를 돌려 재춘오빠의 뒷모습을 찾았다. 함흥에선 둘째가라면 서러워할 주먹쟁이 왈패가 남양에 와서 거지꼴로 변할 줄은 꿈에도 몰랐다. 충심은 당장 그에게로 달려가 와락 안아주고 싶었고, 그의 거친 손을 끌고 들어가 따뜻한 국밥이나 시원한 국수를 사먹이고 싶었다.

"산삼이나 약초 개꾸 있음둥?"

어제 국밥집에서 보았던 조선족 아낙네가 슬쩍 눈치를 보며 다가오더니 살갑게 굴었다. 호의를 보이는 모습이 그리 싫지만은 않았다. 충심은 고개를 저었다.

"도문에서 쌀을 개꾸 왔는데, 산삼이나 약초가 있으면 값이를 높게 쳐주려 했더만……"

조선족 아낙네가 간이라도 빼줄 듯이 친절하게 굴며 호들갑을 떨었다. 하지만 충심은 도무지 그럴 기분이 아니어서 얼른 미향을 부르며 그 자리에서 벗어났다. 장마당의 물건을 둘러볼 마음도 싹 가셨다.

"집에 가자마."

충심은 미향의 소매를 잡아끌었다.

"인차? 외서?"

미향이 눈을 동그랗게 뜨고 물었다.

"배아파."

충심은 얼른 배를 쓸어내리며 핑계를 꾸며댔다. 미향이 눈을 흘기더니 앞장섰다.

이모네 집에 온 충심은 혼자 있고 싶었지만 미향이 때문에 그럴 수도 없었다. 재춘오빠만 생각하면 가만히 앉아 있을 수가 없었다. 어떻게 해서든지 핑계를 만들어 남양역으로 나가고 싶은데 아무리 머리를 굴려봐도 마땅한 구실이 떠오르지 않았다.

점심으로 국수(냉면)를 먹게 되었는데 젓가락으로 깨작거리기만 했다. 굶고 있을 재춘오빠가 떠올라 국숫가락이 목구멍에서 자꾸 걸렸다. 배가 살살 아프다는 핑계를 대고 국수그릇을 물렸다. 사실은 국수그릇을 들고 재춘오빠를 찾아나서고 싶은 마음이 간절했다. 매미가 찢어지게 울어대는 여름 한낮의 오후에 충심은 마음을 끙끙 앓으며 보냈고, 미향은 방문을 활짝 열어놓고 늘어지게 낮잠을 잤다. 쇳덩어리가 가슴을 짓누르는 듯 답답해서 충심은 미칠 것만 같았다. 어머니의 당부만 아니라면 당장 함흥으로 돌아가고 싶었다.

충심은 재춘오빠를 만나러 가기로 결심하고 찬물로 세수를 했다. 그를 만나러 가겠다고 결심하는 순간 가슴을 짓누르던 답답증이 순식간에 사라졌다. 자고 있는 미향이 깰세라 조심조심 마당을 가로질러 문으로 다가갔다. 문은 열려 있었다.

"충심아!"

언제 깼는지 미향이 큰소리로 불렀다.

"어디메 가네?"

미향이 하품을 하면서 헝클어진 머리를 쓰다듬었다.

"답답해서 바람쐬려구 그런다마."

하필이면 이때 깨다니, 미향이 원망스러웠다.

"차디찬 에스키모(하드)나 먹었으면 좋겠다마."

미향이 기지개를 켜며 일어서다가 순간 눈을 반짝 빛냈다.

"우리 산너머 과수원으로 배서리 가자마?"

느닷없이 미향이 설치기 시작했다. 혼자 가라고 해도 막무가내로 손을 잡아끌었다.

과수원을 가자면 야트막한 산을 하나 넘어야 했다. 길을 따라 노래를 부르며 산을 올랐다. 발밑에는 두만강이 흐르고 있었고, 도문이 손에 잡힐 듯 가깝게 보였다. 도문을 바라보니 빌딩도 제법 있었고, 자동차들도 많이 다니고 있었다. 게다가 도문 쪽의 산은 숲이 울창해 보였는데, 남양 쪽의 산은 공화국의 어디에서나 볼 수 있는 것처럼 거의 산봉우리까지 다락밭이 펼쳐져 있었다. 땀을 뻘뻘 흘려도 내리쬐는 태양을 피할 변변한 나무 한 그루 없었다. 매미 우는 소리만 쟁쟁한 팔월의 산길을 따라 걷는데 뒤에서 아낙네 둘이 따라오고 있었다. 과수원이 코앞이라 아무래도 먼저 보내고 가는 게 나을 듯해서 걸음의 속도를 늦췄다.

"아이쿠, 어제 그 처녀들이네?"

미향과 충심은 깜짝 놀라 뒤를 돌아보았다. 아낙네들은 시장에서 본 그 사람들이었다. 서리를 나왔는데 조금이라도 아는 사람을 만났으니 다 틀린 셈이었다.

"애고, 다리야."

조선족 아낙네가 무릎을 툭툭 쳤다. 미향과 충심은 아낙네들이 지나가라고 길섶으로 비켜섰다. 그런데 아낙네들은 미적거리기만 할 뿐 주변에서 서성거렸다. 미향은 충심에게 돌아가자는 눈짓을 보냈다. 배를 서리해 먹겠다는 소박한 장난질이 싱겁게 막을 내려 서운했지만 딱히 뾰족한 수가 있는 것도 아니었다. 미향이 먼저 발길을 돌렸다.

"혹시 말이야?"

조선족 아낙네가 발길을 막아섰다. 국밥집 아낙네는 아예 앞을 가로막았다. 미향이 고개를 돌려 조선족 아낙네를 쳐다보았다. 살이 통통하게 오른 아낙네가 빙긋 웃음을 보냈다.

"혹시 도문에 가보고 싶은 마음 없어? 거기 식당에서 복무원을 급하게 구하는데, 요새 같은 여름철에는 관광객들이 밀려들어 일손이 부족해서 난리들인 모양이야. 식당에서 열흘만 일하면 천 위안을 준다 하더라고."

"뿐만이 아니고 한 달 일해주면 오천 위안을 준다고 했다며? 오천 위안이라면, 남부럽지 않게 살 수 있는데……"

조선족 아낙네의 말에다 국밥집 아낙네가 너스레를 떨며 더 보탰다. 미향이 눈을 반짝 빛내며 관심을 보였다. 충심은 무서워서 미향의 손을 꼭 잡았다. 미향은 중국말을 전혀 할 줄 몰라도 되느냐고 물었다. 국밥집 아낙네가 자기도 도문에 건너가 식당에서 일하고 왔는데, 조선족이 사장이라 중국말을 몰라도 문제가 없다며 너스레를 떨었다. 미향이 어떠냐며 충심을 돌아봤다. 충심은 고개를 저었다.

강을 건너갔다가 싫으면 언제든지 데려다준다고 국밥집 아낙네가 옆에서 거들었다. 방학을 이용해 도문에 건너가 돈을 벌어 집에 가져가면 이모가 얼마나 좋아하겠느냐며 미향이 은근히 꾀었다. 그럴듯했다. 아무것도 없이 지금 당장 건너가도 된다며 조선족 아낙네가 미향의 손을 잡았다. 충심은 조금 더 생각해보겠다며 미향의 손을 끌고 돌아섰다.

아낙네들은 뒤를 졸졸 따라오면서 정 믿지 못하겠다면 지금 당장 선불을 줄 수 있다고 했다. 그 말에 미향은 정말이냐고 물었고, 조선족 아낙네는 주머니에서 중국돈을 꺼내 헤아리기 시작했다. 미향은 일도 안 하고 어찌 돈을 받겠느냐며 사양하면서 밤에 다시 이 자리에서 보자고 말했다. 그래도 기어이 조선족 아낙네는 미향의 손에 중국돈 이천 위안을 쥐여주었다.

후들후들 떨리는 다리로 간신히 과수원에서 집으로 돌아온 충심은 흥분에 새파랗게 질려 입을 열지 못했다. 지금이라도 당장 남양역으로 가서 재춘오빠를 만나고 싶었다. 이제 열흘 뒤면 군에 가야 하는 사람을 남양역에 마냥 둔다는 것은 마음이 용납하지 않았다.

미향이 중국돈 천 위안을 헤아리고 또 헤아리는 사이에 충심은 몰래 집을 나와 남양역으로 달음박질쳤다. 남양역에 도착하니 재춘오빠가 보이지 않았다. 충심은 장마당을 뒤지기 시작했다. 한참을 뒤진 뒤에 장마당 끝 골목에서 장사치로 보이는 어떤 남자와 이야기하고 있는 재춘오빠를 만났다. 눈초리가 아래로 쭉 째진 인상이라 느낌이 좋지 않은 남자였다. 충심은 말없이 재춘오빠 곁에 섰다. 충심이 옆에 선 것을 보고 재춘오빠는 서둘러 그 남자와 악수를 하고 헤어졌다.

"누구야?"

충심이 물었다.

"잘 모르는 사람이야. 중국 한족인데 조선말을 아주 잘해서 이것저것 좀 물어봤어. 너 얼굴이 왜 그래?"

재춘오빠가 고개를 갸웃거리며 물었다.

"내 얼굴이 외서?"

충심은 시치미를 뚝 떼고 되물었다.

"무어 놀란 사람 같구나마?"

왈패로 지낸 사람답게 눈치가 구단이었다. 충심은 그를 끌고 무조건 국밥집으로 들어갔다. 방금 먹었으니 싫다고 도리질을 치는 재춘오빠의 입을 손바닥으로 막아버렸다. 두 눈으로 밥 먹는 모습을 확인해야만 숨통이 트이고 비로소 안심할 수 있을 것 같았다. 국밥이 나오자 그는 허겁지겁 퍼먹기 시작했다. 그 모습을 보자 눈물이 팽글 돌았다. 충심은 눈물 때문에 국밥을 거의 먹지 못하고 재춘오빠 앞으로 그릇을 밀어놓았다.

국밥을 먹고 나오니 밤안개가 자욱하게 밀려와 있었다. 두 사람은 밤안개를 더듬으며 두만강이 보이는 둑길을 걸었다. 밤안개는 두만강에서 하얗게 올라오고 있었다. 두만강 건너편 도문도 밤안개에 휩싸여 흐릿하게 보였다. 도문을 바라보며 충심은 재춘오빠한테 낮에 있었던 일을 듬성듬성 이야기했다. 충심의 말을 다 들은 뒤에 그는 강건너 안개 속의 도문을 바라보며 긴 침묵에 빠졌다.

두만강은 하염없이 안개를 토해내며 어둠속을 흐르고 있었다. 밤안개 속에서 물 흐르는 소리가 아련하게 들려왔다. 충심은 그가 무슨 말이라도 해주리라 믿고 조용히 기다렸다. 솔직히 도문에 가보고 싶었다. 조선족 아낙네의 말이 확실하다면, 열흘 정도 도문에서 일하고 돈을 벌어오는 것도 나쁘지 않았다. 1956년에 김창엽 부대에 근무했다는 이유만으로 끝내 당원이 되지 못한 병든 아버지와 달구지를 끌고 돼지밥을 구하기 위해 온 함흥을 뒤지고 다니는 어머니를 위해서 작은 힘이라도 보태고 싶었다.

"너는 어찌하고 싶은데?"

긴 침묵을 깨고 그가 물었다.

"……가보고 싶어."

충심은 솔직하게 대답했다.

"가보고 싶다? ……사람이 하고픈 대로 할 수만은 없다마. 인차 함흥으로 돌아가자마. 내레 함흥이 돟다."

충심은 얼른 대답하지 못했다. 도문에는 가지 못하더라도 내일 당장 함흥으로 돌아가자는 말에는 쉽게 고개가 끄덕여지질 않았다. 며칠 더 장마당을 뒤져서라도 어머니가 부탁한 장삿거리를 찾아야만 했다. 함흥이 좋아서 그저 돌아가는 것처럼, 산다는 게 그처럼 간단하다면 얼마나 좋단 말인가? 산다는 건 언제나 간단치 않았다.

"외서 대답이 없네?"

그가 낮고 조용하게 다그쳤다. 이럴 때 그는 나이가 한참 많이 먹은 사람처럼 느껴졌다. 충심은 불같은 성격의 그를 자극하고 싶지 않았지만, 이럴 때일수록 솔직하게 말하는 것이 낫다는 생각이 들었다. 지금은 에둘러갈 때가 아니었다.

"내일 당장 함흥으로 돌아가는 건 쬐금 그렇다마?"

충심은 마치 죄를 짓는 기분이 들었지만 뜻을 분명하게 밝혔다.

"그럼 언제?"

"사나흘 뒤."

그는 더 묻지 않았다. 그게 고마웠다. 갑자기 그가 충심을 와락 끌어안았다. 충심은 그의 품에 안겨 밤안개에 젖어드는 흐릿한 불빛의 도문을 바라보았다. 그가 입술로 충심의 입술을 더듬었다. 밤안개가 포근하게 두 사람을 감싸주었다.

밤안개 속을 그와 충심은 손을 잡고 걸었다. 누가 먼저 손을 내민 것이 아니라 두 사람이 자연스럽게 손을 잡은 것이었다. 함흥으로 돌아가 고난의 행군에 동참하면서 소박하게 사는 것, 그가 군대에서 돌아올 때까지 음악학교를 졸업하고, 선전대에 들어가 노동자와 인민을 위로하며 살아야겠다고 충심은 마음을 굳혔다. 그는 군대에서 제대하면 대학에 들어가 제대로 공부하고 싶다고 포부를 밝혔다. 그가 앞날의 꿈을 말한 것은 이번이 처음이었다. 그와 함께 밤안개 속을 걸으니 충심은 행복했다. 둘은 가끔씩 걸음을 멈추고 격렬하게 입을 맞추었다. 그러다 불쑥 그의 손이 충심의 옷섶을 헤치고 들어와 젖가슴을 움켜쥐었다. 움찔 놀라 몸을 빼려다 말고 그의 손길이 젖가슴을 더듬도록 해주었다.

"이거 맨 붕이(자두)만하네. 이렇게 작은 젖가슴은 첨이다마."

재춘오빠의 놀림에 충심은 화들짝 놀랐다.

"오빠!"

충심은 버럭 화를 내며 젖가슴을 어루만지는 그의 손길을 거칠게 뿌리쳤다. 젖가슴이 작다고 놀림을 받다니, 죽고 싶도록 부끄러웠다. 다시는 젖가슴을 만지지 못하게 하겠다고 결심했다.

"왜서?"

그가 충심의 몸을 꺼안으며 웃는 투로 되물었다. 기분나빴다. 충심은 그의 몸을 밀어냈다. 하지만 그는 막무가내로 충심을 끌어안고 억지로 입맞춤을 퍼부었다. 그의 입술이 귓바퀴를 슬쩍 건드리고 지나가자 아랫도리가 뜨거워지며 젖어드는 느낌이었다. 충심은 자신도 모르게 그를 으스러져라 끌어안았다.

"한번만 더 놀리면 다신 못 만지게 할 테야."

충심의 경고에 그는 웃으며 목덜미를 살짝 깨물었다. 짜릿짜릿 몸이 떨려왔다. 밤안개 속에서 젊은 연인은 길고 오랜 사랑을 나누었다. 충심은 태어나서 처음으로 몸이 주는 기쁨을, 흥건하게 젖어드는 몸의 감미로움을 실감했다. 다행히 밤안개가 부끄러움과 쑥스러움을 감춰주었다. 그제야 비로소 지난봄, 버려진 창고에서 재춘오빠가 어찌하여 그토록 충심의 몸을 원했는지 알 것만 같았다.

재춘오빠와 함께 꼭 끌어안고 밤을 지새우고 싶었지만 이모와 미향이 때문에 집으로 돌아가야만 하는 게 참 아쉬웠다. 충심은 그의 손을 꼭 잡고 밤안개 속을 걸어 이모네로 향했다. 세상의 모든 것, 심지어 어둠까지도 덮어주는 밤안개가 소리없이 두 사람을 감싸주었다. 이모 집이 보이는 골목에 다다르자 재춘오빠가 다시 한번 충심의 몸을 자극했다. 충심은 흥분을 미처 다스리지도 못한 채 이모집 대문을 밀고 들어갔다.

"어딜 댕겨온?"

"강가에."

"나가면 나간다고 말을 해야지? 그냥 나가면 어찌나? 그리고 외서 늦네?"

"미안."

"미안하다고 될 일이 아니다마. 아주마니들이 기다리고 있다마."

미향의 말에 충심은 방금 전의 흥분이 싸늘하게 식어버렸다. 낮의 약속을 까맣게 잊고 재춘오빠와 시간을 보낸 터라 입이 열 개라도 할 말이 없었다. 충심은 미향의 손에 이끌려 집을 나섰다. 골목으로 나오자 두 아낙네가 서 있었다.

"가자우!"

조선족 아낙네가 낮고 단호하게 말하자마자 밤안개 속에서 누군가가 불쑥 나타나더니 미향의 팔을 대뜸 움켜잡았다. 흰옷을 입은 남자였는데 눈초리를 보니 아까 장마당에서 재춘오빠와 악수하던 남자였다. 충심은 가슴이 서늘해지며 팔에 소름이 돋았다. 이쯤에서 그만두고 싶었다. 세상에는 돈보다 중요한 어떤 것들이 있고, 그중의 하나가 재춘오빠라는 생각이 피뜩 들었다. 충심은 안 가겠다며 낮에 받은 돈을 내밀었다. 국밥집 아낙네가 이미 틀렸다며 충심의 등을 강하게 떠밀었다.

"만약 소리라도 지르면 모조리 죽는다마."

국밥집 아낙네가 주변을 두리번거리며 협박했다.

"보위부에 끌려가고 싶네?"

보위부라는 말에 충심은 숨도 크게 내쉬질 못했다. 두 아낙네의 억센 손에 이끌려 주춤주춤 무산 방향으로 걸어갔다. 한참을 걸어가니 두만강이 바로 내다보이는 길이 안개 속에서 불쑥 나타났다. 몸을 최대한 낮추고 강변으로 조심스레 내려갔다. 물결의 흐름이 빠른 여울목이 나타났다. 여울목 쪽에는 초소가 있어 조금 더 올라가야 한다며 남자가 뒤를 밀었다. 밤안개가 몸을 숨겨주자 조선족 아낙네가 주머니에서 뭔가를 꺼냈다. 손에 들고 다닐 수 있다는 작은 전화기였다.

"여보시요. 밤안개가 아주 좋다. 지금 물건 개꾸 간다. 준비하라우."

조선족 아낙네가 두 처녀를 돌아보며 전화기를 주머니에 넣었다. 미향도 겁에 질린 듯 사시나무 떨듯 했다.

"건너가자우."

조선족 아낙네가 말했다.

"안 가면 안되나요?"

미향이 울상이 되어 발을 뺐다. 그때 누군가가 강변으로 다가오는 발걸음 소리가 요란하게 들려왔다.

"잡히면 죽어!"

국밥집 아낙네가 깜짝 놀라 미향과 충심을 잡아끌어 밤안개를 꾸역꾸역 토해내는 두만강에다 밀어넣었다. 두만강은 두 처녀를 삼키듯 빨아들였다. 허공에 발을 딛는 것처럼 몸이 푹 잠겼다. 이러다 죽는 게 아닐까라는 생각이 들었다. 강바닥에 발이 닿자 충심은 최대한 몸을 꼿꼿이 세우고 머리를 쳐들었다. 코와 입으로 마구 들어오던 강물이 턱밑에서 출렁거렸다. 몸이 휘청거렸다.

"충심아, 충심아!"

재춘오빠의 목소리가 밤안개를 크게 흔들었다.

"오빠!"

충심은 반가움에 마음껏 그를 불렀다. 조선족 아낙네가 쌍욕을 퍼부으며 충심의 손을 잡아끌었다.

"충심아, 안돼!"

재춘오빠의 목소리가 두만강에 쩌렁하게 울렸다. 충심이 안간힘을
써서 고개를 돌리니 밤안개 속에서 희끗희끗 움직이는 그의 모습이
보이더니 이내 강물로 뛰어드는 풍덩 소리가 들렸다.

"간나새끼, 지랄하다 총에 맞지."

헤엄을 전혀 치지 못하는 미향의 목덜미를 잡아끌던 남자가 야죽거
렸다. 그 순간, 여울목 근처의 국경경비초소에서 탐조등을 켰다. 탐조
등의 길고 강렬한 불빛이 두만강 물결 위의 밤안개를 샅샅이 훑었다.
재춘오빠는 충심의 이름을 애절하게 부르며 헤엄치기 시작했다. 밤안
개를 헤치고 강렬한 불빛으로 탐색하던 탐조등 불빛에 재춘오빠가 희
미하게 걸려들었다.

탕탕탕! 초소에서 사격이 시작되었다. 밤안개 속에서 헤엄치던 재
춘오빠의 몸이 꿈틀하더니 물속으로 가라앉는 게 탐조등 불빛에 어슴
푸레 보였다. 총알에 몸을 다친 것이 분명했다. 어디서 나타났는지 건
장한 사내들이 뛰어왔다.

"오빠!"

충심은 재춘오빠를 부르다가 물에 빠져 허우적거렸다. 조선족 아낙
네가 마구잡이로 충심의 몸을 끌며 허겁지겁 강을 건넜다. 충심은 재
춘오빠한테 가기 위해 몸부림을 쳤다. 뒤에서 따라오던 남자가 무릎
으로 충심의 명치를 걷어차버렸다. 호흡이 툭툭 끊겼다. 충심의 몸은
맥을 놓고 축 늘어졌다. 남자는 사색이 되어 바들바들 떠는 미향을 국
밥집 아낙네에게 맡기고 조선족 아낙네와 힘을 합쳐 밑에서 늘어진
충심의 몸을 받쳐들고 두만강을 건넜다.

호흡이 돌아와 정신을 차려보니 이미 두만강을, 조선과 중국을 가르는 국경을 건넌 뒤였다. 국밥집 아낙네가 미향을 데리고 강기슭을 기어올라갔다. 충심은 탐조등 불빛 속에서 둥둥 떠가는 재춘오빠를 발견하고는 강으로 뛰어들었다. 조선족 아낙네와 남자가 강으로 뛰어들어 충심의 몸을 잡았다.

"오빠! 놔, 놔! 조선으로 갈 거야! 함흥으로 간다니까!"

충심은 몸부림치며 악을 썼다. 그러나 남자는 말없이 머리채를 휘어잡고 강에서 충심을 끌어냈다. 충심의 몸은 흙투성이가 되었고, 마음은 지옥이었다. 새로 나타난 남자들은 잔인할 정도로 민첩하게 미향과 충심을 제압했다. 그들은 강기슭 위 도로에 대기하고 있던 승합차에 충심과 미향을 우겨넣었다. 승합차가 밤안개 속으로 질주하기 시작했다.

"오빠, 재춘오빠!"

총에 맞았어도 살아나기를 기도하며 충심은 재춘오빠를 소리쳐 불렀다. 재춘오빠를 두만강에 두고 이대로 갈 수는 없었다. 충심은 차에서 내리겠다고 펄쩍펄쩍 뛰었다.

국밥집 아낙네는 꿀먹은 벙어리로 앉아 있었고, 중국말로 떠들어대던 조선족 아낙네가 남자를 보고 고개를 끄덕였다. 남자는 두꺼운 손바닥으로 충심의 머리를 강하게 눌러 좌석 아래로 처박았다. 미향은 눈물만 하염없이 흘리고 있었다. 승합차는 도문으로 들어가지 않고 밤안개를 헤치며 느릿하게 달려갔다. 두만강에서 스멀스멀 올라온 밤안개는 국경지대를 흐릿하게 감싸며 더욱 짙어지고 있었다.

* 이승희 시집 『저녁을 굶은 달을 본 적이 있다』 47면(창비 2006).

안개 속에서 거뭇한 물체가 서서히 나타났다. 작살이 강을 건너온 남자와 안내자가 축구 앞에 쭉 늘어진 여자를 내려놓았다. 축구는 자갈바닥에 너부러져 있는 여자의 몸을 발로 툭툭 건드렸다. 작은 몸매의 여자였다. 여자는 두리번거리다가 갑자기 벌떡 일어나 두만강으로 뛰어들었다.

늪지

1

"웨이. 여보시오! 뉘기? 외서 소리가 얕네? ······니 개새끼, 다리 밑에서 전화치는 게지? 무시기? ······그제는 으째 사기쳤음두? 전화 치면 받지 아이하고. ······무시기? 보위부 핑계 대지 마라! 돼지 반채 보내준다 아이했음두? ······우와 개새끼! 으째 믿지 않슴두? ······우 와 개새끼, 얼음덩어리는 싫다. 우와 간나 개새끼, 얼음장사하다가 걸 리면 니가 대신 총 맞을 꺼임두? ······아가리 닥치라우! 건네준다는 에미나이는 으째됐음두? ······개새끼, 아가리만 열리면 쏟아내는 기 몽땅 먹는 거이 타령이네? 니 처먹는 거 소화시켜 모조리 거짓말로 아이 내보냄두? ······ 아이라고? 개새끼, 아가리만 열리면 술술 거짓 말이. ······언제? 알았음메. 먼저 건네주면 인차 돼지 반채 아이라 온

72

채 보낸다. ……우와 개새끼, 내가 언제 거짓말하는 거 봤음두? 개새끼, 거짓말에다 약속 지키지 않는 기야 니들이 전문가지 난 아이다. ……무시기? 쌀까지? 우와 개새끼! 에미나이 하나가 무시기 금덩어린 줄 암메? 돼지 반채에 쌀까지 니들한테 떼주면 나는 손가락만 빰두? ……우와 개새끼, 에미나이가 급하니끼니 먼저 보내 알간?"

연길(延吉)에서 도문으로 달려오는 내내 갑봉은 휴대폰과 씨름했다. 상대방도 징그럽게 전화를 쳐댔고, 갑봉은 왼손 오른손으로 전화기를 옮겨가며 오로지 욕설로 대꾸했다. 입만 열면 욕설이 샘물처럼 솟았다. 춘구가 일부러 엿들으려 한 것은 아니지만 갑봉은 사람장사에 나서기 전에는 얼음(필로폰)장사에도 손을 댄 모양이었다. 사람을 팔다가 걸리면 중간에 뇌물을 써서 나오기도 하지만 얼음을 팔다가 걸리면 감옥에서 몽땅 썩거나 밀매량이 많아 죄질이 나쁘면 총살형을 당했다.

도문에 도착한 것은 오후 다섯시 무렵이었다. 연길이 사람으로 바글거리는 장마당이라면 도문은 파리 날리는 국밥집이었다. 한가해서 여유가 있어 보이지만 반면에 심심하고 나른하게도 느껴졌다. 갑봉은 시내를 가로질러 곧장 북조선과 연결된 철교 쪽으로 고물 승합차를 몰고 갔다. 두만강 철교 근처의 철길을 가로질러 넘다가 승합차가 덜커덩 엉덩방아를 찧자 "에이 썩어질" 하면서 갑봉이 욕설을 퍼부었다.

늪지로 가는 길은 두만강을 따라 곧게 뻗어 있었다. 운전석 쪽으로 두만강이 낮고 푸르게 흘렀고, 건너편에는 북조선의 남양시가 나무 한 그루 없는 민둥산 아래 엎드려 깊은 적막에 빠져 있었는데 지금은 망해버린, 아주 오래된 마을처럼 보였다. 너무 낡아 칙칙하면서도 눅눅한 느낌의 북조선 국경도시는 춘구가 탯줄을 묻고 자라난 태양촌과 쌍둥이처럼 닮아 있었다.

　무너져내린 헛간처럼 변해버린 고향, 흑룡강성 해림시에서 경박호 쪽으로 한 시간쯤 달리다 산길로 접어들어 구불구불한 길을 하염없이 들어가면 불쑥 나타나는 태양촌은 만주국 시절에 경상도 사람들이 모여들어 만든 마을이었다. 어떤 꿈도 꿀 수 없었던 태양촌을 떠올리니 춘구는 목구멍이 간지러우면서 욕지기가 치밀어올랐다. 춘구는 태양촌을 향해 가래침을 퉤 뱉었다. 순간 뒷좌석에서 헉, 하는 소리가 들렸다.

　"야, 개새끼야! 침 좀 뱉지 말란대두! 아, 씨바 얼굴에 또 가래침이…… 에이 썩어질."

　뒷좌석의 삼식이 개지랄을 하면서 조수석 의자의 등받이를 발로 차댔다. 달리는 승합차에서 침을 뱉으면, 바람 때문에 뒷사람의 얼굴에 찰싹 붙곤 했다. 이번에도 가래침이 삼식의 뺨에 씹다 만 껌처럼 달라붙은 모양이었다. 고개를 돌려 그 모습을 힐끗 본 갑봉이 낄낄대며 웃었다. 삼식이 손바닥으로 침을 닦아 바지에 문지르고 나서 주먹을 쳐들었다가 내려놓고는 계속 툴툴거렸다.

　"미안해서 어쩜두?"

　연길말로 하면서도 춘구는 속으로 고소했다. 삼식은 식식거리다가 담배를 물었다. 팔월의 한낮은 손목을 지지는 담뱃불처럼 뜨거웠다. 차창으로 쏟아져들어오는 뜨거운 바람에 숨이 컥컥 막혔다. 심지어 고물 승합차의 엔진에서는 파란 실오라기처럼 연기가 올라왔다. 이러다가 늦지에 미처 도착하기도 전에 덜컥 서버릴 것만 같아 춘구는 은근히 걱정스러웠다.

　하지만 운전을 하는 갑봉이나 뒤에 앉은 삼식이나 태연하기 짝이

없었다. 갑봉의 목에 걸린 굵은 사슬의 금목걸이가 부담스럽고 갑갑
하게 느껴져 춘구는 티셔츠를 걷어올려 겨드랑이에 끼었다. 그러자
배꼽 주변에 굵고 붉은 지렁이 몇마리가 서로 엉킨, 우둘투둘한 흉터
가 불쑥 나타났다. 몸에 열이 나니까 흉터가 붉고 굵게 부풀어올랐고,
간지러워 미칠 지경이었다. 춘구는 피가 나도록 박박 긁고 싶었다.

"그 썩어질 놈으 배때지. 제깍 내리라 야."

옆눈으로 흘끔 춘구의 배를 본 갑봉이 인상을 팍 구기며 소리를 버
럭 질렀다.

'귀 안 묵었다 아이가? 문디이 새끼, 에어컨도 없는 고물 똥차를,
연길 문디 씨발놈들, 장사를 할라치몬 에어컨은 최소로 달아야 하는
긴데? 영업에 대한 기본적인 예절도 없는 흑심(黑心)쟁이 새끼들. 손
꾸락 발꾸락 가리지 안코 썩어질 문디 새끼들, 본시 마음이 검은 놈들
이라 카더만……'

춘구는 갑봉의 말을 무시하고 속으로 갑봉의 머리 위에다 욕바가지
를 퍼부었다. 이렇게 날씨가 푹푹 찌는 날에는 송아지 친구들끼리 웃
통을 벗고 그늘에 모여앉아 술내기 주패를 하든지 마작을 하면서 웃
고 떠드는 게 딱 제격이었다. 밤이 되면 술집에 모여앉아 영국의 초급
축구경기를 보는 재미도 꽤 쏠쏠했다. 좁다란 해림 시내를 주름잡겠
다고 패거리를 지어 싸우러 다니던 그 시절이, 아무 생각 없이 놀던
그 시간이 춘구는 그리웠다. 하지만 모든 그리움이 그러하듯이 기억
속으로 아득하게 가라앉아 다시는 만날 수 없는 풍경으로 변해버렸다.

"저게 두만강에, 문화혁명 때 북조선으로 건네가려던 조선족으 시
체가 둥둥 떠다녔지비. 홍위병 놈들이 조선족을 말이야, 고향이 북조
선이면 북조선 간첩, 고향이 남조선이면 남조선 간첩으로 몰아 족치

는데 용뺄 재주가 어데 있음두? 북조선으로 건너가면, 직장 주고 대학에도 보내준다 소문이 돌았지비. 그래, 홍위병에 쫓기우느니 쩌리(곧장) 두만강으로 뛰어들자, 이래 되었지비. 그때는 김일성이가 모택동보다 인민을 더 잘 멕였는데…… 오죽하면 너 이름이가 삼식이임둥? 니 아바이가 하루 세 끼니는 꼭꼭 챙겨먹으라고 그렇게 왕청스럽게 지었지비. 그기 메이가? 근사하게 태룡이나 해룡이도 있는데. 니기미 씨발, 에어컨이 없으니 아주 죽갔구만. 저기 북조선 쪽 산을 좀 봐. 문화혁명 때는 중국 쪽 산이 지금으 북조선 산처럼 완전히 발가벗었지비."

운전을 하던 갑봉이 잘난 척을 해댔다.

'씨바 새끼, 문디 양아치질이나 하는 주제에 해설질이 머꼬, 해설질이? 저 썹새는 잘난 척을 지 혼자 억수로 쎄게 한다 아이가? 문화핵맹? 소핵교만 댕깄어도 홍위벵으로 설치고 지랄 문디 발광을 쳤겠제. 니가 행여 안 기랬을 기고? 아나 홍위벵!'

춘구는 갑봉의 말을 속으로 잘근잘근 씹었다. 장사꾼이면 장사꾼답게, 건달이면 건달답게 굴어야지, 아닌 척 눈깔에 힘주는 것은 정말 싫었다. 춘구는 어서 일을 끝내고 연길을 뜨고 싶다는 생각을 하며 손바닥으로 목덜미의 땀을 훔쳤다.

"무스그 새가이(처녀, 아가씨)들이 올라나? 안까이(결혼했거나 서른살 넘긴 여자)들은 바쁘기만 하고 남는 게 없는데……"

갑봉이 혼잣말로 중얼거렸다. 그 말에 춘구도 고개를 끄덕였다. 한족이든 조선족이든 좆 달린 놈이라면 죄다 새가이만 찾으니…… 새가이는 인민폐 삼만 위안(약 480만원) 정도에 팔리지만 안까이는 일만 위안 받기도 힘들었다. 안까이를 팔아넘기면 일만 위안을 나누는데,

형님인 갑봉은 삼천 위안, 삼식과 춘구는 천오백 위안씩, 북조선에서 넘겨주는 사람에게 천 위안씩을 배당했고 나머지는 경비로 사용했다. 당연히 이십대의 싱싱한 새가이를 받아 팔아넘기면 손에 쥐는 돈도 그만큼 두둑했다.

'아 씨바, 칠만 위안은 모아야 하는데.'

최소 오만 위안 정도는 있어야 한국에 갈 비자를 살 수 있었다. 나머지는 비자 나오길 기다리면서 소비할 돈과 한국행 비행기 표값이었다. 한국에 도착하기만 하면, 먹을 따버릴 놈을 반드시 찾아내서……라고 생각하는데 승합차가 작은 오솔길을 향해 급속하게 좌회전을 하며 멈췄다. 그 바람에 춘구는 몸이 쏠리면서 유리창에 이마를 박았다.

'운전질이라고는, 강아지만도 못한 주제에 솜씨있다고 빡빡 우기다만, 씹새.'

춘구는 화가 나서 벌컥 문을 열고 승합차에서 내렸다.

"아, 이런 썩어질! 유리창이 깨져버렸네. 우와 개새끼, 대가리가 무스그 돌덩이임메?"

승합차에서 내린 갑봉이 버럭 소리를 질렀다. 돌아보니 조수석 유리창이 깨져 있는데 마치 거미줄처럼 보였다. 춘구는 차라리 잘됐다 싶었다.

"이거 똥차 내비리고 새거로 하나 사이소마."

춘구는 주먹으로 금이 간 유리창을 툭툭 건드렸다. 갑봉이 화들짝 놀라며 춘구를 밀었다.

"국경법규를 준수하면 영광스럽다. 밀매, 독품(마약류) 판매행위를 견결히 타격하자. 썩어질, 이거이 무스그 왕청 갔다온 말임메? 흐흐흐."

삼식이 큰 소리로 구호판의 공지문을 읽었다. 이어 깨진 앞니 사이로 침을 찍 갈기더니 실실 쪼갰다. 국경법규를 어기고, 밀매나 독품 판매행위를 견결히해야 뽀다구나게 살지 씨발, 하면서 춘구는 구호판 쇠기둥에다 오줌을 갈겼다. 그러자 삼식도 바지춤을 내리며 다가왔다. 춘구는 삼식이랑 나란히 서서 서로의 좆을 흘끔흘끔 보며 오줌을 싼다는 게 쪽팔려서 잔뜩 힘을 줘 오줌을 뽑아내고는 얼른 돌아섰다.

갑봉은 그사이에 주머니에서 '웅묘(熊猫)'를 꺼내고 있었다. 등소평이 애용했다는 웅묘는 한 갑에 팔십 위안이나 하는 최고급 담배였다. 연길 시내 다방에서 웅묘를 꺼내놓고 피우고 있으면 안까이들은 물론이고 새가이들까지 다시 한번 쳐다보았다. 갑봉은 그것을 즐겼는데 사실 담뱃갑 속에 진짜 웅묘는 몇개비 들어 있지 않았다. 삼분의 일은 웅묘였고, 나머지는 생김새가 비슷한 싸구려 담배였다. 갑봉은 관가의 사람들이 있는 자리에서는 진짜 웅묘를 피웠고, 보통 때는 가짜 웅묘를 피웠다.

담배를 다 피운 갑봉이 꽁초를 아스팔트 위로 튕겨버린 뒤, 승합차에 올라 시동을 걸었다. 끼릭끼릭거리다가 간신히 시동이 걸린 승합차를 몰고 갑봉은 구호판 바로 옆의 오솔길로 들어섰다. 늪지로 내려가는 길이었다. 오솔길을 따라 구불구불 내려가니 강변의 풍경이 시원하게 펼쳐지고 곧이어 자그마한 해바라기밭이 나타났다. 갑봉은 해바라기밭 옆의 미루나무 그늘에 승합차를 세웠다. 밭은 몇이랑 되지 않은 채로 좁고 길었고, 듬성듬성 자라는 해바라기가 고개를 쳐들고 이글이글 타오르는 태양을 쫓고 있었다.

해바라기밭을 가로질러 세 사람은 강변으로 나갔다. 강건너, 북조선 땅이 손에 잡힐 듯 가까웠다. 무산으로 가는 길 위에 사람들이 걸어다닌다면, 숨소리가 들릴 지경이었다. 강물은 깊어 보였다. 춘구는 갑봉의 뒤를 따라 하류 쪽으로 걸었다. 잠시 뒤 여울목이 나타났다.

"여게가 늪지임두. 예전에 이 헹님이가 여게를 통해 북조선과 밀매를 했지비. 일본에서 중고차를 사서 청진으로 들여오면, 청진에서 남양까지 차를 끌고 와스리, 저게 보임두? 무산 가는 길에서 강으로 내려오는 비탈길? 차를 저 길에서 쩌리 여울목으로 운전해 들어오면, 트럭을 대기해놓고 있다가 밧줄로 끌어당겼지비. 여게는 모래밭이고 늪지라 끌어당기지 아이하면 바쿠가 모래밭에 콱 박혀스리…… 니싼이나 토요따 중고 그거 몰고 연길로 나가면, 한족 놈들 침을 잴잴 흘렸지비. 좋은 시절이었는데, 썩어질…… 에미나이들이 온다면 여게로 올 기야. 쩌 길을 잘 보라우. 자세히 보면 무슨 구멍 같은 거이 보이지 않습두? 그게 북조선 인민군 초소임메. 월경자들 잡는 초소니끼니 조심들 하라우. 자, 올라가서 기다리자우."

춘구는 늪지 주변을 찬찬히 살펴보았다. 여울목에 이어진 자갈밭과 모래밭이 전부였다. 모래밭에 이어진 풀밭에는 황소 한 마리가 느긋하게 풀을 뜯고 있었고, 여울목으로 길게 자동차 바퀴며 사람의 발자국이 어슴푸레 남아 있었다. 늪지라고 이름을 붙일 만큼 늪다운 곳은 보이지 않아 춘구는 고개를 몇번 갸웃거렸지만 갑봉한테 묻지는 않았다. 늪이 아닌데도 늪지라는 지명까지 번듯하게 붙인 이유가 분명히 있을 터였다.

"도문으로 가서 기다렸다가 밤에 오자우. 곱창은 채워야 하지 않겠음두?"

갑봉이 빠른 걸음으로 승합차 쪽으로 걸어갔다. 그 뒤를 삼식이 촐싹거리며 따라갔다. 갑봉의 말마따나 북조선 여자들은 어차피 밤이 되어야 두만강을 건너올 터였다.

2

저녁을 대충 때우고 다방으로 자리를 옮겨 맥주를 마셨다. 삼식과 춘구는 텔레비전을 보았고 갑봉은 늙은 마담과 시시한 농담 따먹기를 하며 웅묘 담뱃갑을 만지작거렸다. 채널을 이리저리 돌려봐도 축구 방송은 없었다. 결국 탁구시합을 보며 하품을 해대고 있는데, 탁자 위의 휴대폰이 부르르 몸을 떨었다. 갑봉이 얼른 집어들었다.

"웨이? 뉘기? ……이런 썩어질, 개새끼! 외서 전화치고 지랄이네? ……지금? 알갔다. 쩌리 간다."

갑봉이 전화를 끊더니 벌떡 일어섰다. 그러자 삼식도 용수철처럼 튕겼고, 춘구는 주윤발처럼 성냥꼴을 잇새에 끼우고 느긋하게 몸을 일으켰다.

"메야 이거?"

먼저 밖으로 나간 갑봉의 불만스러운 목소리가 들렸다. 문을 열고 다방에서 나오니 짙은 안개가 도문 시내를 가득 채우며 어둠과 몸을 섞고 있었다. 춘구는 다방 앞에 잠시 서 있었다. 안개 속으로 쉽게 발이 나가질 않았다. 안개는 길이며 아파트를 꾸역꾸역 집어삼키고 있었다.

"무시기, 썩어질 안개임두? 이게야 운전이나 제대로 하겠음두? 바쁘구만(긴장되는구만) 이거? 제깍 올라타라우!"

춘구는 안개 속에 손을 뻗어 한번 휘저어보았다. 손가락 사이로 바람이 빠져나갔고, 바람이 빠져나간 흔적으로 축축한 물기가 손가락에 남았다. 갑봉이 시동을 거는데 퍼덕거리기만 할 뿐 엔진이 말을 듣지 않았다. 춘구는 조수석에 앉아 시동이 걸리기를 기다렸다. 성질 급한 갑봉이 있는 대로 욕설을 퍼부으며 운전대를 두어 번 내리치자 그제야 시동이 걸렸다.

갑봉은 헤드라이트를 켜고 안개 속으로 승합차를 몰았다. 헤드라이트 불빛을 안개가 강렬하게 튕겨냈다. 눈이 따끔따끔 아팠다. 차라리 헤드라이트를 끄는 게 나을 정도로 안개는 첩첩했고 두꺼웠다. 승합차는 안개 속을 엉금엉금 기어 늪지로 갔다. 늪지에 도착하자마자 갑봉은 두만강 건너편을 향해 전조등을 두어 번 깜빡거렸다. 그러자마자 갑봉의 휴대폰에 신호가 왔다. 춘구는 이 사이에 낀 성냥꼴을 뱉어버리고 귀를 쫑긋 세웠다.

"여보시오. 밤안개가 아주 좋다. 지금 물건 개꾸 간다. 준비하라우."

라는 여자 목소리가 들렸다.

"가서 개꾸 오라우!"

갑봉이 말했다. 춘구와 삼식은 승합차에서 내려 해바라기밭을 지나 강가로 나갔다. 안개 때문에 자주 발을 헛디뎠다. 강가에 도착하자 건너편이 소란스러웠다. 뭔가 일이 잘못될 수도 있다는 생각에 춘구는 입술을 살짝 깨물며 건너편 상황을 정확히 알기 위해 귀를 기울였다. 안개는 두만강의 잔잔한 물결 위에서 홀연 몸을 일으켜 끊임없이 퍼지며 밤하늘로 올라가고 있었다. 풍덩, 누군가가 물에 뛰어드는 소리가 크게 들렸다. 안개가 잠시 흔들렸다. 춘구는 심호흡을 했다.

"충심아, 충심아!"

밤안개 속에서 남자 목소리가 쩌렁하게 울렸다. 크기와 울림으로 보아 젊은 남자가 틀림없는 것 같았다.

"오빠!"

그 남자를 부르는 여자 목소리가 두만강과 안개를 사납게 찢었다.

"충심아, 안돼!"

젊은 남자의 목소리가 다급하게 울렸다. 그 순간, 건너편 북조선 국경경비초소의 탐조등에 불이 들어왔다. 탐조등의 길고 강렬한 불빛은 안개 때문에 별 소용이 없었다. 마치 소경이 지팡이를 허공에 휘젓는 것처럼 보였다. 몇인지 알 수 없는 사람들이 악을 쓰며 강을 건너오는 가쁜 숨소리가 가깝게 다가왔다.

탕탕탕!

적막을 찢는 굉음과 함께 가느다란 불빛이 강물로 쏟아졌다. 총탄이었다. 춘구는 자신도 모르게 자갈 바닥에 몸을 납작 엎드렸다.

"오빠!"

젊은 여자가 비명을 질렀다. 안개 속에서 두만강은 내질러대는 악다구니와 처벅처벅 물길을 헤치는 소리로 소란스러웠다. 춘구는 안개 속의 두만강에 신경을 집중했다.

안개 속에서 거뭇한 물체가 서서히 나타났다. 가까이 다가오기를 기다려 자세히 보니 축 늘어진 사람의 겨드랑이를 어깨에 서로 낀 남자와 아낙네였다. 간신히 강을 건너온 남자와 아낙네가 춘구 앞에 축 늘어진 여자를 내려놓았다. 곧이어 또다른 아낙네가 젊은 여자의 손목을 움켜쥐고 강을 건너왔다. 뒤에 온 아낙네와 여자를 데리고 삼식이 먼저 승합차 쪽으로 서둘러 떠났다. 춘구는 자갈 바닥에 너부러져 있는 여자의 몸을 발로 툭툭 건드렸다. 그러자 여자가 꿈틀거리다 상

체를 일으키더니 주변을 둘러보았다. 가냘픈 몸매의 여자였다. 여자
는 두리번거리다가 갑자기 벌떡 일어나 두만강으로 뛰어들었다. 여자
를 부축해서 강을 건너온 남자와 아낙네가 후닥닥 달려가 여자의 옷
을 잡아챘다.

"오빠! 놔, 놔! 조선으로 갈 거야! 함흥으로 간다니까!"

여자는 몸부림을 치며 악을 썼다. 그러나 남자는 말없이 머리채를
휘어잡아 끌어당겼고 아낙네는 뒤에서 밀었다. 춘구는 말없이 서 있
다가 느닷없이 여자의 뺨을 세차게 후려쳤다. 여자가 뒤로 벌렁 넘어
졌다. 춘구는 여자의 배를 발로 지그시 밟았다.

"씨부랄년, 죽겠음두?!"

춘구의 목소리는 낮고 비정했다. 여자는 벌린 입을 다물지 못했다.
춘구는 여자의 머리채를 휘어잡아 일으켰다. 여자가 비명을 지르며
버텼다. 남자와 아낙네가 여자의 등을 떠밀었다. 승합차에 도착하자
아낙네를 조수석에 태우고 춘구와 남자는 여자를 번쩍 들어 뒷좌석에
다 집어던졌다. 여자는 작은 새처럼 가벼웠다. 그 가벼움에 춘구는 약
간 당황했다. 남자가 맨 뒷좌석으로 들어가자 춘구는 문을 닫으며 "갑
세!"를 외쳤다. 갑봉은 차를 출발시켰다.

"오빠, 재춘오빠!"

달리는 승합차 안에서 물에 흠뻑 젖은 여자가 몸부림을 쳐댔다. 북
조선에서 건너온 남자가 여자의 머리채를 휘어잡고 머리를 무릎 사이
에다 처박아버렸다. 여자가 무릎 사이에서 몸부림을 쳤다. 춘구는 여
자의 몸부림을 덤덤하게 쳐다봤다. 잠시 후 여자는 스르르 맥을 풀었
다. 춘구는 담배를 피웠다. 갑봉은 콧노래를 부르며 안개 속으로 천천
히 승합차를 몰았다. 두만강에서 스멀스멀 올라온 국경지대의 밤안개

속으로 승합차는 서서히 스며들었다.

3

흥정이 새롭게 시작되었다.

북조선에서 데리고 온 여자 둘 모두 새가이였고 게다가 숫처녀로
보였다. 새가이라면 삼만 위안에 넘기기로 했던 애초의 계획을 갑봉
이 일방적으로 틀어버렸다. 남자 손길이 타지 않은 완벽한 숫처녀이
기 때문에 적어도 오만 위안은 받아야 한다는 게 갑봉의 주장이었다.
춘구는 손해볼 것이 없었기에 적당한 임자가 나타나기만을 기다렸다.
충심이라는 이름의 몸집이 작은 새가이는 방에 처박혀 밥을 굶으며
버텼고, 약간 통통한 미향은 밥도 잘 먹었고 심지어 설거지까지 도맡
아했다.

춘구는 까탈스럽게 구는 충심이 마음에 들었다. 싸가지없이 굴다가
겨우 입술만 주고 해림을 떠나버린 설매(雪梅)를 쏙 빼다박아서 괜히
가슴이 설레곤 했다. 쥐새끼처럼 눈치가 빠른 갑봉이 몸값 떨어지기
때문에 절대로 손을 대서는 안된다고 못을 쾅 박았다. '새끼 낳기 전
엔 금(金)유방, 새끼 낳고 나면 개(狗)유방'*이라는 갑봉의 말에 춘구
는 고개를 끄덕였다. 하지만 삼식은 입술을 쑥 내밀었다. 전에는 북조
선에서 새가이든 안까이든 데리고 오면 기를 꺾기 위해서라도 일단
조지고 봤다며 투덜거렸다. 갑봉은 삼식한테 좆몽둥이를 잘못 놀렸다
간 쏙 뽑아버리겠다고 협박했다. 야시장이 열리는 북시장 근처의 허
름한 아파트로 새가이들을 데리고 들어온 지 이틀째 되는 저녁 무렵

84

갑봉이 헐레벌떡 뛰어들었다.

"일루 와보라우. 봉춘이 새끼 때문에 미티갔다. 연길 시내에 공안
놈들이 쫙 깔렸어. 백락궁식당에서 들었는데, 그 집 로반(작은 가게의
사장)으 아들놈이가 공안이라 귀동냥질으 했는데."

"그 로반으 아들? 뉘기요?"

삼식이 갑봉의 말을 툭 자르고 끼어들었다.

"이런 썩어질 개새끼 같으니라고, 왕청 댕겨왔음두? 그 로반으 첫
째아들놈이를 큰헹님한테 말해 공안에 넣지 아이했음두?"

갑봉이 눈알을 부라리며 소리를 버럭 질렀다. 삼식이 꼬리를 사타
구니 사이로 말아넣는 표정을 지었다.

"옳소."

"왕청 것들도 너보단 낫겠음두."

왕청 것들이란 갑봉의 말에 삼식이 얼굴이 빨개져서 고개를 푹 숙
였다. 말을 빨리 못 알아들으면 왕청 갔다왔느냐며 놀렸다. 왕청은 촌
놈의 대명사였다. 그래서 연길사람들은 '왕청 촌놈'이라는 욕을 가장
싫어했다. 반면에 왕청사람들은 자기들을 무시하는 소리라며 툴툴거
렸다.

"봉춘이 그 개새끼가 에미나이 양십 명(20명)을 모아 북조선에서 넘
어온 것처럼 꾸미고 거지질을 시켰재비. 어드메서 나달나달하고 더러
운 거지옷을 구해왔겠는지? 재주가 참기름 바른 미꾸라지 같은 새끼
야. 에미나이들이 한국관광객들한테 탈북한 북조선 여자라며 손을 내
밀면, 고저 딸라를 펑펑 앵기지 않겠음두? 기리니끼네 하루에 최소
이천 위안, 한 달이면 육만 위안, 모이면 엄청나지비. 그 개새끼가 기
러케 앵벌이질을 시켜 일년 만에 아파트 한 채를 장만했지비. 기카니

까 길림 안전청 귀에까지 아이 들어가겠음두? 한국에서 온 선교사 새끼들, 미국놈들 돈 받고 탈북자 후리는 놈들까지 연길 시내가 완전 개판인데 봉춘이 그 개새끼까지 끼어드니, 기카다간 우리까지 왕청 가게 생겼네, 썩어질."

"제가 하겠음다, 헹님."

갑봉의 말이 끝나자마자 삼식이 나섰다. 삼식의 엄숙한 얼굴을 보던 갑봉이 그만 피식 웃고 말았다.

"짜개바지에서 좆 튀어나오듯이 나서기는? 썩어질, 콧구멍에 붙은 코딱지나 떼라우?"

갑봉의 말에 삼식은 얼른 콧구멍에다 손가락을 쑤셔 코딱지를 파내 바지에다 닦았다.

"너는 연길사람이 아니라 얼굴이가 아이 알려졌으니, 춘구 니 손을 빌렸으면 어떻겠음두? 그 썩어질 새끼, 뜨거운 맛을 봐야 정신을 피뜩 차리지."

"알겠음다."

춘구는 시원하게 대답했다. 두 시간 후, 봉춘이 신화서점 근처의 서울다방에 앉아 있다는 삼식의 똘마니 전화를 받고 춘구는 충심을 데리고 아파트를 나왔다. 그 뒤를 삼식이 따랐다. 아파트를 나오자 충심은 행여나 공안에 잡힐까 싶어 춘구 곁에 찰싹 달라붙었다. 춘구는 삼식에게 아파트로 돌아가라고 말했다. 언제나 혼자 일을 하는 게 편했다. 거추장스러운 것은 딱 질색이었다. 충심을 데리고 나온 것은 일부러 뭔가를 보여주기 위해서였다. 충심은 끊임없이 불안하게 눈동자를 굴리며 사방을 두리번거렸다. 뒤에서 택시가 '빵빵' 하며 경적을 울리기만 해도 깜짝깜짝 놀랐다.

택시를 타고 밤의 연길 거리를 달렸다. 어둠침침한 골목마다 어김 없이 들어선 안마소, 양고기 꿰집, 온갖 노래방이며 다방의 간판이 밤 의 거리에서 불빛을 뿜어내고 있었다. 그 불빛 아래를 사람들이 걷거 나 자전거를 타고 밀려가고 있었다. 충심은 차창에 얼굴을 딱 붙이고 야경을 구경하느라 정신이 없었다. 연길은 꿰집과 노래방과 안마소와 다방의 도시였다. 택시가 신화서적 앞에 멈추자 춘구는 충심이 따라 오든 말든 신경쓰지 않고 성큼성큼 걸어 서울다방으로 들어갔다.

칸막이가 촘촘한 다방에는 곰팡이 냄새가 퀴퀴하게 배어 있었다. 춘구가 맥주 한잔을 천천히 들이켜는 동안 충심은 비에 젖은 작은 새 처럼 앉아 있었다. 춘구가 빈잔을 내밀자 충심은 도리질을 쳤다. 춘구 는 자신의 잔에 맥주를 채워 단숨에 마셨다. 입술에 묻은 거품을 손바 닥으로 닦았다. 지금부턴 절대로 경상도 말을 사용해선 안된다고 생 각했다. 행동거지를 연길 놈인 것처럼 해두어야 뒤가 편할 터였다.

"기다리라우."

이 말을 남기고 춘구는 마침내 맥주병을 손에 들고 일어섰다. 어떤 망설임도 없이 연길 놈들한테 흑룡강성 사람의 깡다구를 보여줘야 한 다고 춘구는 생각했다. 사나이답게 해치워야 했다. 상대방은 모두 셋 이었다. 머리를 빡빡 밀어버린 이십대 중반의 각두기처럼 생긴 젊은 녀석, 양복을 깔끔하게 입었으나 어딘지 모르게 싸구려 티가 나는 중 년의 사내, 그 옆에 앉아 아양을 떠는 화장을 촌스럽게도 진하게 한 늙은 마담. 춘구가 그들 앞에 스윽 나타나자 셋의 눈동자가 일제히 집 중되었다.

"메야, 씨발?!"

젊은 각두기가 눈알을 부라리며 일어나려고 했다. 순간, 춘구는 맥주병을 쳐들어 주저없이 머리통을 내리찍었다. 펑, 하는 소리와 함께 맥주병이 춘구의 머리통 위에서 깨졌다. 허연 거품이 춘구의 머리카락을 적시며 흘러내렸다. 춘구는 씨익, 웃었다. 그 바람에 젊은 깍두기가 놀라 의자에 처박혔다. 춘구는 조용히 티셔츠를 걷어올렸다.

"니가 봉추이냐?"

춘구는 깨진 맥주병을 자신의 배에다 그었다. 맥주병이 지나간 자국마다 선혈이 투둑투둑 터지며 흘렀다. 춘구는 조용히 그러나 눈에 힘을 모아 봉춘을 쳐다보았다. 봉춘은 얼른 고개를 숙였다. 춘구는 봉춘의 턱을 검지 하나로 들어올렸다.

"오늘부로 에미나이들 모아 거지질 시키는 거 인차 중단시키라! 앞으로 걸리면, 멱을 따겠다. 알간!?"

춘구는 낮은 목소리로 또박또박 말했다. 태양촌에서 경상도 말을 쓰며 살다가 연길말을 일부러 하려니 참으로 어색했다. 이어서 깊게 배를 찌르진 않았으나 피는 충분히 나올 수 있도록 깨진 맥주병으로 배를 천천히 그었다. 투둑, 살이 갈라지는 느낌이 손목으로 전해졌다. 늙은 마담이 다방이 떠나가도록 비명을 질렀다. 춘구는 손바닥에 피를 묻혀 마담의 얼굴을 쓰다듬었다. 순간 마담이 끄윽, 하며 비명을 삼켰다. 그것을 보고 있던 충심은 손바닥으로 입을 틀어막고 부들부들 떨었다.

"일없어. 주둥아리 닥치라!"

늙은 마담이 막힌 숨을 내쉬다 말고 흡, 하며 입을 다물었다. 깍두기가 눈치를 보며 재떨이를 손으로 움켜쥐었다. 순간, 춘구가 깨진 맥주병으로 깍두기의 손등을 푹 찍었다. 깍두기가 비명을 지르며 팔짝 팔짝 뛰었다. 촐싹거리는 게 마치 삼식을 보는 느낌이었다.

"사내가 엄살이 메야? 아파도 뒤져도 참는 게 사내 아임두? 알았지 비?"

춘구의 말에 깍두기가 움찔하더니 모든 동작을 멈췄다.

"봉추이? 똑바로 살라!"

춘구는 피묻은 손바닥으로 파랗게 질린 봉춘의 얼굴을 탁탁 쳤다. 봉춘이 고개를 푹 숙였다. 춘구는 조용히 돌아섰다. 아무 일도 없었던 것처럼 얼굴이 평온했다. 춘구는 서두르지 않고 출입구를 향해 천천히 걸었다. 뒤를 충심이 허둥지둥 따랐다. 춘구는 태연하게 택시를 잡고 충심을 먼저 태웠다. 택시 안에서 춘구는 손바닥으로 배를 꾹 누르고 있었다. 충심은 그 모습을 걱정스럽게 바라봤다.

택시가 아파트에 도착하자 춘구는 충심을 먼저 올려보냈다. 그제야 춘구는 주머니에서 담배를 꺼내 깊게 빨았다. 야시장에서 날아온 양고기꿰 냄새가 코를 자극했다. 춘구는 옷자락을 여미고 야시장을 향해 천천히 걸었다. 뱃가죽이 저릿저릿 아팠지만 눈썹 하나 찡그리지 않았다.

야시장에는 사람들이 바글바글했다. 양고기꿰을 굽는 연기와 냄새가 시장 전체를 뒤덮고 있었다. 춘구는 사람들 사이를 홀로 걸었다. 중국말과 조선말이 뒤섞여 온갖 잡음을 만들어내고 있었다. 통증이 썰물처럼 밀려왔고, 옷자락을 여민 손으로 핏물이 내려왔다. 욱신욱신 쑤시며 통증이 올 때마다 춘구는 양고기꿰을 사먹어야 한다는 생각이 들었다. 그러나 양고기꿰을 사진 않았다.

"이젠 들어가자요!"

귀에 익은 여자 목소리가 들렸다. 걸음을 멈추고 돌아보니 충심이 서 있었다. 춘구는 말없이 충심을 바라보았다. 충심이 얼른 고개를 숙여 눈길을 피했다. 다른 사람이었다면 불같이 화를 냈겠지만 충심이라서 참기로 하고 춘구는 또 걸었다.

"피가 많이 나요. 이젠 돌아가자요!"

뒤에서 충심이 말했다. 저 새가이, 당돌하기는……이라고, 춘구는 생각했다. 문득 한국에 있는 어머니가 떠올랐다. 지난 두 해 동안 뼈 빠지게 일한 돈을 사기꾼한테 모두 털렸다는 소식을 듣고도 비자를 받지 못해 비행기를 타지 못했다. 북조선에서 넘어온 새가이와 남조선으로 간 어머니, 가슴이 꽉 막히는 기분이었다. 춘구는 돌아섰다.

"니가 당했음두?"

아파트에 도착하니 갑봉이 놀란 눈으로 쳐다봤다. 머리며 배에서 피를 흘리는 춘구를 보며 삼식이 호들갑을 떨며 물었다. 춘구는 얼른 대답하지 않고 냉장고에서 흰술(고량주)을 꺼내 배에 들이부었다.

"학실히 제꼈소."

춘구는 연기와 함께 말을 내뿜었다. 충심이 화장실에서 수건을 가져와 배와 머리에 흥건하게 밴 피를 훔쳐냈다. 춘구는 충심을 밀어내고 수건으로 배를 감쌌다. 갑봉이 정말 손을 제대로 봤는데 왜 피를 흘리느냐고 물었다.

"일없소. 그 새끼, 머리카락 하나 다치지 않고 학실히 끝냈다 아입니꺼!"

갑봉의 표정이 살짝 밝아졌다.

"우와 개새끼. 또 지 머리 치고 배 그었구만. 우와 개새끼, 독한 놈. 치료하고 며칠 푹 쉼두. 봉춘이 간나아 새끼, 불맛을 봤으니 정신이 피뜩 돌아오겠지."

춘구는 갑봉의 말을 들으며 소독하고 남은 흰술을 벌컥벌컥 마신 뒤, 손바닥으로 입술을 슥 닦고 낡은 쏘파에 반듯하게 누웠다. 피곤했다. 피묻은 손바닥으로 눈을 가리고 잠을 청했다.

이틀이 속절없이 흘렀고 그사이에 배의 상처가 꾸덕꾸덕 굳어갔다. 춘구는 아무래도 갑봉이 새가이들 값을 너무 올린 것이 아닌가 하는 의심이 들었다. 게다가 충심은 틈만 나면 눈물을 질질 흘리며 북조선으로 보내달라고 신경을 긁었다. 그러나 충심이 징징거리는 것보다도 갑봉의 수다가 더 짜증나고 싫었다.

춘구는 쏘파에 누워 영국의 축구시합을 보며 시간을 소비했다. 특히 영국 현지에서 직파해주는 축구시합에 몰입하고 있으면 날마다 시내를 쏘다니며 부잡스럽게 놀던 송아지 친구들도 잊을 지경이었다. 하기야, 그 송아지 친구들도 이제는 뿔뿔이 흩어져 어떤 놈은 한국으로, 몇놈은 청도(靑島)나 연태(烟台)로 가서 가요주점 보이로, 또 몇몇은 북경이나 상해의 식당이나 안마소에서 허드렛일을 하고 있었다. 춘구는 안마소나 식당에서 청춘을 썩히고 싶진 않았다. 그러기엔 피가 너무 뜨거웠다.

"공안질하는 큰헹님이가 처니 하나를 데리고 놀았는데……"

삼식의 말에 따르면, 갑봉의 뒤를 봐주는 공안국 간부가 새가이를 데리고 놀다 버렸는데, 그 새가이가 임신을 했다며 돈을 주든지 아파트 한채를 사주든지 하라며 협박을 하고 있다는 거였다. 갑봉의 말이 무슨 뜻인지 알기에 춘구는 삼식과 함께 그 새가이를 잡으러 나갔다. 연길 서시장을 돌다가 신흥소학교 앞 전주설렁탕집 앞에서 그 새가이를 만났다. 한눈에 척 보기에도 얼굴에 색기가 줄줄 흐르는 새가이였다. 삼식이 나서서 앞을 막고 몇마디를 하는데 그 새가이가 그만 삼식의 얼굴을 할퀴어버렸다. 삼식이 비명을 지르며 폴짝 뛰었다. 춘구는 조용히 다가가 새가이의 머리채를 확 낚아채고 고물 승합차에 처박았다. 삼식이 투덜거리며 승합차를 몰고 병원으로 갔다.

"애가 들어 있는지 아이 들어 있는지 좀 봅세!"

삼식이 말하고 춘구는 의사 앞에 그 새가이를 집어던졌다. 의사가 깜짝 놀라 뒤로 물러섰다.

"당신들 뉘기요?"

대머리가 벗어진 중년의 의사가 소리를 버럭 질렀다. 춘구는 의사를 빤히 쳐다보다가 다짜고짜 따귀를 올려붙였다. 짝, 하는 소리와 함께 안경이 떨어졌다. 춘구는 말없이 안경을 발로 지그시 밟아버렸다. 그러자 새가이가 털썩 무릎을 꿇었다. 공포에 질린 새가이의 눈동자가 심하게 흔들렸다. 새가이는 거짓말이라며 두 손을 싹싹 빌었다. 춘구는 무표정하게 새가이를 내려보았다.

춘구는 새가이를 데리고 아파트로 갔다. 아파트 거실에 새가이를 내팽개치자 충심과 미향이 비명을 질렀다. 춘구는 주방으로 가서 칼을 가져와 바지춤에 슥슥 닦았다.

"너이, 씨발년! 애를 배지도 아이해놓고 사기를 침두? 햐아, 뭐 이런 년이 있음두? 얼굴은 반반하다 이거지비? 얼굴값을 톡톡히 받아보겠다 이거지비? 그래 얼굴값을 주겠음두."

삼식이 으시딱딱 소리쳤고, 춘구는 말없이 칼을 새가이의 얼굴에 대고 위에서 아래로 천천히 그었다. 새가이는 몸부림쳤지만 삼식이 위에서 꽉 누르고 있어 꼼짝도 할 수 없었다. 칼이 지나간 자리에 가느다란 선이 생겼고, 그 선 사이로 붉은 피가 몽글몽글 배어올랐다. 새가이한테 아무런 감정도 없었다. 하지만 춘구는 눈 하나 깜짝 않고 침착하게 일을 해치웠다. 삼식이 새가이를 끌고 아파트에서 나갔다.

춘구는 주방 개수대에다 피묻은 칼을 집어던졌다. 충심과 미향이 손을 잡고 서서 떨고 있었다. 일이란 본래 그런 것이었다.

4

마침내 해림의 신흥촌에서 칠만 위안, 그 옆의 광명촌에서는 오만 위안에 사겠다는 임자가 나타났다. 위험을 무릅쓰고 기다린 보람이 있었다.

"시집을 가야 하겠음두!"

갑봉이 말했다.

"식당에서 복무원으로 일한다고 해스리 왔는데 시집을 어찌 가겠는지? 조국으로 보내주라우요."

충심이 딱부러지게 말했다. 그 옆에서 미향은 고개를 푹 떨구고 있었고, 삼식은 부러진 앞니를 드러내며 바람 빠지는 풍선처럼 피시식 웃었다. 보름 남짓 함께 지내며 지켜봤지만, 통통한 미향은 체념했고 키도 몸도 대추알만한 충심은 포기하지 않고 북조선으로 가겠다며 손톱을 세우고 달려들곤 했다. 춘구는 그러거나 말거나 아무 관심도 없었다. 빨리 팔아넘기고 돈이나 손에 넣고 연길에서 뜨고 싶은 마음뿐이었다.

"시집이 메야? 시집이? 죽으면 죽었지, 시집은 아이 가겠소."

충심이 소리를 지르며 뻗댔지만 삼식과 춘구는 고물 승합차에 충심을 구겨넣었다. 미향은 다소곳하게 뒷좌석에 앉아 펄펄 뛰는 충심을 보며 말없이 눈물만 흘렸다. 충심의 울부짖는 소리를 담고 갑봉이 모는 승합차는 목단강(牧丹江)을 향해 새벽의 연길을 벗어나기 시작했다. 연길에서 흑룡강성 목단강으로 가는 길은 좁고 구불구불하고 울퉁불퉁했다. 서서히 날이 밝아오는데 뒷좌석에서 충심이 북조선으로 보내달라며 아예 날뛰기 시작했다. 충심이 때문에 중간에서 허기진 배를 채울 수도 없었다. 왕청에서 영안(永安)으로 가는 고갯길을 넘다가 참다못한 갑봉이 승합차를 갓길에다 세웠다.

"북조선으로 보내달라고? 장군님한테로 돌아가고 싶슴두? 고럼 차 돌리지 머? 돌리자고, 돌려. 연길으 가면 공안에다 넘겨주겠슴. 공안이 니들 친절하게 호텔로 모실 거 같슴두? 도문으 탈북자 감옥에다 처넣지비. 감옥으 처박혀 있으면 북조선 보위부에서 나와 니들을 끌고 가는데…… 그거이 어드메 있음두?"

말을 끊고 갑봉은 늘 옆구리에 끼고 다니는 손가방을 열고 뒤적거리다가 뭔가를 꺼냈다. 슬쩍 보니 몇장의 사진이었다.

"이거이 보라우!"

갑봉이 내민 사진을 미향이 먼저 보았다. 미향의 큰 눈이 점점 커지더니 손에서 사진을 떨어뜨렸다. 하나, 둘, 셋, 춘구는 속으로 숫자를 셌다. 셋과 동시에 미향이 크게 울음을 터뜨렸다. 충심도 사진에 눈길을 주고 있었다. 입을 꾹 다물고 물끄러미 사진을 보는 충심의 눈도 조금씩 커지고 있었다. 잠시 뒤, 충심은 조용히 사진을 내려놓았다. 춘구는 슬쩍 충심의 눈치를 본 뒤에 사진을 집었다. 숨이 탁 막혔다. 사진에는 콧구멍 사이의 콧날에 철사가 꿰인 사람들이 담겨 있었다. 철사가 꿰인 부분에서 피가 흘러 입술을 적시고 있는 여자도 보였다. 도문 변경출입국관리사무소를 배경으로 찍은 사진에도 철사로 코를 꿰인 사람들과 그 철사를 끌어당기는 사람들이 찍혀 있었다. 마치 코

뚜레를 한 소를 잡아당기는 꼬락서니였다.

"머저리 같은 것들, 니들도 이렇게 되고 싶슴두? 니들이 북조선으로 돌아가면 환영대회라도 크게 열어주겠는지? 천만의 말씀 만만의 콩떡이야. 인민들이 고난의 행군을 하는 동안에 내 배만 채우겠다고 두만강을 건너는 순간, 니년들은 모조리 창녀로 전변되는 거야. 창녀가 멘지는 알고 있음두? 다리 가랑이 벌려 구멍 팔아먹고 사는 거이 창녀 아임두? 말해보라우? 꿀먹은 벙어리가? 머저리 같은 것들! 니년들도 창녀가 되고 싶슴두? 지금이라도 되고프면 말하라우? 쩌리 몸파는 곳으로 보내주겠슴. 나를 만나 다행인 줄 알라우. 다른 놈들은 북조선 여자라면 무조건 창녀로 팔아치우지만 그래도 나는 시집이라도 어엿하게 보내겠다 아이함두? 시집가는 게 메가 싫슴두? 여자라면 뉘기나 어차피 시집가지 않슴두? 니들 구멍도 없는 계집임두? 남자들은 좆만 있으면 장가를 가고 여자들은 구멍만 있으면 시집을 가는 거이 세상인데. 더럽고 냄새나고 말도 안 통하는 뙤놈 한족 남자한테 시집가는 것도 아이고 말이야. 여자 팔자란 자고로, 썹방아를 잘 찧으면 사랑받고 고와지는 법임두. 고와지면 남편한테 사랑받고…… 니들은 잘 모르겠지만, 이거이는 완전히 자선사업이라고. 니들 북조선에서 배때지 쫄쫄 굶다 뒤지는 거 데려다가 시집으 보내주고, 배터지게 멕이는 건데 으째 자선사업으 아니겠음두? 자선사업은 메 손가락 빨고 하는 줄 암두? 그리고 니들 가는 데는 말이야, 새가이든 안까이든 여자들이 금덩어리처럼 귀한 곳이야. 더구나 젊은 새가이들은 아주 귀한 곳이니끼니 왕비처럼 모시고 떠받들지. 여자가 귀하니끼니, 몇년을 굶은 머저리 남자들이 열병난 것처럼 밤마다 좆 잡고 문지르다 모두 자지껍질이 벗겨질 지경이니 얼마나 잘 모시겠음두? 잔말 말고 쩌리 가자우."

갑봉의 일장연설이 끝났다. 그사이에 춘구는 구절초의 잎을 따서 차로 올라와 씹었다. 입 안 가득 쓴물이 감돌았다. 갑봉이 다시 운전을 시작했다. 승합차 속에는 조금 전과 달리 깊은 정적이 흘렀다.

아침 열시가 넘어서자 승합차 안은 찜통으로 변해갔다. 목단강을 거쳐 해림에 도착했다. 심심하고 나른하고 재미라곤 하나도 없던, 나이 많은 노인네처럼 속절없이 늙어가며, 당나귀와 말이 끄는 수레와 자그마한 택시가 한가롭게 떠다니고 건물들도 낡고 삭아가던 풍경 속으로 춘구는 돌아온 것이다. 춘구의 안내에 따라 일행은 장마당으로 가서 돼지고기 볶음과 미판(米飯) 한그릇씩을 사먹었다. 미향이 북조선 남양처럼 생겨먹은 도시라며 실망의 기색을 드러냈다. 방금 전까지만 해도 눈물바람이더니, 철이 없어 보였다. 충심은 아무 말도 없었다. 춘구는 막상 해림에 도착하자 마음이 이상하게도 착잡하고 쓸쓸해졌다. 소를 잃어버린 외양간의 분위기가 도시 전체에 감돌고 있었다. 그 익숙한 풍경과 분위기가 춘구는 싫었다.

해림에서 경박호 쪽으로 승합차는 달리기 시작했다. 먼저 광명촌으로 가서 미향을 내려놓기로 했다. 백양나무 가로수 길을 한 시간쯤 달리자 광명촌으로 들어가는 좁은 길이 나타났다. 춘구는 문득 가슴이 답답하게 조여들었다. 설매…… 웃을 때 보조개가 깊게 패어 보는 사람으로 하여금 가슴을 설레게 만들던 광명촌 출신의 여학생이 가뭇없이 떠올랐다. 광명촌의 혁명열사탑에 기대어 얼떨결에 첫키스를 했는데 감미롭기보다는 숨이 막히던 기억이 지금도 입술에 생생하게 남아 있었다. 사랑은 그러나 중학생답게 일찍 끝났다. 학교를 졸업한 설매는 북경의 식당에 취직했다가 청도의 노래방으로 옮기더니 지금은 서울에 있다는 소식만 가끔 바람결에 실려왔다.

멀리 광명촌의 지붕들이 거뭇거뭇 보이기 시작했다. 오래지 않아 투명한 햇살 아래 푹 삭아버린, 이제는 광명을 잃고 음지만 남은 광명촌이 불쑥 나타났다. 모든 가족이 한국으로 들어갔거나 적어도 한 집에 한 사람씩은 한국으로 들어가 불법체류자의 마을이 되어버린 광명촌이었다. 승합차가 골목길로 들어서자 마을 남자들이 꾀죄죄한 모습으로 슬금슬금 모여들었다. 그 사이에 합죽이가 된 할머니 몇사람이 지팡이에 의지해 멍한 눈길로 남자들의 모습을 쳐다보고 있었다. 갑봉의 말마따나 젊은 여자는 눈을 씻고 봐도 보이질 않았다.

"내리라우."

갑봉이 미향을 가리켰다. 미향은 울음을 터뜨리며 충심의 손을 꼭 잡고 놓질 않았다. 몸집이 작은 충심이 통통한 미향을 품에 안고 마을 사람들을 표독스럽게 노려보았다. 충심의 눈동자에는 살의가 담겨 있었다. 갑봉이 춘구를 보고 고개를 끄덕였다. 충심은 미향을 더욱 세게 끌어안았다. 결코 보낼 수 없다는 몸부림이었다.

"아, 씨바!"

춘구는 충심의 머리채를 우악스럽게 휘어잡고 따귀를 올려붙이려 손을 들어올렸다.

"야야, 얼굴에 자국 내지 마라우."

갑봉의 말에 춘구는 손을 내리고 미향의 머리채를 휘어잡고 충심의 품에서 떼어냈다. 울음소리와 비명이 승합차 안을 떠들썩하게 만들었다. 삼식이 즉시 미향을 데리고 승합차에서 내렸다. 갑봉은 그사이에 마을 남자한테서 돈뭉치를 받아 손가방에 넣었고, 삼식은 머리에 개기름이 줄줄 흐르고 구멍난 셔츠를 입은 메기수염의 늙은 남자한테 미향을 넘겨주었다. 남자가 미향의 손목을 잡았다. 미향의 얼굴은 마치 벌레를 씹은 것처럼 흑색으로 변했다. 갑봉이 운전대를 잡고, 삼식이 승합차의 문을 닫았다. 그때 미향이 남자의 손길을 뿌리치고 승합차로 달려왔다.

"머저리 같은, 미친년!"

싸늘하게 말한 뒤에 갑봉은 승합차를 급하게 출발시켰다. 미향이 승합차를 향해 뛰어오고 마을 남자가 미향을 향해 뛰었다. 춘구는 슬쩍 그 모습을 본 뒤에 눈을 감았다.

광명촌에서 나와 다시 한 시간쯤 달렸을까, 눈을 떠보니 좁다란 산길이었다. 신흥촌으로 들어가는 도로였다. 농부 하나가 소달구지를 끌고 천천히 가고 있었다. 한눈에도 지독한 가난뱅이처럼 보였다.

"아우, 촌구석. 으째 왕청보다 더 왕청 같으네? 북조선도 이보단 낫겠음두."

갑봉이 중얼거렸다.

"헹님이 말이 옳소. 북조선이 여게보다 낫소."

삼식이 맞장구를 쳤다. 춘구가 보기에도 한심하기 짝이 없는 마을이었다. 농사짓는 사람이 없어서 그런지 논이며 밭은 텅 비어 있었고, 도로에는 온갖 짐승의 똥들이 가득했다. 열린 창문으로 쏟아져들어오는 지독한 구린내에 자신도 모르게 구역질이 솟았다. 승합차가 마을 회관 앞에 도착하자 여기저기서 남자들이 꾸역꾸역 기어나왔다. 세수를 하고 옷에 묻은 한오라기 검불을 털어내는 등의 최소한의 치장에도 관심이 없는 무리로 보였다.

"내리라우!"

춘구는 충심을 데리고 승합차에서 내렸다. 갑봉은 그사이에 충심과 결혼하겠다고 나선 마흔줄의 남자한테 돈을 받고 있었다. 남자의 앞니는 부러져 보이지 않았고, 부러진 이 사이로 깊고 검은 동굴이 보이는 느낌이 들었다. 가까이 가니 얼마나 오래 씻지 않았는지 돼지 냄새가 확 풍겼다. 그 남자가 충심을 보더니 씨익 웃었다. 코밑에서 엉겨 있는 염소수염 아래로 누런 이가 보였다.

"잘살라우!"

갑봉이 충심의 손을 잡아 그 남자한테 넘겨주며 말했다. 춘구는 돌아서서 담배에 불을 붙였다. 마을사람들이 몰려와 충심을 구경하고 있었다. 충심은 당황해서 어쩔 줄을 모르며 울상을 지었다. 갑봉이 승합차로 돌아가 방향을 돌리고 있었다. 춘구는 마을회관 옆으로 흘러가는 농수로와 축축 늘어진 버드나무를 보며 연기를 뿜어냈다. 갑봉이 어서 오라고 소리를 질렀다. 그 소리를 듣고 춘구는 두어 번 깊게 담배를 빨아댄 다음에 꽁초를 농수로에다 튕겨버렸다. 충심을 슬쩍 본 뒤에 춘구는 승합차를 향해 걸어갔다.

"야, 개새끼야! 이런 데다 팔면 으찌함두? 차라리 니가 데리고 가!"

충심의 악을 쓰는 소리에 춘구는 걸음을 멈칫거렸다. 충심의 말이 깨진 맥주병처럼 등을 찔렀다. 문득 배꼽 아래의 흉터가 발악하듯이 가렵기 시작했다. 춘구는 아랫입술을 지그시 깨물고 다시 승합차를 향해 걸었다.

"야, 야! 개새끼야! 니가 데리고 가란 말이야! 니가 데리고 가!"

춘구는 승합차 문을 열었다. 돌아보면 안된다는 생각이 들었다.

"제발, 제발! 날 여게 두고 가지 마! 제바알!"

승합차 문이 닫혔다. 승합차가 서서히 움직이자 춘구는 자신도 모르게 옆거울을 보았다. 충심이 남자의 손을 뿌리치고 승합차를 향해 달려오는 것이 거울에 담겨 있었다. 거울 속에서 충심은 점점 커지다가 승합차가 속도를 올리자 가뭇없이 작아졌다. 춘구는 옆거울에서 눈을 뗐다. 그러자 신흥촌의 모든 풍경이 순식간에 지워졌다. 가슴이 서늘해졌다.

* 라오웨이(老威) 지음, 이향중 옮김, 『저 낮은 중국』(이가서 2004), 29면.

풍풍우우風風雨雨

풍―옥수수밭에 부는 바람

까치가 아침을 흔드는 소리가 아련하게 들려왔다.

눈을 떴다. 이불 속에서 꼼지락거리던 미향은 까치 울음소리에 부스스 몸을 일으켰다. 옆방에서 자고 있는 젊은 남자가 이를 갈며 돌아누웠다. 메기수염의 늙은 남자는 벌써 일을 나간 모양이었다. 미향은 창문 앞에 서서 입이 찢어져라 하품을 하며 마당에 서 있는 미루나무를 쳐다보았다. 가지에 앉아 부리로 깃을 다듬는 까치가 보였다. 마음이 급했다. 미향은 신발을 꿰는 둥 마는 둥하며 마당으로 뛰어나왔다. 아침밥 대신으로 우선 닭장으로 가서 암탉 몰래 닭알을 훔쳐먹고, 미루나무 아래서 까치를 바라보며 발돋움을 했다.

까치야 안녕?

미향은 까치를 향해 다정스레 손을 흔들었다.

응, 너도 안녕?

깃을 다듬던 까치가 날개를 활짝 펴며 인사를 보내왔다.

어머니가 보낸 편지 그거 좀 줄래, 응?

미안, 까마귀가 가져갔어.

안돼, 안돼, 안돼! 까마귀가 가져가면 편지를 읽지 못하잖아?

이미 훔쳐가버린 걸 어떡해?

나쁜 까마귀! 미안할 거 없어 까치야. 오늘은 내 머리에 근사한 까치집을 지어줄게. 사실은 어제 지으려고 했는데 내가 깜빡했어. 정말 미안. 그럼 너도 아침 먹으러 가. 나는 빨래를 해야 돼.

미향은 미루나무 위의 까치를 향해 손을 흔들고 돌아섰다. 기다렸다는 듯 까치는 미루나무를 떠나 하늘로 날아올랐다. 미향은 개집 앞에서 뒹구는 개밥통을 들고 수돗가로 갔다. 수돗가에는 아침마다 파룬궁이 중국공산당을 욕하는 소책자가 놓여 있었다. 누가 갖다놓았는지 알 수 없으나 미향은 그 소책자를 개밥통에 넣고 수도꼭지를 비틀었다. 이어 마당과 텃밭에 굴러다니는 닭의 깃털을 모아 개밥통에 넣고 빨아 담장에 걸쳐놓았다. 빨래가 끝나자 미향은 담장 아래에 핀 꽃과 장닭의 깃털로 머리를 장식했다. 깨진 거울을 보며 침으로 입술을 바르고 눈곱을 뗐다. 거울 속의 얼굴이 아주 예뻐 마음이 흡족했다. 미향은 슬쩍 웃음을 날리며 발걸음도 가벼이 집을 나섰다.

세상의 바람과 구름, 전봇대에 다리를 걸치고 오줌을 갈기는 개, 길섶의 풀과 꽃, 혹은 메뚜기와도 미향은 말을 주고받았다. 그들은 미향의 말에 친절히 대꾸해주었다. 발걸음은 구름 위를 걷는 듯 사뿐사뿐 가벼웠고 표정은 해바라기처럼 환했다. 오늘처럼 햇살이 좋은 날에는 옥수수밭에 가서 노닥거리는 것이 정말 좋았다. 비가 뿌리는 날에는 개집에 들어가 하염없이 마당을 바라보았다. 비에 젖은 개가 꼬리를 흔들며 낑낑거리면 가끔 품에 안아주기도 했다. 개한테서는 시큼한 비린내가 물씬 풍겼다. 오늘은 날씨가 아주 좋아 개집에 들어갈 필요는 없었다. 미향은 옥수수밭으로 가는 하얀 길을 봄날의 민들레 홀씨가 날리듯이 걸었다. 까치 한 마리가 뒷산 너머 옥수수밭으로 날아가는 게 보였다.

너, 거기 서!

미향은 두 팔을 높이 들어 흔들며 춤추듯이 뛰어 까치의 뒤를 쫓았다. 까치는 야트막한 뒷산을 훌쩍 넘어 날아갔다. 미향은 허수아비처럼 양손을 펼치고 까치의 뒤를 쫓았다. 쏴아아, 바람이 파도처럼 옥수수밭을 휩쓰는 소리가 맨먼저 들렸다. 뒷산 꼭대기에 올라 옥수수밭을 바라보니, 꽉 막혔던 숨이 툭 트이는 기분이 들었다. 언젠가 청진항에서 본 바다처럼 옥수수밭은 끝이 보이지 않을 정도로 광대했다. 바람에 따라 황금물결이 이리저리 출렁거리는 옥수수밭을 향해 미향은 노루처럼 우아한 뜀박질로 달려갔다.

밭에는 메기수염의 늙은 남자가 옥수수껍질을 벗겨내고 있었다. 그는 황금빛 옥수수를 노적가리처럼 쌓았다. 미향이 팔랑거리며 달려오자 그는 일손을 멈추고 검은 이를 드러내며 웃었다. 그는 날마다 미향을 위해 점심을 싸왔다. 미향은 밭고랑에 앉아 메기수염의 늙은 남자가 펼쳐놓은 점심을 맛있게 먹었다. 점심을 먹고 나면, 미향은 푹신한 옥수숫잎 위에서 잠들었다. 치마 속 미향의 허벅지 사이에는 늙은 남자의 메기수염이 오래오래 붙어 있었다.

그러다 한 달에 한번, 다리 사이에서 피가 흐르면 미향은 옥수수밭

에 불을 지르고 싶었다. 그런 날이면 메기수염이 보이지 않았고, 점심
도 없었다. 그런 것들이 미향은 너무 싫었다. 옥수수밭에 불을 지르겠
다고 집에서 준비해온 성냥을 꺼내보면, 그것은 성냥이 아니라 메마
른 싸리울타리 가지였다. 혹시나 다른 것이 있나 싶어 주머니를 뒤져
보면, 성냥이나 라이터 대신 구름이거나 혹은 이야기가 나올 뿐이었
다. 주머니 속에서 이야기가 나오면 옥수수밭에 불을 지르겠다는 생
각을 까맣게 잊었다.

남양역에 가루석탄을 가득 실은 화차(火車, 기차)가 들어오면, 처녀
들은 서로 은밀히 눈길을 주고받으며 음모를 꾸몄어. 구름이 달을 데
리고 두만강으로 풍덩 빠져들면, 온 세상은 석탄처럼 컴컴해지고, 처
녀들은 밤고양이처럼 철로 위를 사뿐사뿐 걸었지. 철로에 떨어진 석
탄가루로 서로의 얼굴에다 그림을 그렸지. 처녀들은 소리죽여 킥킥거
리며 서로의 옆구리를 찌르곤 했어. 철도원마저 꾸벅꾸벅 조는 시간,
거대한 몸집의 화차가 칠흑의 어둠속에 놓여 있었지. 처녀들은 조용
히 화차 위로 기어올라갔어. 석탄처럼 검은 하늘엔 별밭이 끝없이 펼
쳐져 있고 가끔 유성 하나가 긴 꼬리를 끌며 하늘 끝으로 사라지곤 했
어. 슬프도록 아름다운 밤이었어. 허겁지겁 손으로 가루석탄을 치맛
자락에 담았어. 그러다 소쩍새가 울면, 깜짝 놀라 화차 위에 엎드렸
지. 철도원은 화차 위에 처녀들이 있는 줄 알면서도 모르는 척 지나갔
어. 철도원이 지나가면 처녀들은 치맛자락 가득 석탄가루를 담고 뒤
뚱뒤뚱 달려 집으로 돌아갔지. 허벅지가 새카만 계집애들, 손톱 밑의
석탄을 씻어내며 키득키득 웃으며 수다를 떠는 밤, 소년과 소녀, 처녀
와 총각의 연애이야기가 끝없이 이어졌지. 모두들 배가 고픈 줄도 몰

랐어. 북쪽에서 살을 에는 바람에 실려 눈이 내리는 밤이 오면, 석탄에 진흙과 구름을 섞어 아궁이에 밀어넣었어. 아버지는 전기가 흐르지 않는 전봇대, 어머니는 오래 밥을 하지 않아 귀뚜라미가 뛰어오르는 식은 솥단지였어. 딸들은 메마른 땅에 간신히 뿌리를 내렸지만 끝내 물을 빨아들이지 못해 덜 여문 옥수수처럼 말라갔지. 두만강에 덜 여문 옥수수들이 떠내려갔다는 흉흉한 소문이 도는 밤, 낡은 창문에 깨진 유리 대신 발라놓은 로동신문이 부르르 떨었지.

그런 이야기가 주머니에서 끝도 없이 풀려나와 미향은 눈물을 흘리다가 히죽히죽 웃었다. 오늘은 메기수염에게 꼭 해줄 말이 있었다. 미향은 밭고랑에 쪼그리고 앉아 흙장난을 하듯이 그 말을 땅에 새겼다.

까마귀를 잡아주세요. 자꾸만 내 편지를 가져가요. 까치가 말했어요. 까마귀가 가져갔다고요. 음, 음, 으음. 내 머리에 까치집을 지어주세요. 까치가 불쌍해요. 머리에 까치집을 이고 다니면 정말 예쁠 것 같지 않아요?

만일 메기수염이 말을 들어주지 않으면, 거위한테 부탁해야지. 으음, 거위가 싫어하면 닭한테 말을 해볼까? 그런데 닭들은 알이 자꾸만 사라지는 것을 알고 나를 범인으로 생각하고 있을지도 몰라. 누렁이 똥개는 가끔 안아줬으니까 꼬리를 흔들며 좋아할지도 몰라.

누렁이 똥개가 전봇대나 나무로 올라가 까마귀를 물고 오는 상상을 하고 있는데, 옥수수가 수상스럽게 흔들리더니 메기수염의 늙은 남자가 불쑥 나타났다. 미향은 활짝 웃으며 그에게 다가갔다.

까마귀가 편지를 가져갔어요. 까마귀를 잡아주세요.

오냐, 오냐. 착하게 굴어야지.

그가 옥수수줄기를 흔들었다. 잠시 뒤에 손을 펼치니까 거짓말처럼 까마귀가 손에 놓여 있었다. 미향은 눈치를 차리지 못했지만 그 까마귀는 오래전에 죽어 멸치처럼 바짝 마른, 날지 못하는 새였다. 미향은 얼른 그의 손에서 까마귀를 잡으려 했다. 그는 재빨리 손을 뒤로 감추었다. 미향은 깜짝 놀라 그의 얼굴을 멀뚱멀뚱 쳐다보았다. 그가 턱짓으로 치마를 가리켰고 미향은 그제야 낌새를 채고 고랑에 누워 치마를 올렸다. 그의 메기수염이 허벅지에 닿는 상상을 하니 웃겨서 미향은 까르륵까르륵 웃음을 토해냈다.

미향은 옥수숫잎 사이로 푸른 하늘을 바라보았다. 하늘 어디쯤에서 노고지리가 날아갔고, 하얀 구름이 천천히 다가와 떠돌았다. 미향은 구름을 향해 손을 흔들어주었다. 구름도 미향을 향해 하얀 손을 내밀었다. 미향은 구름이 내민 손을 잡으려 했지만 손가락 사이로 모래가 빠져나가듯 사라졌다. 오래지 않아 그는 바지를 치켜올린 뒤 떠났고 미향은 밭고랑에서 잠이 들었다.

꿈을 꾸었다.

어머니를 찾아 남양의 장마당과 산비탈의 밭을 뒤지고 다녔다. 어머니는 어디에도 없었다. 동네의 인민반장 아주머니한테 물었더니 인차 집으로 갔다고 대답했다. 미향은 머리카락을 휘날리며 집으로 달려갔다. 오래되어 부서진 대문을 통과해 마당으로 뛰어들었는데, 마당은 하얗게 비어 있었고 휘휘했다. 머리카락이 빳빳하게 곤추섰다. 고요하고 낮은 침묵이 마당 가득 흐르고 있었다. 팔뚝에 왕소금 같은 소름이 돋았다.

어머니!

더럭 겁이 나서 낮은 목소리로 어머니를 불렀다. 완강한 침묵의 메아리가 집에서 울려나왔다. 지붕의 깨진 기와 사이로 민들레가 무성했고, 유리가 없는 창틀이 오래 굶은 아이처럼 말라비틀어진 꼬락서니로 벽에 붙어 있었다. 조심스레 집 안 구석구석을 살폈지만 어머니는 없었고, 여기저기 쥐며느리만 기어다녔다. 언제나 그 자리에 있어야 할 어머니가 없다는 것은 지독한 공포였다. 숨조차 쉴 수가 없었다.

떨리는 손으로 방문을 조용히 열었다. 축축한 습기만 몰려 있을 뿐, 사람의 온기는 느껴지지 않았다. 방을 살펴보는데 벽에 걸린 할아버지와 아버지의 눈과 딱 마주쳤다. 그 할아버지와 아버지는 세상의 모든 집, 모든 벽에 걸려 있는 위대하신 분들이었다. 미향은 액자 속의 할아버지와 아버지가 아니라 손으로 만질 수 있는 어머니를 원했다. 미향이 할아버지와 아버지 사진을 쳐다보고 있는데, 액자가 벽에서 툭 떨어져내렸다. 미향은 깜짝 놀라 뒷걸음질을 쳤다. 액자의 깨진 유리가 사진에 상처를 냈다. 미향은 숨도 쉬지 못할 정도로 무서웠다.

배고픈 밤, 배가 고픈 정도가 아니라, 너무 굶어 손가락 하나 들어올릴 힘도 없던 밤, 그런 밤에는 마음이 가시처럼 뾰족해져서 결코 잠들지 못했다. 잠들지 못하는 밤은 지독하게 길기도 했는데, 두만강 건너에서 아련하게 닭 우는 소리가 들리면, '강을 건너가면……'이라고 옆구리에서 뒤척거리던 어머니가 말했다. 그런데 어머니 얼굴이 하나도 기억나질 않았다.

강을 건너가면, 무엇이 있단 말인지? 순간 미향은 모골이 송연해졌다. 아주 오래오래 불이라곤 땐 적이 없는 어두운 동굴 같은 부엌에서 머리를 풀어헤친 하얀 저고리와 검정 치마를 입은 여자가 불쑥 튀어나올 것만 같아서 오줌이 질금질금 나왔다. 미향은 집을 뛰쳐나와 두만강으로, 어머니와 함께 빨래를 하던 여울목으로 신발이 벗어지는 것도 모르고 뛰었다. 여울목에 도착하니 아무도 없고 하얗게 쏟아지는 햇살 속에 어머니의 옷이 아무렇게나 팽개쳐져 있었다. 어머니의 옷을 손에 드는데, 이 옷을 태워야 한다,라는 소리가 들렸다. 그것은 사람의 말이 아니었다. 옷을 태워? 옷을, 태워? 그럼 어머니가 죽었다는 뜻인데……

아냐 그럴 리가 없어. 우리 어머니는 절대로 그럴 사람이 아냐. 절대로 그럴 사람이 아니라고 도리질을 치는데……

잠에서 깼다.

꿈이 하도 생생해서 어머니의 옷을 방금 전까지 손에 쥐고 있었다는 느낌이 들었다. 주변을 두리번거렸지만 옷은 어디에도 없었다. 손을 보았다. 손바닥에 아무것도 없어서 미향은 울었다. 한참을 울고 있는데 느닷없이 '내가 왜 여기에 있지?'라는 생각이 들었다. 몸을 살펴보니 여기저기 긁히고 멍든 자국이 수두룩했다. 옷차림은 장마당을 떠돌던 거지처럼 온통 누더기였다. 누더기에 묻은 흙과 옥수숫잎을 털어내다가 미향은 문득 손을 멈추었다. 메기수염의 늙은 시아버지와 젊은 남편이 떠올랐다.

그들은 무서운 사람들이었다. 툭하면 낫이나 괭이를 들고 서로 싸웠다. 아들이 네모난 식칼을 들고 아버지의 뒤를 쫓았고, 아버지가 도끼를 들고 아들을 쫓기도 했다. 그들 사이에 언제나 미향이 서 있었다.

바람이 옥수수밭을 흔들었다. 맑고 높은 하늘, 천천히 유영하는 흰 구름, 끝없이 펼쳐진 옥수수밭에 바람이 물결을 이루며 쓸쓸하게 불어왔다. 미향은 옷에 묻은 흙과 옥수숫잎을 털어내고 밭을 빠져나와

언덕을 향해 천천히 걸었다. 발목에 납덩이를 단 듯 발걸음이 무겁고
깊었다. 간신히 언덕에 올라 내려다보니, 작은 마을이 낮게 엎드려 있
었다. 광명촌이라는 이름에 걸맞지 않게 마을은 두만강 건너편에 두
고 온 고향처럼 늙었고 초라했다. 오래된 초가집의 칙칙한 색이며 붉
은 기와와 흰 벽의 집들이 낯설게 느껴졌다. 아주 오래전부터 살고 있
었다는 느낌인데 낯설다는 것이 하도 기묘해서 슬펐다. 어깨에 돌덩
어리를 얹어놓은 것처럼 그 슬픔은 무거웠다. 미향은 오래오래 광명
촌을 바라보았다.

언제부터 저 마을에 살았는지, 기억이 나질 않았다.

방금 밭고랑에서 꾼 꿈이 떠올랐다. 어머니한테 혹시라도 나쁜 일
이 생기지 않았는가 싶어 걱정이 깊어졌다. 할 수만 있다면 남양으로
돌아가고 싶었다. 어머니와 함께 예전처럼, 배는 고프지만 오순도순
살게 된다면…… 돈을 좀 벌겠다고 두만강을 건넜는데, 차마 입에 담
기 어려운 망탕한 지경에 빠진 지금의 처지를 어머니가 안다면 얼마
나 가슴이 아프고 찢어질까? 고난의 행군을 함께하지 못하고 조국을
배신했다고 이웃들에게 손가락질당하는 모습을 상상해보니 몸서리가
쳐졌다.

충심은 어찌 지내고 있을까?

괜히 충심이까지 끌어들인 것만 같아 미향은 마음이 아프고 미안했
다. 미향은 이대로 광명촌을 떠나야 한다는 생각이 들었다. 마을로 돌
아가지 않고 고향으로 가는 것, 가서 장군님한테 용서를 구하고 어머
니와 함께 살기로 작정하고 옥수수밭 쪽으로 몸을 돌렸다. 밭 너머에
한족마을이 있었고 길은 그곳으로 구불구불 이어져 있었다.

쏴아아, 옥수수를 흔들며 바람이 불었다. 순간, 바람을 타고 순식간

에 두만강을 건너 고향에 도착했다. 참으로 행복했다. 미향은 '내 나라 제일로 좋아'를 흥얼거리며 길에 떨어진 마른 풀과 나뭇가지로 머리에 까치집을 지었다. 이젠 어머니의 편지를 빼앗길 염려는 없었다. 깡충깡충 뛰며 너풀너풀 춤을 추었고, 하늘을 날아가는 참새와 어여쁘게 서 있는 자작나무와 이야기를 나누었다.

풍—깨진 유리창으로 바람은 들이치고

베개 밑에 칼을 묻었다.

석하(石河) 옆을 나란히 흘러가는 철도 위로 화차가 달려가는지 방바닥을 울리는 진동이 규칙적으로 느껴졌다. 하얼삔에서 목단강으로 가는 화차일까? 혹은 목단강에서 하얼삔으로, 다시 치치하얼을 거쳐 하바로프스크나 내몽골로 가는 화차일까? 화차가 어디를 향하든 좋았다. 충심의 마음은 이미 화차에 올라 있었다. 충심은 화차의 차창 밖으로 드넓게 펼쳐진 북만주의 노을을 망연히 바라보았다. 저 노을처럼 어둠속으로 흔적도 없이 사라진다면 덫에 발목을 잡힌 짐승처럼 살지 않아도 좋을 텐데……

두만강을 건널 때만 하더라도 이렇게 늪에 빠져 허우적거리고 덫에 걸려 피를 흘리게 될 줄은 상상조차 하지 못했다. 강물에 떠내려가던 재춘오빠, 그리고 첩첩하던 안개가 가슴에 차곡차곡 쌓였다. 아니다, 아니다. 언제까지 과거의 추억에 사로잡혀 이렇게 허망하게 바보처럼 살아갈 수는 없는 노릇이었다. 충심은 손톱을 깨물었다. 기어이 돈을 벌어 함흥으로 돌아가야만 했다. 달그락거리는 쇠발통의 수레를 끌며 돼지밥을 얻으러 다니던 어머니를 모시고 보란듯이 살아야만 했다. 그 꿈을 포기하기엔 겨우 스물하나, 너무 젊었다.

곽곽, 꽥꽥.

거위가 울었다. 다른 집 거위와 달리 이 집 거위는 유난히 집을 잘 지켰다. 마치 주인을 잘 섬기는 충성스러운 개 같았다. 낯선 사람이 집 안으로 들어오면 거위는 날개를 펼치며 달려와 종아리나 엉덩이를 사정없이 깨물었다. 그래서 '사나운 개 조심' 대신 '사나운 거위 조심' 이라고 대문에 쪽지를 붙여놓았다. 충심도 두어 번 물린 적이 있었다. 개에 물린 것처럼 이빨자국은 없었지만 기분은 아주 더러웠다.

곽곽, 꽥꽥.

거위가 요란스레 방정을 떨었다. 활개를 치며 퍼덕거리며 목을 곧 추세우고 마당을 가로지르는 게 몹시 흥분한 기색이었다. 벽시계를 보니, 양어장에서 영출이 돌아올 즈음이었다. 주인이 돌아와 붕어나 미꾸라지, 메기를 던져주기 때문이었다. 그가 나타나면 거위는 거의 환장하며 제자리에서 뱅글뱅글 맴돌았다. 영출이 웃으며 대바구니에서 붕어나 미꾸라지를 꺼내 마당에 던져주면 거위는 미친 듯이 달려들어 살아 있는 것들을 허겁지겁 삼켰다. 미꾸라지는 흔적도 없이 거위의 목구멍을 넘어갔지만, 붕어나 메기는 거위의 긴 목에서 마구 꿈틀거렸다. 그래도 거위는 거꾸로 토하는 법이 없었다. 먹이 앞에서 거위는 결코 후퇴를 몰랐다. 가끔 용기를 낸 장닭이 그림자를 드리우는 법이 있었는데, 그럴 때면 녹두알처럼 작은 거위의 눈에서 새파랗게 불꽃이 일었다. 거위는 밥통을 빼앗긴 개처럼 장닭에게 달려들어 볏을 물어뜯고 흔들어버렸다. 장닭은 변변히 저항도 못하고 비명만 지르다 지붕으로 날아가곤 했다. 먹을거리 앞에서 동물의 세계는 가차

없고 냉혹했다.

창문으로 보니, 영출이 마당으로 들어섰다. 가여운 남자였다. 비틀거리는 것을 보니 양어장에서 약담배(아편)를 피우다 온 모양이었다. 그가 약담배에 취해 돌아온 밤은 특히 위험했다. 할머니가 바로 옆방에서 자고 있는데도 벌거벗은 채 돌아다니며 몸을 요구했다. 거위가 그를 반기며 뛰어갔다. 하지만 빈손이었다. 그는 달려오는 거위를 모른 체하고 곧장 낡은 문을 벌컥 열고 집 안으로 들어왔다. 물비린내가 확 풍겼다. 문밖에서는 거위가 화를 내고 있었다. 부리로 문을 쪼아대며 주인의 배신에 격렬하게 저항했다. 할머니가 차려놓은 밥상에 앉기 전에 찬장을 열어 흰술을 꺼내는 그를 피해 충심은 집에서 나왔다. 약담배에 취한 사람이 술까지 마시면 완전 개차반으로 변했다. 촌장집 조카며느리인 상숙언니네에서 수다를 떨기로 약속한 시간은 아직 멀었지만, 영출의 눈길에서 일단 벗어나야 한다는 생각이 먼저였다.

억세게 운이 좋은, 상숙언니의 고향은 청진이었다. 다행히 촌장의 조카와 결혼하는 바람에 큰 고생을 하지 않고 지내고 있었다. 촌장의 조카는 여느 조선족 남자처럼 게을렀지만 한국에서 아버지와 어머니가 보내오는 돈으로 제법 떵떵거리며 사는 축에 속했다. 게다가 촌장의 보살핌을 받고 있기에 상숙언니는 비교적 안전했다.

한번은 해림에 나갔다가 공안에 잡혔는데 촌장이 직접 나가 해결해준 적도 있었다. 상숙언니네 집은 마을에서 몇 안되는 기와집이었다. 그래서인지 상숙언니는 금산촌으로 팔려온 북조선 여자들의 맏언니 노릇을 톡톡하게 해내고 있었다. 금산촌에는 모두 아홉 명의 북조선 여자들이 팔려와 살고 있었다.

마을에서 흔히 양어장집으로 불리는 충심이 사는 집은 야트막한 동네 뒷산의 후미진 곳에 처박혀 있었다. 마을에서 가장 가난한 집이었다. 서울에 있는 영출의 어머니는 삼년 동안 식당에서 벌어 모은 돈을 모두 사기당하고 지금은 불법체류자가 되었다. 그나마 서울에서 보내온 돈으로 양어장이랍시고 콧구멍만한 저수지를 하나 샀고, 나머지는 모두 영출이 약담배 피우는 것으로 소비해버렸다. 충심은 고샅길을 따라 천천히 걸었다. 금산촌에서 석하까지 이어지는 드넓은 들판이 황금물결로 출렁거리고 있었다. 하지만 그 황금물결은 거의 한족 농부들의 것이었다. 한국바람이 분 뒤로 금산촌의 조선족은 농사를 멀리했다. 그전에는 한족 마을인 석하촌보다 농사를 훨씬 많이 지어 부촌으로 이름이 드높았는데 지금은 쪼그라들고 말았다.

한국바람은 젊은 여자들을 마을에서 실어내갔다. 그 바람에 조선족 마을은 텅 비었다. 젊은 여자는 물론이고 마흔 넘은 여자들까지 돈을 벌겠다고 모두 빠져나갔다. 조선족 마을에는 남자들만 남은 셈이었다. 한국으로 건너간 여자들은 오래지 않아 불법체류자가 되었고, 그녀들이 떠나간 자리를 비법월경자(非法越境者)인 북조선 여자들이 채웠다. 조선족 남자들은 남녀평등이 몸에 익은 한족 여자를 끔찍이도 싫어했다. 남자를 떠받들어주는 조선족 여자를 찾았지만 그녀들은 거의 대부분 한국으로, 북경으로 혹은 청도나 연태로 가서 돌아오지 않았다. 젊은 여자들이 귀해질 무렵, 북조선 여자를 싣고 오는 사람장사꾼들이 나타났다. 조선족 남자들은 기꺼이 북조선 여자를 사들였다.

대부분의 조선 여자들은 고향의 가족을 위해 약간의 돈을 만들고 싶어 두만강을 건넜지만, 흑룡강성의 촌구석에서 보낸 첫날밤에서야 비로소 팔려온 여자라는 것을 뼈에 사무치도록 깨달았다. 하지만 이미 너무 멀리 와버린 뒤였다. 마을이 한눈에 들어오는 지점에서 충심은 걸음을 멈췄다. 고요하고 한적한 늦가을의 들판이며 마을, 석하 건너 철로 근처에 무겁게 내려앉은 구름의 밑동에 저녁노을이 어리고 있었다. 푸른 저녁이 저벅저벅 충심의 가슴으로 걸어왔다.

멀리, 뽀얗게 먼지를 일으키며 석하촌 쪽에서 택시 한 대가 달려오는 게 보였다. 택시는 양어장 근처의 굽은 도로에서 속도를 늦추더니 스르르 멈췄다. 택시에서 한 남자가 내리더니 원두막 쪽으로 걸어갔다. 잠시 원두막에 머문 그는 양어장을 향해 오줌이라도 갈기는지 엉거주춤한 자세로 섰다. 조선족 남자가 다 그렇지 뭐, 하며 충심은 상숙언니네 집으로 갔다.

"세상에 광명촌에 미향이라고, 거 남양에서 온 처녀 말임두? 그 간나가 미쳤다고 하더라마?"

세상의 소문이 모이는 방에서 충심은 미향의 이름을 들었다. 상숙언니가 해림에 나갔다가 소문을 물어온 모양이었다. 충심은 덤덤한 표정으로 그러나 속으로는 바짝 긴장하며 귀를 활짝 열었다.

"머리에 진짜로 까치집을 만들어 이고 다닌다네. 이 간나가 미치지 않고서야 나뭇가지로 까치집을 만들겠음두?"

"외서 아이 미치겠음두?"

"그 집 나그네(남정네)가 둘이라 하대. 밤에는 아들인 젊은 나그네가, 낮에는 아비인 늙은 나그네가 상대하자고 번갈아 달려들었다고 하대. 아후, 끔찍해! 누군들 미치지 않겠음두? 살이 다 떨린다마."

"미향이 그 간나, 불쌍해서 어쩜두?"

수다에 섞여 수많은 말들이 작은 방 안을 먼지처럼 떠다녔다. 북조선으로 잡혀갔다가 다시 두만강을 건넌 이야기들이며, 남조선으로 간 사람들의 이야기까지. 그러나 그 말들은 모두 충심의 밖에서 떠돌 뿐이었다. 충심 또한 말의 밖에서 수심에 싸여 있었다.

밤이 먹물처럼 짙고 깊었다. 토방에 놓여 있던 신발들이 하나씩 사라졌다. 충심은 어두운 골목을 걸었다. 골목 끝까지 걸었지만 어둠은 여전히 첩첩했다. 집으로 가기 싫었다. 하지만 갈 곳이 없었다. 불쑥, 베개 밑에서 밤과 잠을 지켜주는 녹슨 칼이 떠올랐다. 그 칼로 스스로를 지켜온 지 벌써 한 해가 다 되어갔다. 덩치는 산만했지만 영출은 순한 사람이었다. 충심이 싫다고 버티면 더이상 치근거리지 않았다. 영출은 충심이 베개 밑에 칼을 놓고 자는 것도 알고 있었다. 하지만 언제까지 그 녹슨 칼을 믿을 수 있을지 휑뎅그렁 비어가는 영출의 눈빛을 볼 때마다 충심은 섬뜩해지곤 했다.

집에 돌아오니 영출이 보이지 않았다. 윗방에서 그렁그렁 천식을 앓는 할머니가 태양촌 친구와 함께 나갔다고 말했다. 그의 친구, 그를 찾아온 태양촌 친구라면 혹시 춘구일지도 몰랐다. 그런 생각이 들자 일년 전의 악몽 같은 날들이 떠올랐다.

신흥촌에 도착한 그날 밤, 부러진 앞니에 돼지 냄새가 지독한 남자를 남편으로 맞이해야 한다는 사실에 충심은 그만 억장이 무너졌다. 방 한가운데 충심을 앉혀놓고 친척이라는 사람들이 몰려와 엉덩이가 작으니, 가슴이 없느니 하면서 평을 해댔다. 고개를 푹 숙이고 있다가 고개를 슬쩍 들었는데 남편 될 남자의 얼굴을 보게 되었다. 부러진 이 사이로 깊고 검은 동굴이 들어앉은 얼굴에 기묘한 웃음이 흐르고 있었다. 차라리 들보에 목을 매달고 말자 싶었다.

"나는 결혼 아이 함메!"

충심은 죽기를 각오하고 입을 열었다. 여기저기서 웅성거리는 소리가 들렸다. 한참을 웅성거린 뒤에, 볼품없이 망가진 붓처럼 희끄무레한 수염의 늙은이가 앞으로 나섰다. 헛기침을 두어 번 한 뒤에도 한참이나 뜸을 들이더니 입을 열었다.

"그건 안될 말이다. 결혼에 대해 말할 자격이 너는 없다. 우리는 돈을 주고 너를 샀다. 오늘은 먼길을 오느라 피곤할 테니 그냥 재우지만, 내일부터는 남편과 함께 자야 한다."

낯선 사람들에게 둘러싸여 충심은 이제는 죽었구나 싶었다. 세상이 원망스러웠다. 여기까지 와서 허망하게 결혼을 하게 될 줄이야? 참으로 기구한 운명이지만, 그것을 받아들이고픈 마음은 결단코 없었다. 친척들이 썰물처럼 나가자 입이 합죽한 노파가 실실 웃음을 날리며 밥상을 차렸다. 상차림은 제법 걸었지만 충심은 수저를 들지 않고 버텼다. 부러진 앞니의 남자는 킥킥거리며 게걸스럽게 먹었다. 밥알이 여기저기 튀어 더욱 지저분해 보였는데, 더러운 방바닥에 떨어진 밥알을 그가 냉큼 주워먹었다. 충심은 한숨이 포옥 나왔다.

밥상을 치우고 노파가 달그락거리며 설거지를 했다. 구석에 앉아서 충심은 그 모습을 물끄러미 바라보았다. 이가 부러진 남자는 텔레비전 앞에 앉아 무엇이 그리도 재미있는지 까르륵까륵 숨이 넘어가게 웃었다. 순간, 젓가락으로 눈을 찔러버리고 싶었다. 이 세상을 차라리 보지 못하게 된다면, 이토록 절망스럽지는 않을 터였다. 설거지를 끝내고 노파가 틀니를 꺼내 칫솔로 닦더니 밥그릇에 담아두고 허리를 곧추 펴지도 못하고 끙끙거리며 이불을 깔았다. 이불자락이 들썩거릴 때마다 큼큼하고 습기에 찌든, 아주 지독한 지린내가 풀썩풀썩 풍겨나왔다. 베개는 아예 때에 절어 검은 기름기로 번지르르했다.

노파는 벽이 없는 윗방으로 건너가며 텔레비전을 보고 있는 아들을, 세상에서 가장 못났고 모자라게 생겼다고 해도 가히 틀리지 않을 아들을 슬쩍 돌아보았다. 충심은 노파의 그 눈길을 보고 깜짝 놀랐다. 노파의 눈길에는 아들에 대한 사랑이 듬뿍 담겨 있었다. 세상의 그 어떤 아들보다도 사랑스럽게 쳐다보는 눈길을 보자 충심은 온몸에서 맥이 쭉 빠지는 느낌이었다.

온갖 생각들이 머리에 꽉 들어차 잠이 오질 않았다. 아침 일찍 연길을 출발하여 지금 여기에 누운 순간까지의 하루가 마치 천년처럼 길게 느껴졌다. 베개와 이불에선 오래된 곰팡이 냄새가 끊임없이 올라와 나중에는 머리가 지끈지끈 아팠다. 잠을 한숨도 자지 못하고 일어난 아침은 찬란한 햇빛으로 눈이 부셨지만 마음은 참혹할 지경으로 음울했다. 노파는 방 끝에 달린 부엌에 쪼그리고 앉아 불을 때 밥을 지었고, 이가 부러진 남자는 세수도 않고 텔레비전 앞에 앉아 있었다.

밥상이 차려지자 충심은 밖으로 나와 마당의 텃밭으로 날아드는 벌과 나비를 물끄러미 바라보았다. 노파는 밥을 먹다 말고 서둘러 밖으로 나와 충심을 감시했다. 텃밭에 들어가 김을 매면서 오늘밤부터는 신랑과 같이 자야 한다고 누차 중얼거렸다. 충심은 어떻게 하면 이 끔찍한 사변에서 벗어날까 곰곰이 생각했지만 뾰족한 수가 떠오르지 않아 괴로웠다.

그토록 오지 않기를 원했지만, 밤은 오고야 말았다. 노파는 이부자리를 펴놓고 윗방으로 건너가 누웠다. 충심은 이부자리 근처에는 가지도 않고 구석에 앉아 텔레비전에 눈길을 던지고 있었다. 낯선 중국어가 끊임없이 흘러나오는 텔레비전이었지만 그것마저 없으면 숨이 막혀 죽을 것만 같았다. 노파는 아들에게 불을 끄고 어서 자라며 끊임없이 잔소리를 해댔다.

마침내 텔레비전이 꺼졌고, 이어서 천장에 매달린 형광등도 빛을 거두었다. 어둠속에서 이가 부러진 남자는 암내를 맡은 수컷 멧돼지처럼 거친 숨을 몰아쉬며 달려들었다. 막무가내로 옷을 벗기려는 그를 피해 충심은 사력을 다했다. 충심이 달아나면 그는 쫓아왔다. 노파한테로 달아났지만, 노파는 냉정하게 충심을 밀어냈다. 더이상은 달아날 곳을 찾지 못하고 허둥거리던 충심은 도마에 놓여 있던 네모난 칼을 떠올렸다. 그 칼을 집어 달려드는 남자의 손목을 칼등으로 쳐버렸다. 남자는 비명을 지르며 노파한테로 달아났다. 다시 불이 켜졌고, 노파는 충심의 손에 들린 칼을 보며 독한 년이라고 욕을 퍼부었다.

다음날 아침, 노파는 아침밥도 짓지 않고 부리나케 집을 나섰다. 잠시 후 그제 저녁에 봤던 친척이란 사람들이 몰려왔다. 그들은 오자마자 다짜고짜 충심의 머리채를 휘어잡고 마당으로 끌고 나와 두들겨패기 시작했다. 코에서 피가 낭자하게 흘렀고, 머리카락이 한움큼씩이나 빠졌다. 충심이 숨도 쉬지 못할 정도로 늘어지자 그들은 주먹질과 발길질을 멈췄다.

"네 이년! 오늘밤부터 당장 신랑과 자지 않으면 뼈도 못 추릴 줄 알거라!"

마지막 발길질과 함께 누군가가 소리쳤다. 충심은 명치가 타들어가는 아픔에 몸을 새우처럼 구부렸다.

"오금을 박아둬야 해!"

누군가가 또 한마디를 보탰다.

"됐다 이제. 그러다 애 죽이겠다."

노파가 나섰다. 친척들은 옆에 서서 질질 짜고 있는 이가 부러진 남자한테 '등신처럼 굴지 말고 똑부러지게 하라'고 충고를 한 뒤 총총히 사라졌다. 노파는 텃밭 구석에 앉아 담배를 피웠고, 이가 부러진 남자는 '내 색시 다 죽는다'고 훌쩍거리며 세숫대야에 물을 떠와 충심의 얼굴을 닦아주었다. 그날 하루종일 충심은 앓았고, 이가 부러진 남자는 징징거리며 충심의 곁을 떠나지 않았다. 혼절한 듯 깊은 잠에 빠져 있다가 깨어나면 맨먼저 남자의 바보 같은 얼굴이 보였고, 충심은 그때마다 소스라치게 놀랐다.

저녁 무렵이 되자 노파는 미음을 쑤었다. 이가 부러진 남자가 걱정스러운 표정으로 충심의 손에 수저를 쥐여주었다. 문득 어처구니없게도 남자가 안쓰럽게 느껴졌다. 충심은 미음을 천천히 먹었다. 버티다가 더 많이 다치기보다는 이들을 안심시키는 것이 낫겠다는 판단이 들었다.

"결혼식, 무스그 식을 치른 뒤에, 같이 자면 아이 됨두?"

무심결에 이런 말이 튀어나왔다. 옆에서 걸레질하던 노파가 고개를 들어 충심을 쳐다봤다. 충심도 속으로는 은근히 놀라고 있었다. 당장의 어려움을 피하려고 하다가 생각없이 튀어나온 임시방편의 꾀였지만, 노파가 반색을 하며 무릎걸음으로 다가앉았다.

"그게 정말이지?"

자글자글한 주름을 환하게 펴고 묻는 노파의 얼굴에 침을 뱉을 수는 없었다. 충심은 고개를 끄덕였다. 쇠뿔도 단김에 빼랬다고 결혼식이 일사천리로 준비되었다. 가을이 오고 있었다. 고샅길에는 난데없이 구절초가 피어 바람에 한들한들 나부꼈다. 결혼식은 점심을 먹기 직전에 시작되었다. 예식장은 필요없다는 충심의 요구에 따라 식은 간단하게 끝났고 이어 마을잔치가 벌어졌다. 잔치가 한창일 때, 충심은 얼핏 춘구를 본 것만 같았다. 두리번거리며 아무리 찾아도 춘구는 더이상 보이질 않았다. 순간이어서 춘구로 착각했을 수도 있다는 생각이 들었다. 무릎에서 힘이 쭉 빠져나갔다. 먹고 마시는 동안 시간은 흐르고 흘러 서서히 어둠이 내리기 시작했다. 싸구려지만 양복까지 갖춰입은 신랑은 입가에 흐르는 침을 손등으로 닦아가며 밤을 기다렸다. 마침내 합방의 시간이 되었다. 노파는 아들과 충심의 등을 다정스레 두드린 뒤 친척집으로 갔다.

이제는 꼼짝없이 한복을 벗어야만 하는 시간이 저벅저벅 다가오고 있었다. 숨이 컥컥 막혔고, 낮에 먹은 음식들이 거꾸로 나올 것만 같았다. 신흥촌으로 팔려온 지 일주일 만에 충심은 마음에도 없는 면사포를 썼다가 이제는 그것을 벗고 남자를 받아들여야만 했다. 지금부터 남편으로 모셔야 하는 이가 부러진 남자가 싱글벙글 웃으며 옷을 벗었다. 남자가 옷을 다 벗고 충심에게 오는 순간, 자신도 모르게 비명이 터졌다.

악, 하는 소리와 함께 그때 문이 덜컹 열렸다. 모자를 깊게 눌러쓴 누군가가 들어오더니 이가 부러진 남자의 옆구리를 발로 걷어차곤 충심의 손을 잡았다.

"가자!"

춘구였다. 춘구는 돈뭉치를 방바닥에 내던져놓고 충심의 손을 잡고 허겁지겁 뛰기 시작했다. 충심은 아무 생각 없이 춘구의 손을 잡고 그저 뛰었다. 춘구는 밖에 대기시켜놓은 자가용에 충심을 밀어넣었다. 문이 닫히자 자가용은 거칠게 마을을 빠져나갔다. 신흥촌에 팔아먹은 사람도 춘구였지만 충심을 구해낸 사람도 춘구였다.

충심의 가슴은 폐가의 깨진 유리창이었다.

밤새 깨진 유리창으로 늦가을의 비가 내렸고, 그 비에 실려 바람이 불어왔다. 낡고 삭은 창틀에 간신히 흔적을 남긴 날카로운 유리파편 때문에 바람은 청상의 나이에 남편을 잃은 아낙처럼 깊고 묵직하게 울었다. 바람에도 심장이 담겨 있는지, 불같은 어떤 것들이 세상의 모든 깨진 유리창을 덜컹덜컹 흔들었다. 베개 밑에서, 녹슨 칼이 바람을 그리워하며 또한 몸을 떨었다.

오후 늦게 잠시 비가 갠 틈을 타서 해림에 나갔던 영출과 춘구가 어슬렁어슬렁 나타났다. 그들 몸에선 담배 냄새가 독하게 풍겼다. 춘구는 충심에게 눈길 한번 돌리지 않았다. 무심한 표정이 내내 섭섭했다. 할머니가 차려준 밥을 깨작거리더니 수저를 놓자마자 두 사람 모두 깊은 잠에 빠져들었다. 충심은 춘구가 잠에서 깨기만을 기다리며 주변을 맴돌았다. 춘구라면 충심의 소망을 얼마든지 들어줄 수 있을 것 같았다.

저녁 무렵, 다행히 춘구가 먼저 일어나 기지개를 켜며 밖으로 나왔다. 마당 수돗가에서 감자를 깎고 있던 충심의 귓불이 빨개졌다. 춘구는 텃밭 안쪽의 마당 끄트머리에 있는 측간으로 들어가 일을 보고 진저리를 치며 나왔다. 충심은 기회를 봐서 춘구와 이야기를 할 요량으로 감자를 깎고 있는데 거위가 나와 뒤로 슬그머니 가더니 꽥꽥 소리와 함께 춘구의 종아리를 물었다. 깜짝 놀란 춘구가 펄쩍 뛰었고, 충심은 그만 웃음을 터뜨리고 말았다.

"이놈의 거위새끼!"

춘구는 마당에 굴러다니던 작대기를 집어 거위를 쫓았고, 거위는 꽁지가 빠져라 달아나며 꽥꽥거렸다. 집 뒤에 있는 거위집까지 쫓아간 춘구는 차마 그 안으로 들어가진 못했다. 장화 없이는 도무지 질척

질척한 거위집으로 들어갈 수 없다는 것을 알고 작대기로 거위집 지붕을 두들겨 겁을 줬다. 곧 죽어도 거위는 물러서지 않고 곽곽거렸다.

"썩을놈의 거위새끼."

춘구는 투덜거리며 나와 수돗가에서 거위한테 물린 종아리를 씻었다.

"그래도 거위가 돼지처럼 처먹기만 하는 개보다는 훨씬 도둑을 잘 지킴두."

충심이 은근슬쩍 말을 이었다.

"제북 쓰리고 따갑다카이. 잘 지냈나?"

춘구가 말을 끝내고 수도꼭지에 입을 대고 벌컥벌컥 들이켰다. 그 바람에 물이 턱밑 옷자락을 적셨다. 충심은 말없이 집으로 들어가 수건을 갖고 와 춘구한테 내밀었다. 춘구는 말없이 수건을 받아 턱과 목을 닦았다.

"옷이 젖었다마?"

"이까짓 거 머, 입고 있으면 금방 마르겠지. 그나저나 너는 우째 여전히 이 모양이고? 여자가 살이 좀 통통해야한다 아이가? 응디가 이렇게 볼품없어서 남자한테 사랑받겠노?"

춘구는 마치 오빠처럼 굴었다. 그게 더 웃겼다. 신흥촌에서 데리고 나와 겨우 제 친구 영출한테 던져놓고 가버린 인간이, 세상에서 가장 못된 망태기 주제에 팔아먹은 여자를 걱정하다니, 정말이지 거위가 웃을 일이었다. 그런데 이상하게도 밉지 않았다. 오래 기다린 사람을 만난 기분이었다. 충심은 감자를 깎으며 춘구한테 미향이 얘기를 해주었다. 춘구는 담 아래에 핀 구절초를 꺾어 잘근잘근 씹으며 충심의 이야기를 들었다. 멀리서 보면, 두 사람은 무척 다정스레 보였는데,

그 모습을 영출이 금이 간 유리창으로 바라보고 있었다. 문득 충심의 배알이 뒤틀렸다.

"야!"

충심이 낮게 내뱉듯 입을 열었다. 춘구가 깜짝 놀라 충심을 쳐다보았다.

"너르 사는 게 재미있음두?"

충심은 춘구의 눈을 빤히 쳐다보며 찌르듯 물었다.

"머시라꼬?"

춘구의 눈이 커졌다.

"행복하냐고 짜식아!"

충심은 낮고 단호한 말투로 춘구의 명치를 찔렀다. 충심은 정말 그것이 묻고 싶었다.

우—양어장에 내리는 비

아침마다 까치는 우는데, 고향에서 보낸 편지는 도착하지 않았다.

누런 바람이 옥수수밭 가득 몰려왔다. 옥수수를 추수한 밭은 허황했다. 텅 빈 밭고랑에 외로이 서성거리는 한 사람, 그의 발밑에는 죽은 까마귀의 깃털만 날리고 있었다. 집집마다 마당에는 옥수수가 탑처럼 쌓였다. 미향은 눈에 띄게 솟아오른 아랫배를 움켜쥐고 뒤뚱거리며 돌아다녔다. 옥수수로 탑을 쌓던 날, 집에서 메기수염의 늙은 남자와 그 아들이 낫을 들고 싸웠고, 끝내는 둘 다 피를 흘리며 죽었다.

그날, 미향은 노래를 부르며 옥수수밭에 불을 질렀다. 미향은 불을 지르고 밖에서 손뼉을 치며 노래했다. 소방차가 몰려와 불을 껐다. 화재조사를 나온 공안은 미향의 상태를 보고 조사를 포기하고 돌아갔다. 마을사람들은 간단하게 장례를 치르고 미향을 마을에서 쫓아냈다. 하지만 미향은 타다 만 옥수수를 주워먹으며 놀았다. 밤이 오자 자신도 모르게 참극이 벌어진 집으로 돌아가 개집에서 잤다. 집 안으로 들어가려고 문을 살짝 열었다가 메기수염의 늙은 남자가 낫에 등짝을 찍히는 장면이 떠올라 문을 쾅 닫은 뒤로 다시는 열어보지 않았다. 무서웠다.

개집에서 아침을 맞은 미향은 여느 날과 다름없이 닭장에 가서 닭알을 훔쳐먹었고, 미루나무에 가서 까치한테 편지를 달라고 졸랐다. 까치가 편지를 주지 않자, 머리에 까치집을 정성스레 만들었고, 이어 동네방네 떠돌아다니며 노래를 불렀고 구름과 바람 혹은 스러져가는 가을의 풀들과 이야기를 나누었다. 가끔 동네의 어린아이들이 돌을 던졌지만 그들을 향해 가볍게 웃어주었다.

춘구와 충심이 택시를 대절해 광명촌에 도착했을 때, 아이들이 미향을 향해 돌을 던지며 놀리고 있었다. 춘구는 아이들을 쫓았고, 충심은 미향을 감싸안았다. 아이들이 달아나자 춘구는 미향을 곧장 택시에 태웠다. 택시 안에서 충심은 미향이 자신을 알아보지 못할 정도로 미쳤다는 사실에 그만 억장이 무너져내렸다.

"미향아, 나르 봐! 충심이다마!"

눈물도 나오지 않았다. 미향은 그저 히죽거리며 알아들을 수 없는 말만 지껄였다. 충심은 미향의 얼굴을 부여잡고 눈을 맞추었다. 미향의 눈동자는 촛점 없이 흔들렸다.

"배가 부른 기, 아가 들었구만."

춘구가 남의 일처럼 말했다. 충심은 춘구를 노려보았다. 모든 것이 춘구 때문처럼 느껴졌다. 춘구는 얼른 고개를 돌렸다. 택시가 광명촌에서 빠져나와 경박호와 해림으로 이어지는 도로에 이르자 빗방울이 들이치기 시작했다. 빗방울은 점점 굵어졌다. 미향은 비를 보더니 손뼉을 치며 노래했다. 얼마나 씻지 않았는지 미향에게서 거름 썩는 냄새가 풍겨왔다. 택시운전사가 투덜거리자 춘구가 고함을 질러 입을 막았다.

택시가 석하촌으로 들어섰다. 소나기였는지 빗방울이 점점 가늘어졌다. 좁다란 석하 다리를 건널 때는 물안개가 자욱했다. 쓸쓸했다. 그 쓸쓸함이 충심을 미치게 했다. 미쳐버린 미향은 그저 즐거운 표정으로 끊임없이 중얼거렸고, 춘구는 입을 꾹 다물고 있었다. 석하촌에서 금산촌으로 이어지는 풍경은 마치 북조선의 두만강변처럼 횡했다. 그 풍경 속으로 가을비가 흘렀다. 충심의 마음속으로 가을비가 흘러들었다. 이 비 그치면, 이곳 북만주 땅에는 곧 겨울이 사납게 들이닥칠 터였다.

금산촌 집에 미향을 데리고 들어갔더니 할머니가 깜짝 놀랐다. 그러나 오래지 않아 혀를 끌끌 차더니 방 안에 있는 부엌으로 가서 가마솥에 물을 붓고 불을 때기 시작했다. 연기가 자욱하게 집 안에 들어찼다. 충심은 춘구한테 해림에 나가 미향의 옷을 사고 싶다고 말했다. 물론 돈도 없으니 마련해달라고 최대한 감정을 싣지 않고 말했다. 춘구는 대답 대신 전화로 택시를 부른 뒤에 영출은 양어장에 갔느냐고 물었다. 할머니는 영출이 화가 단단히 나서 나갔다며 잘 모르겠다고 대답했다.

물이 끓자 충심과 할머니는 미향의 옷을 벗겼다. 춘구는 밖으로 나가 담배를 피우며 텃밭에 떨어지는 빗방울을 바라보았다. 미향의 몸은 어디 한군데 성한 데가 없이 온통 긁힌 자국이며 멍투성이였다. 하도 제멋대로라 씻기는 것도 힘이 들었다.

"하이고, 이 정도로 배가 불렀으면 일곱 달은 되었겠네. 쯧쯧, 삼신할미도 무심하시지, 어찌 이런 정신에다 씨를 받게 했을꼬? 쯧쯧!"

간신히 몸을 씻겨 이불 속에 집어넣었을 때, 택시가 도착했다며 춘구가 유리창을 두드렸다. 충심은 밥 좀 해먹이라고 당부한 뒤에 집을 나섰다. 할머니는 지난 일년간 충심과 영출의 다툼을 말없이 지켜본 좋은 사람이었다. 다만 한국으로 나간 며느리가 부쳐오는 돈을 손자인 영출이 약담배와 마작으로 날리는 것에 대해서만 애달복달이었다. 게다가 며느리는 불법체류자라 고향으로 돌아올 수도 없었다. 가끔 며느리한테 전화가 오면 그저 몸조심하라고 신신당부할 뿐이었다. 그런 할머니였기에 충심은 미향을 맡기고 집을 나설 수 있었다. 걱정이라면 미향이보다 기력이 좀 달리는 것 정도였다.

상숙언니한테 말로만 전해듣던 해림에 도착한 충심은 깜짝 놀랐다. 해림은 함흥의 잿빛 거리를 떠오르게 할 만큼 낡고 가난하고 작은 도시였다. 당나귀 한 마리가 빈 수레에 매달려 비를 맞고 있었다. 춘구와 함께 우산을 쓰고 장마당으로 나가 미향이 입을 임부복을 샀다. 이어 임산부에게 좋은 과일이며 소고기를 사러 장마당을 돌아다녔다. 돈은 모두 춘구가 치렀고, 나중에는 비상금으로 갖고 있으라며 따로 삼백 위안을 충심의 손에 쥐여주었다. 그 모습을 우연히 영출이 보았다. 그것도 모른 채 충심은 물건을 바리바리 사들고 택시를 탔다. 춘구는 영출을 찾아본다며 해림에 남았다.

충심이 집으로 돌아오니 미향이 비를 맞으며 맨발로 텃밭에서 춤을 추고 있었다. 미친년, 비 맞으며 무슨 춤을 춘담? 미향의 뒤를 따라

한껏 약이 오른 거위가 꽥꽥 꽉꽉 소리를 지르며 따라다녔다. 충심은 미향의 등짝을 손바닥으로 때린 뒤, 수돗가에서 발을 씻겨 집 안으로 데리고 들어갔다. 수건으로 미향의 몸을 구석구석 닦아준 뒤, 옷을 갈아입혔다. 할머니는 충심이 가져온 쇠고기를 무와 함께 솥에 넣고 국을 끓이기 시작했다.

솥에서 김이 모락모락 올라올 즈음에 촌장집에서 금산촌에 살고 있는 북조선 여자들에게 호구를 만들어주려고 하니, 상숙언니네 집으로 모두 모이라는 전갈이 왔다. 금산촌으로 팔려와 살고 있는 북조선 여자는 모두 아홉이었다. 호구만 가지게 된다면, 공안에 쫓겨다닐 일도 북조선으로 끌려갈 일도 없었다. 다행히 중국 백성으로 받아들여지게 된다면, 충심은 열심히 살아갈 작정이었다. 어쩌면 영출도 받아들일 수 있을 것 같았다. 영출의 가족이 되어야만 호구가 만들어진다고 언젠가 상숙언니가 말한 적이 있었다.

상숙언니네 집으로 가야 하는데 미향이 말썽이었다. 방금 입혀준 임부복을 입으로 물어뜯고 있었다. 밥을 먹여 재워야 마음 편히 다녀올 수 있을 것 같았다. 충심은 할머니를 도와 부리나케 밥상을 차렸다. 이밥에 쇠고깃국이 밥상에 올랐다. 그것을 보자 눈물이 핑 돌았다. 이밥에 고깃국……이었다. 어머니가 간절히 보고 싶었다. 콧등이 시큰하게 아파오는데 미향은 밥상을 차고 앉아 게걸스럽게 수저질을 하며 밥이며 국을 퍼먹었다. 머리에 까치집을 이고 다니는 미친년한테 누가 제대로 된 밥상을 차려주었을까 싶어 마음이 짠했다. 밥과 국을 양껏 먹은 미향은 오래지 않아 픽 쓰러졌다. 옆으로 누운 미향의 불룩한 배가 충심의 어깨에 묵직하게 얹혔다. 충심은 미향이 완전히 잠든 것을 확인하고 상숙언니네 집에 가기 위해 문을 열었다. 그때 전화가 왔다. 할머니가 전화를 받더니 춘구라며 수화기를 건넸다.

"여보시요."

"지금 당장 숨어! 금산촌으로 공안이 몽땅 쳐들어갔다카이. 영출이가 너랑 나랑 바람피우는 줄 알고 열받아서 금산촌 탈북자들을 몽땅 공안에 신고했다 아이가. 빨리, 시간 없어. 해림에 공안이 쫙 깔렸으니 목단강으로 와, 내가 내일까지 역에서 기다릴구마."

춘구는 숨넘어갈 듯 속사포처럼 말을 쏟아놓고는 질문할 틈도 없이 전화를 끊었다. 수화기를 잡은 충심의 손이 바들바들 떨렸다. 앞이 캄캄해졌다. 충심은 베개 밑에 숨겨놓은 칼을 꺼내들고 조심스레 유리창으로 밖을 살폈다. 멀리 공안차 두 대와 승합차가 마을로 들어오는 것이 보였다. 다짜고짜 자고 있는 미향을 깨웠다.

"날래, 가자마!"

충심은 미향의 손을 잡아끌었다.

"편지 왔음두?"

미향이 물었다.

"왜 그래?"

할머니가 물었다.

"공안이 잡으러 왔대요. 응, 편지 왔어. 날래 가자우!"

충심은 속이 까맣게 타들어갔다. 할머니가 사색이 되어 털썩 주저앉았다.

"편지는 까치가 갖고 갔다마."

미향이가 엉뚱한 말을 하며 미적거렸다. 충심이 우격다짐으로 미향을 데리고 나오자 걱정이 된 할머니는 신발도 꿰지 못하고 뒤를 따라나왔다. 그사이에도 미향은 까치가 편지를 가져갔다고 중얼거렸다.

"제발, 그만 좀 하라우! 제발!"

충심은 악다구니를 쓰며 미향의 손을 잡고 집을 빠져나와 무작정 뛰었다. 빗방울이 얼굴을 때렸다. 미향은 까치를 만나려면 옥수수밭으로 가야 한다며 한사코 충심을 따라가지 않으려고 뻗댔다. 간신히 노인회관 앞에 왔을 때 영출에게 들키고 말았다. 영출은 막 상숙언니네 집에서 나오는 참이었다.

"거기 서!"

영출이 소리쳤다. 충심은 미향의 손을 잡고 석하촌 방향으로 뛰었다. 거리는 겨우 백여 미터에 불과해서 미향과 함께 뛰다가는 곧 잡히고 말 터였다. 그렇다고 미향을 포기할 수도 없었다. 마음은 콩볶듯 바쁜데, 미향은 한가하게 까치 타령만 했다. 충심은 막무가내로 미향의 손목을 잡고 뛰었다. 영출과의 거리는 점점 가까워졌다. 이대로 북조선으로 끌려갈 순 없다고 충심은 이를 악물었다. 빗줄기는 다시 굵어지고 있었다.

"잡아!"

영출이 고함을 내질렀다. 충심이 뒤를 돌아보니 할머니가 나서서 영출의 허리춤을 안고 씨름하고 있었다.

"어여 가, 어여!"

할머니가 소리를 질렀다. 충심은 미향의 손을 놓치지 않고 앞만 보고 내달렸다. 미향은 무엇이 그리도 좋은지 활짝 웃으며 뒤뚱뒤뚱 뛰었다. 양어장을 몇걸음 앞에 놓고 뒤를 슬쩍 보니 영출이 맹렬한 기세로 뛰어오고 있었다. 순간 충심은 양어장 원두막으로 들어갔다. 어떻게 할까? 머리가 핑핑 돌았다. 충심은 칼로 원두막 근처에 있는 갈대를 잘라 미향의 입에 물렸다. 이어서 비가 쏟아지는 양어장으로 뛰어들었다. 미향은 물을 먹고 허우적거렸다. 충심은 갈대를 미향의 입에 다시 물리고 그 끝을 물밖으로 내밀었다. 이어 자신도 갈대를 입에 물고, 자꾸만 물밖으로 나가려고 하는 미향을 억세게 끌어안았다.

우—이 비 그치면

미향은 더이상 혼자 중얼거리지 않았다.

죽을 고비를 넘기고 있다는 것을 미쳐버린 상태에서도 느끼는 모양이었다. 양어장 물속에서 두 시간 넘게 숨어 있다가 나오니 체온이 떨어져 거의 죽을 지경이었다. 입술이 파랗게 질려 오들오들 떠는 미향과 충심은 빗줄기를 피할 처마를 간절히 원했지만 세상은 그것마저도 허락하지 않았다. 충심은 오직 목단강역으로 가야 한다는 생각에 사로잡혔다. 체온이 급격히 떨어지는 것을 막기 위해 미향의 손을 잡고 무작정 걸었다. 다리가 아파 잠시라도 쉬면 무섭게 몸이 식었다. 간신히 석하촌을 빠져나와 해림으로 가는 길로 들어서서도 한참을 걷다가 길가 어느 마을의 옥수수 창고에서 잠시 비를 피했다. 비를 피하는 와중에도 충심은 끊임없이 미향의 몸을 문질러 체온이 떨어지는 것을 막아주었다. 창고 안에서 불이라도 피우고 싶었지만, 그러다 들키면 무슨 일이 닥칠지 몰라 참고 참았다. 다만 몸을 말려야 한다는 생각에서 끊임없이 미향의 머리를 털어주었다.

미향이 자꾸만 까라지려고 해서 충심은 다시 몸을 일으켰다. 이대로 젖은 채 잠들면 체온이 식어 영원히 깨어나지 않을 수도 있었다. 옥수수 창고에서 나오니 다행히 비는 그쳐 있었다. 몸에서 하얀 김이 펄펄 올라오도록 충심은 미향의 손을 잡고 걸었다. 해림에 도착했을 때는 새벽이었고, 발바닥에는 커다란 물집이 잡혀 있었다. 미향은 종아리가 부어 더이상 걷지 못했고 한마디의 말도 입밖으로 내보낼 수 없을 정도로 녹초가 되었다. 충심은 일 위안짜리 죽과 만두로 미향의 배를 채우고 목단강을 향해 택시를 탔다.

목단강 시내에 도착한 충심은 어설픈 중국어로 여점을 찾아들어갔다. 주머니에서 젖은 돈 백 위안을 내고 허름한 방에 들어가 죽은 듯이 잤다. 잠에서 깨어보니 벌써 오후였다. 충심은 싫다고 버티는 미향을 억지로 씻긴 뒤에 여점에서 나왔다.

목단강역 광장은 수많은 버스들과 사람들이 뒤섞여 복잡하고 어수선했다. 가방과 짐을 들고 목적지가 적힌 버스를 향해 사람들은 종종걸음을 쳤고, 차장들은 손님들을 소리쳐 불렀다. 어딘가를 향해 자유롭게 떠나는 사람들이 충심은 그렇게 부러울 수가 없었다. 아무리 먼 길을 돌고 돈다고 하더라도 사람들의 최종목적지는 결국 가족이 있는 집이라고 생각하니 왈칵 울음이 터져나오려 했다. 충심은 이를 악물고 울음을 참았다. 두만강을 건너 미향을 남양의 이모집에 무사히 데려갈 때까지는 울음도 사치였다. 설사 미역국 하나 끓일 수 없는 살림이더라도 어미의 따뜻한 품속에서 아이를 낳을 수 있도록 미향을 무사히 데려가는 것이 지금 할 수 있는 최선이라고 느꼈다. 그때까지 미향이 조용히 있어주기만을 간절히 바랄 뿐이었다.

광장을 죽 둘러보았지만 춘구는 눈에 띄지 않았다. 충심은 미향을 데리고 역사 출입문 옆에 쪼그리고 앉았다. 시월의 햇살이 쏟아져내렸다. 미향은 병든 닭처럼 꾸벅꾸벅 졸더니 기어이 입을 크게 벌리고 잠에 빠져들었다. 충심은 다리가 저리도록 몇시간째 하염없이 앉아 춘구를 기다렸다. 춘구가 오지 않을 거라고 의심해본 적은 없었다. 세상천지에서 기댈 수 있는 유일한 사람이 춘구였다.

수많은 사람들이 오고갔다. 시월의 역광장은 환한 대낮이었지만 충심의 마음은 어두운 숲속에 들어온 것처럼 으슥했다. 그사이에 거리에서 파는 양고기꿰미을 사와 미향에게 먹였다. 꿰의 양념이 루주처럼 미향의 입술에 붉게 묻었다. 충심은 손바닥으로 미향의 입술을 닦아주었다. 미향이 충심을 빤히 쳐다보았다. 처음으로 미향과 충심의 눈동자가 정면에서 마주쳤다. 미향의 검은 눈동자가 가늘게 흔들렸다. 제발, 정신이 돌아오기를…… 빌고 있는데 미향이 히죽 웃었다.

돌아보면, 지난 일년은 참으로 길고 아득했다. 충심은 쪼그려앉아 해바라기를 하고 있는 지금 이 순간이 싫었고, 자기 자신이 미웠다. 봄날의 새싹처럼 파릇파릇하게 꾸었던 그 많은 꿈들은 물거품처럼 사라졌고, 꿈이 사라진 가슴은 찬바람이 일어나는 초겨울의 들판으로 변하고 말았다. 누구를 탓할 수도 없었다. 설사 탓할 상대가 명백하게 존재하여 책임을 묻는다 한들 무슨 소용이란 말인가? 어제의 강물은 결코 오늘의 강물이 아닌 것을……

몸이 좀 낫는가 싶자, 미향은 춤을 추었다. 만삭의 배를 내밀고 하늘을 보며 무어라 중얼거리면서 몸을 흔들었다. 몇번 손을 잡아끌어 곁에 앉혔지만 미향은 오뚝이처럼 일어나 춤에 몸을 맡겼다. 지나가던 사람들이 손가락질하며 웃거나 얼굴을 찡그렸다. 심지어 공안도 웃기만 할 뿐이었다. 기어이 미향은 치맛자락을 올렸다 내렸다 하며 하얀 속살을 내보였다. 충심은 깜짝 놀라 미향을 잡아끌었다. 어디에서 그런 힘이 나오는지, 미향은 충심이 감당하기 어려울 정도로 버텼다. 미향에게 충심이 질질 끌려가고 있는데, 누군가가 나타나 미향의 손목을 우악스럽게 잡았다.

"우야꼬? 돌아삐리겠네!"

낮고 단호한 목소리의 주인공은 춘구였다. 미향은 춘구를 보자 히죽 웃은 뒤에 곧장 다소곳해졌다.

"일이 생겨서, 쪼매 늦었다."

춘구는 미안하다는 말은 하지 않았다. 충심도 더 묻지 않았다. 와준 것만으로도 충분히 고마웠다. 춘구는 말없이 두 사람을 데리고 역 근처의 허름한 식당으로 가서 밥을 샀다. 미향은 게눈 감추듯 먹어댔고, 충심은 입맛이 없어 물만 마셨다. 춘구는 그 앞에서 담배만 뻑뻑 피웠다. 식사를 끝내고 다시 역광장으로 왔다.

"우짤래?"

춘구가 물었다.

"도문으로 갔으면……"

충심은 말을 맺지 못하고 얼버무렸다. 춘구가 뜻밖이라는 표정으로 충심을 빤히 쳐다보았다. 충심의 곁에서 미향은 알아들을 수 없는 말을, 어쩌면 하늘만 알아들을 수 있는 말을 끊임없이 지껄였다. 미향을 보며 춘구는 담배에 다시 불을 붙였다.

"도, 도문 건너 남양에 저애를 데려다주고 싶어서. 지, 집이 남양이니까."

충심은 변명처럼 더듬더듬 말을 이었다. 춘구가 미향의 몸을 위아래로 훑더니 으음, 하며 신음 비슷하게 한숨을 토해냈다.

"어떤 새끼인지 참, 좆대가리를 확 잘라버리든지 해야지, 어휴!"

춘구는 담배꽁초를 땅바닥에 패대기쳤다. 춘구한테 미안했다. 사실 춘구가 감당해야 할 몫은 아니었다. 어쩌다 이렇게 얽혀들었는지, 하는 난감한 표정을 짓는 춘구한테 충심은 진심으로 미안한 생각이 들었다. 춘구는 나쁜 놈이었지만, 그렇게 악독하게 질나쁜 놈은 아닌 것 같았다. 하도 막막해 충심은 하늘을 올려다보았다. 태양이 빠져나가는 하늘로 기러기 몇마리가 무리를 지어 낮게 날아가고 있었다.

"까마귀다!"

미향이 소리를 꽥 질렀다. 까마귀가 아니라 기러기가 분명했지만, 미친년이 기러기를 까마귀라고 부르면, 그냥 까마귀가 되는 것이다. 충심은 그저 기러기가 하늘 끝까지 꼬리에 꼬리를 물고 날아가는 것을 오래오래 지켜보았다. 국적도, 국경도, 민족도, 호구도 필요치 않은 기러기가 한없이 부러웠다. 그저 가족을 데리고 겨울에는 남쪽으로, 여름에는 북쪽으로 훨훨 날아가면 되는 것이니. 또 한무리의 기러기가 북쪽 하늘에서 나타나 남쪽을 향해 비행하는 게 보였다.

"까마귀야, 내 편지 내놔! 내 편지!"

미향이 소리를 지르며 기러기를 따라 뛰었다. 춘구가 미향의 뒤를 성큼성큼 따라가더니 냅다 따귀를 올려붙였다. 철썩, 하는 소리와 함께 미향이 그 자리에 얼어붙은 듯 서버렸다. 그것을 보자 충심은 눈물이 피잉 돌았다. 충심은 천천히 춘구한테 다가갔다. 춘구가 미향의 손목을 움켜쥐었다. 충심은 말없이 춘구의 따귀를 세차게 올려붙였다. 춘구가 미향의 손목을 놓았다.

"외 때려? 외서 때리는 기야?"

이 말을 남기고 충심은 미향의 손을 잡고 돌아섰다. 이 세상의 그 누구도 미향을 함부로 건드리지 못하게 하겠다며 충심은 입술을 깨물었다. 하늘에선 기러기가 끼룩끼룩 울었고, 땅에선 기적소리가 길게 울렸다. 충심은 미향의 손을 잡고 기적소리를 향해 걸어갔다.

소소, 눈사람 되다

오후 세시부터 눈이 내리기 시작했다.

충심은 한성안마의 이층 창가에 서서 하염없이 쏟아지는 눈을 바라보았다. 서탑(西塔) 연변가의 낡고 지저분하고 소란스러운 거리와 좁다란 골목을 하얗게 감싸며 눈은 소곤소곤 이야기하듯이 내렸다. 지상의 온갖 더러운 것들을 하얗게 뒤덮으며 가벼운 바람에 몸을 섞어 흩날리는 눈 속에서 어린 거지아이가 불쑥 고사리손을 내밀었다. 한창 재롱을 피울 네살쯤 된 여자아이의 손바닥은 까마귀발처럼 검었다. 눈은 그 자그마한 손에도 내렸고, 어린 꼬맹이의 빈손을 응시하는 거지 어머니의 슬픈 눈동자에도 내렸다. 충심의 망막 깊은 곳에서 눈 내리는 연변가의 풍경과 고향의 남루한 거리가 슬며시 교차했다. 거지 모녀는 어느새 함흥역 앞 광장을 천천히 걷고 있었다. 누렇게 마른 솔잎처럼 가녀린 거지아이의 앙상한 뼈마디가 충심의 가슴을 가시처럼 찔렀다. 주춤, 뒤로 한걸음 물러난 충심은 어찌할 바를 몰라 허둥거리다가 뒤늦게 주머니를 뒤졌다. 주머니에는 남루와 슬픔뿐이어서 그 작은 손에 아무것도 놓아줄 수가 없었다. 가슴이 서늘해졌고, 그만 울고 싶어졌다.

"또 울어?"

언제 옆에 왔는지 호룡이 걱정스럽고 조심스러운 말투로 물었다. 충심은 대답 대신 손바닥으로 얼굴을 덮으며 가만히 눈물을 닦아냈다. 충심의 귀로 거칠게 떨리는 호룡의 숨결이 생생하고 노골적으로 흘러들었다. 팔뚝에 굵은 소름이 돋아났다. 망설이다가 슬그머니 돌아서서 안마를 하는 작은 침대 쪽으로 발걸음을 옮겼다. 사람의 온기가 느껴지지 않는 텅 빈 침대들이 몹시도 을씨년스러워 보였다. 차라리 안마라도 하고 있으면 마음이 이토록 스산하진 않을 터였다. 호룡도 창가에서 몸을 돌렸다. 충심은 껑충한 키의 떠꺼머리총각이 접석접석 몸을 흔들며 다가오는 게 싫어 다시 창가로 갔다.

그래도 호룡은 눈치없이 주변을 맴돌았다. 충심은 호룡과 둘만 있는 게 아무래도 부담스러워 아래층으로 갔다. 함박눈이 펑펑 쏟아지니 스물셋 총각의 마음에 연정이 뭉클 솟구치는 모양이었지만 충심은 애써 모른 척 싸늘하게 외면했다. 지난 초가을, 고향이 하얼삔인 호룡은 충심을 좋아한다고 한성안마의 모든 복무원들에게 선언해버렸다. 호리호리한 키에 갸름한 얼굴의 호룡이 충심도 싫지는 않았다. 하지만 조선족이라는 게 마음에 걸렸다. 한족이라면 혹시라도 좋아할 수 있겠지만 조선족만큼은 피하고 싶었다. 아래층으로 내려온 충심은 다른 복무원들과 연속극「대장금」흉내를 내면서 수다를 떨었다.

잠시 후, 호룡이 위층에서 털레털레 내려왔다. 입이 한 자나 나와 있었다. 충심은 애써 모른 척했다. 그때, 눈을 하얗게 덮어쓴 설매가 양고기꿰를 흔들며 들어왔다. 수다를 떨던 복무원들이 환호성을 지르며 설매의 손에서 꿰을 뽑아들었다. 설매가 머리며 어깨에서 눈을 털어내는 동안 충심도 꿰을 하나 뽑아들었다. 그런데 호룡은 담배만 뻑뻑 피워댈 뿐 양고기꿰을 쳐다보지도 않았다. 충심은 꿰을 들고 이층으로 올라갔다.

다시 이층 창가에 섰다. 눈은 여전히 펑펑 쏟아져내리고 있었다. 양고기꿰을 창틀에 내려놓고 충심은 하얗게 변해가는 창밖 풍경에 눈길을 던졌다. '정씨구두'라고 손수건만한 입간판을 내세운 신기료장수 정씨가 궤짝에다 구두굽, 구두약, 구둣솔 등을 챙겨넣고 있었다. 멀리서 보니 마치 눈사람이 움직이는 것 같았다. 그 옆 손수레 위의 과일도 눈에 파묻혀 있었다. 신기료장수 정씨는 눈을 뭉쳐 통통한 눈사람을 만든 뒤 그 머리 위에 망가진 구둣솔을 거꾸로 올려놓았다. 구둣솔은 눈사람을 까까머리 인형처럼 보이게 했다. 정씨는 구두약으로 눈과 코와 입을 그려놓은 뒤 궤짝을 메고 총총히 떠났다. 정씨의 눈사람을 보니 괜히 마음이 포근해졌다. 충심은 눈사람을 향해 손을 흔들었다. 눈사람은 눈을 맞으며 그 자리에 마냥 서 있었다.

충심은 한성안마에서 나와 눈사람에게로 갔다. 맨손으로 눈을 길게 뭉쳐 눈사람의 다리를 만들었다. 이어서 발도 만들어 다리에 붙인 뒤 그 위에 눈사람을 두 팔로 껴안아 올려놓았다. 아주 짧은 다리지만 보기가 참 좋았다. 다리를 만들어줬으니 녹아 사라지지 말고 어디로든 갔으면 싶었다. 더구나 그곳이 진정 원하는 곳이기를 짧게 기도했다. 충심은 시린 손을 입김으로 녹이며 눈사람에게 짧게 입을 맞추곤 돌아섰다. 머리에 쌓인 눈을 털어내며 한성안마로 들어섰다.

그때, 청바지 뒷주머니에서 손전화가 부르르 떨었다. 연분이모였다. 모레 몽골국경으로 안내해주는 사람을 만나기로 했는데 부탁한 돈이 되었느냐고 물었다. 아직 돈을 받지 못했다고 대답하자 거의 죽어가는 목소리로 알았다며 전화를 끊었다. 그젯밤에도, 공동숙소로 찾아가 겨울의 몽골초원은 영하 사십도까지 내려간다며 제발 봄이 올 때까지 기다리라고 설득했다. 그래도 연분이모는 안내와 일행이 있을 때 가야겠다며 막무가내로 고집을 부렸다. 중국에 있는 것보다는 아무리 고생을 해도 한국으로 들어가는 것이 낫다며 눈물을 뚝뚝 떨어뜨렸다. 충심은 두 손을 들고 말았다. 국경초소를 피해 몽골국경을 넘을 수 있도록 안내해주는 댓가로 이만 위안을 마련해야 한다고 징징거렸다. 한국에 도착하면 정착금을 받아 꼭 돌려줄 테니 제발 부탁한다고 만나는 사람마다 애원했다. 그게 지겨워서 빌려준 돈을 받으면 주겠다고 했더니 한시가 멀다 하고 전화를 쳐댔다. 충심은 곧장 희래등(喜來登) 안마소의 김화동 로반한테 전화를 걸었다. 빌려간 돈을 달라고 전화하는 것도 부담스럽고 짜증나는 일이었다. 마치 아무것도 가진 게 없는 사람한테 외상값을 받으러 가는 기분이었다.

　"저어, 한성안마의 미나인데요."

　"아, 메이나? 잘 있었어?"

　김화동은 호들갑을 떨며 반갑고 다정하게 안부를 물었다.

　"그럭저럭요."

　"그럭저럭 지내면 되나, 잘 지내야지."

　"저어, 그러니까……"

　돈얘기를 꺼내자니 입이 잘 떨어지지 않았다.

　"구질구질하고 냄새나는 한성안마에 있지 말고 희래등으로 와. 오면 계약금으로 우선 천 위안 줄 테니."

전화를 걸 때마다 하는 똑같은 말을 김화동은 오늘도 어김없이 되풀이했다.

"그, 그것보단, 이, 이만 위안이 지금 꼭 필요하거든요. 돌려준다는 날짜도 여, 여섯 달이나 지, 지났고."

그럴 이유가 전혀 없는데도 말을 더듬는 스스로가 싫고 짜증났다. 당당해야 한다고 생각했지만 늘 주눅이 들었다. 돈을 빌려주는 짓 따윈 어떤 일이 있어도 두번 다시 하고 싶지 않았다. 연분이모한테는 빌려주는 것이 아니라 그냥 주기로 했다. 연분이모는 중국말을 몇마디밖에 하지 못해 여기선 돈을 벌 가능성이 거의 없는 사람이었다. 그에 비해 충심은 읽고 쓰고 말할 줄 알았다.

"아, 그거? 줘야지. 희래등으로 와!"

돈을 준다는 말에 귀가 번쩍 뜨였다. 돈을 받으면 연분이모한테 줘야겠지만 선뜻 내주긴 싫었다. 어쨌든 다시 한번 설득해볼 작정이었다. 겨울의 몽골은 매우 위험했다. 차라리 베트남으로 간다면, 그것은 고려해볼 수도 있었다.

"줄 테니 희래등으로 오라고!"

김화동이 다시 말했다. 그런데 왜 희래등으로? 빌려갈 때의 장소는 한성안마였는데, 돌려줄 때는 희래등이라니? 이자도 한푼 받지 못했는데 그것은 부당했다. 심지어 눈까지 이렇게 내리는데…… 택시를 타면 기본요금 팔 위안이지만 그것도 아까웠다.

"한성안마로 오시면 안될까요?"

충심은 조심스레 물었다.

"오케이!"

의외로 대답이 선선했다. 돈을 되갚기로 약속한 날이 지난 뒤로 김화동이 이렇게 시원시원하게 대답한 적이 없었다.

처음 한성안마로 왔을 때, 충심을 지극히 돌봐준 조선족 최옥화 언니가 있었는데, 그 언니의 애인이 김화동이었다. 눈이 크고 맑아 도무지 거짓말이라고는 모를 것 같은 첫인상의 서른한살 노총각이었다. 법 없이도 살 만큼 착한 두 연인의 가난한 사랑은 옆에서 지켜보는 사람이 안쓰러울 지경이었다. 사랑을 나눌 방 한칸이 없어 손님이 없는 아침 무렵에야 안마용 침대에 누워 있다가 자주 들키곤 했다. 그럴 때마다 충심은 다른 복무원들의 접근을 막아주었다.

그렇게 열렬히 사랑하다가 마침내 축복 속에 행복한 결혼식을 올렸다. 두 사람은 결혼하면서 자그마한 발안마집이라도 차리겠다며 사방팔방으로 돈을 구하러 다녔다. 옥화언니가 돈이 없어 쩔쩔매는 것을 보면서 만 위안을 빌려줬더니 보름쯤 지난 뒤에 김화동이 직접 와서 만 위안을 더 빌려달라고 했다. 서울에서 일하고 있는 부모님이 돈을 송금해주면 즉시 갚겠다며 간이라도 빼줄 듯이 굴었다. 그 돈 이만 위안은 충심이 지난 이년 동안 몸 파는 것을 빼놓고 온갖 궂은일을 마다않고 하면서 악착같이 모은 전재산이었다. 충심은 두 사람을 믿었다. 그러나 돈을 빌려주고 약속한 날짜가 되자 그때부터 김화동과 옥화언니는 슬슬 충심을 피했다. 충심은 옥화언니를 최옥화라고 바꿔 불렀다. 그게 벌써 여섯 달이 넘었다. 희래등에 손님이 제법 든다는 소문을 들었기에 그 돈을 갚을 여유는 충분하리라 생각되었다.

곧 온다던 김화동은 오지 않고 대신 어둠이 눈처럼 내렸고 밤이 깊었다. 밤이 깊어지자 손님이 많아졌다. 전신안마와 발안마를 끝내고 세번째 손님을 보내자마자 호룡이 또다른 손님 셋을 데리고 이층으로 올라왔다. 입에서 단내가 풀풀 풍겼다. 호룡은 남모르게 충심의 손을 슬쩍 잡았다가 놓고 아래층으로 갔다. 셋 중에서 충심이 맡은 손님은 겉보기에는 멀쩡한 신사였다. 그런데 내뱉는 말마다 음담패설이었다. 입이 아니라 음담패설을 담아놓은 항아리 같았다. 듣고 있기가 민망해서 충심은 중국말로 옆의 복무원에게 '왕빠딴(자라대가리)'이라고 말하며 피식 웃었다.

한참 안마를 하는데 문득 그 남자가 온다고 한 날이 바로 오늘이라는 게 떠올랐다. 심양에 도착했으면 반드시 전화해서 충심을 찾았을 텐데, 그동안 약속을 어긴 적이 한번도 없는 사람이라 무슨 나쁜 일이라도 생겼는가 싶어 은근히 마음에 걸렸다. 그런저런 생각에 충심은 설렁설렁 안마를 하고 있었다. 그때, 아래층에서 호룡이 헐레벌떡 뛰어올라왔다.

"미나, 희래등 김로반이 공안을 데리고 와서 너를 찾아!"

공안을 데리고 왔다는 호룡의 말에 충심의 얼굴에서 핏기가 싹 가셨다. 사방이 막힌 곳이라 아래층 현관 출입구 외에는 달아날 길이 없었다. 앞이 캄캄했고 아무 생각도 나지 않았다. 무릎에서 맥이 빠져나가 휘청거렸다. 옆에서 호룡이 붙잡지 않았으면 바닥에 쓰러질 뻔했다. 느닷없이 안마를 중단하자 손님이 화를 버럭 냈다. 남자가 일어나 화를 내는 것도 눈에 들어오지 않았다. 아, 이토록 허무하게, 지난 오년의 피땀어린 고생이 막을 내리다니, 억울했다.

눈물 한줄기가 흘러내렸다. 더러운 왕빠딴, 자라대가리보다 못한 자식! 빌려간 돈을 갚기 싫다고 고발을 하다니…… 충심은 입술을 깨물며 주먹을 꼭 쥐었다. 앞에 나타나기만 하면 그 잘난 얼굴에 침을 뱉어줄 작정이었다. 차라리 잘되었는지도 몰랐다. 어찌되었든 함흥의 부모님에게로 돌아가는 것이니까. 아래층에서 공안과 김화동이 쿵쿵거리며 올라오는 소리가 들렸다. 치솟는 분노로 몸이 부들부들 떨렸다. 충심은 입술을 꽉 깨물고 김화동을 기다렸다.

"이리 와!"

순간, 호룡이 충심의 손을 잡고 재빨리 좁은 복도를 돌아 복무원 숙소로 들어갔다. 충심을 숙소에 밀어넣은 뒤 호룡은 문을 닫고 고리를 걸었다. 곧 김화동이 공안과 함께 충심을 내놓으라고 다른 복무원들을 닦달하는 고함소리가 크게 들려왔다. 공안이 '미나는 조선사람에다 비법월경자'라면서 어디에 있는지 찾아내라고 복무원들을 다그쳤다. 떠들썩한 중국말이 뒤섞이고 있었다. 충심은 밖으로 뛰어나가 김화동의 머리채를 붙잡고 흔들어주고 싶었다. 그사이 호룡은 유리창을 열고 밖을 살폈다. 충심은 팔짱을 끼고 서서 문을 노려보았다. 호룡은 유리창을 떼어낸 뒤 철창을 붙잡고 마구 흔들기 시작했다.

쾅, 쾅, 쾅!

밖에서 문을 두들겼다. 김화동이 빨리 문을 열라며 소리를 질렀고, 발로 문을 찼다. 공안은 열쇠를 가져오라고 소리쳤다. 분노로 흥분이 극에 달한 충심은 김화동의 눈이라도 찌를 만한 게 뭐 없나 싶어 숙소 안을 두리번거렸다. 쇠젓가락이 있다면 딱 적당할 텐데, 하고 두리번거리다 눈에 띈 것은 청도 맥주병이었다. 충심은 맥주병을 손에 들었다. 문을 열고 김화동이 들어오면 그대로 머리를 찍어버리겠다고 마음을 다잡았다.

잡혀갈 때 잡혀가더라도 이만 위안어치는 복수해야 속이 시원할 것 같았다. 문 두드리는 소리가 점점 높아졌다. 문짝이 곧 떨어져나갈 것만 같았다. 밖에서 문을 한번씩 찰 때마다 문짝이 물결처럼 출렁거렸다. 충심은 맥주병을 손에 쥐고 문을 노려보았다.

"아 씨발, 정말!"

호룡은 여전히 철창을 붙잡고 흔들고 있었다. 철창을 뜯어낸다고 해도 충심은 이층에서 뛰어내릴 자신은 없었다. 공안에 끌려갈 각오를 하고 있는데 문이 벌컥 열리고 김화동이 벌겋게 달아오른 얼굴로 식식거리며 들어왔다. 뒤에는 제복을 입은 젊은 공안과 복무원들이 호기심에 찬 눈길로 몰려서서 구경하고 있었다.

"저년이야! 체포해!"

김화동이 뒤따라 들어서는 공안에게 충심을 손가락질로 가리켰다. 충심은 맥주병을 쳐들었다. 김화동의 머리를 향해 내리치려는 찰나, 호룡이 가로채더니 번개처럼 맥주병을 휘둘렀다. 퍽, 하는 소리와 동시에 으악, 하는 비명이 터졌다. 김화동은 피를 흘리며 쓰러졌고, 호룡은 깨진 맥주병을 들고 공안을 협박했다. 공안이 주춤주춤 물러나자 호룡은 충심을 밖으로 내보냈다. 충심이 나가자 복무원들이 길을 열어주었다. 충심은 뒤도 돌아보지 않고 아래층으로 뛰어갔다.

"저년 잡아!"

김화동이 손바닥으로 피에 흥건하게 젖은 머리를 감싸고 소리를 지르자 공안이 몸을 돌렸다. 그러자 호룡이 공안의 허리를 감싸안았다. 정신없이 한성안마 밖으로 나온 충심은 경광등이 달린 공안차를 보고 소스라치게 놀랐다. 안마원 안에서는 우당탕탕, 하는 소리가 들렸다. 충심은 뛰는 심장을 지그시 누르며 르네쌍스 호텔 앞으로 뛰어가 대기하고 있던 택시에 올라탔다. 그러나 어디로 가야 할지 얼른 떠오르지 않았다. 잠시 망설였더니 운전사가 짜증난 말투로 목적지를 물었다. 얼굴을 살짝 찡그리고 고민하는데 한성안마에서 공안이 호룡의

멱살을 붙잡고 튀어나왔다. 충심은 고개를 푹 숙이고 샹그릴라 호텔로 가자고 했다. 택시는 눈발 속을 천천히 달렸다.

보석 싸우나를 지나 도로를 가로질러 닝대(寧大) 호텔 앞으로 가기도 전에 택시 앞유리창에 눈이 소복하게 쌓였다. 와이퍼가 힘겹게 눈을 밀어내고 있었지만 역부족이었다. 눈이 도로를 하얗게 포장해버린 탓에 거리는 텅 비어 있었다. 자가용은 거의 눈에 띄지 않았고 간간이 택시만 지붕에 눈을 한껏 이고 느릿느릿 기어가고 있었다. 충심은 뒤를 돌아보았다. 공안차의 반짝이는 경광등 빛이 보였다. 가슴이 철렁 내려앉았다. 운전사한테 속도를 내라고 하고 싶었지만 길이 워낙 미끄러워 보였다.

택시가 모택동 동상이 있는 방향으로 우회전을 하자 충심은 세워달라고 말했다. 운전사가 투덜거리며 브레이크를 밟았다. 택시가 썰매처럼 미끄러지다가 간신히 섰다. 십 위안을 주고는 거스름을 받지 않고 내렸다. 충심은 좁다란 골목으로 뛰어갔다. 잡화점과 담뱃가게에서 사람들이 나와 인도에 쌓인 눈을 도로로 밀어내고 있었다. 천천히 걷는데 눈물이 질척질척 발가락 사이로 올라왔고 곧 아프도록 발이 시렸다. 그제야 내려다보니 업소용 슬리퍼를 신고 있었다.

어디로 가야 하나?

눈은 펑펑 쏟아졌고, 돌아갈 집이 없다는 사실에 뼈가 저렸다.

차라리…… 아까 잡힐 걸 그랬나?

가야 할 방향을 정하지 못하자 후회가 물밀듯이 밀려들었다. 하지만 어디로든 가야 했다. 길은 여러 갈래로 뻗어 있었지만 충심의 길은…… 없었다. 한참을 고민하다가 하루에 삼 위안짜리 공동숙소에 묵고 있는 연분이모에게 전화를 걸었다. 이미 열 명이 넘는 손님이 몰려와 잘 곳이 없다 하더니 돈은 어찌되었느냐고 물었다. 절망스러웠다. 돈을 받기는커녕 김화동한테 쫓기고 있다는 말은 차마 못했다. 연분이모의 긴 한숨이 귀로 흘러들자 충심은 전화를 끊어버렸다. 눈은 고요하게 내려 충심의 어깨며 머리에 쌓였다. 젊은 연인이 눈싸움을 하며 지나갔다. 마치 아무 일도 없는 듯 세상은 고적했고, 충심은 눈 내리는 밤의 고요한 풍경 속에서 오직 혼자였다. 발가락이 어는 듯 시렸다.

충심은 길 없는 길을 걷고 걸었다. 밤은 점점 깊어갔고 가로등 불빛에 함박눈이 처연하게 내리는 게 보였다. 주머니 속의 전화가 부르르 떨었다. 발신자번호를 확인해보니 연분이모였다. 충심은 전화를 받지 않았다. 충심의 가슴 깊은 곳에도 함박눈은 하염없이 쌓여만 갔고, 김화동에 대한 분노 때문에 몸은 열병을 앓듯이 뜨겁기만 했다.

한참을 걷다보니 서탑의 중심가였다. 자신도 모르게 발길이 충심을 이 거리로 데려온 것이었다. 다행히 한성안마는 중심가와 거리가 있었다. 밤의 서탑 중심가는 온갖 네온싸인들로 휘황찬란했다. 경회루 한정식집, 설운도KTV, 서울KTV, 황실룸싸롱, 전주 콩나물국밥집, 오아시스 커피숍, 녹색지대KTV 등등 한글간판들이 즐비하게 늘어선 거리의 요란한 불빛을 받아 눈이 총천연색으로 내리고 있었다. 그 밑으로 술취한 남자들이 노래를 부르며 비틀거리며 지나갔다. 충심은 문득 세상을 저주하고픈 마음이 들었다. 세상을 향해 똥바가지를 퍼부으며 고래고래 악을 쓰고 싶었다. 하지만 충심에게 허락된 것은 아무것도 없었다. 충심은 서탑 중심가를 지나 하염없이 걸었다. 걷다가 낯익은 아파트단지에 들어서고 있는 자신을 발견하고는 소스라치게 놀랐다. 혹시 그가 와 있을지도 모른다는 생각에 뜬금없이 사로잡혔다. 충심은 낡고 오래된 아파트단지 사이의 길을 따라 빠르게 걸었다.

만일 그가 아파트에 와 있다면, 그래서 불을 환하게 밝혀놓고 충심을 기다리고 있다면, 여태껏 주지 않은 마음도 아낌없이 내주고 싶었다. 충심은 눈 위에 발자국을 찍으면서 그를 생각했다. 알려고 하지 않았기 때문에 이름도 성도 몰랐다. 아는 것은 오직 전화번호뿐이었다. 전화번호도 충심의 손전화에 발신자표시로 찍힌 것을 저장해둔 것이었다. 그렇다고 그 번호로 먼저 전화를 걸어본 적도 없었다. 그것을 충심은 참으로 다행으로 여기고 있었다. 스물아홉 번을 만나는 동안에 충심은 인간의 위신을 지키려 무척 애를 썼다. 만약에, 오늘 만나게 된다면 서른번째였다. 선물로 마음의 빗장도 열어줄 참이었다. 한국엔 가지 않아도 좋았다. 지금 이 순간 누군가가 간절히 필요했고, 아주 잠깐이라도 곁에 있어주기만 한다면 그걸로 행복할 수 있다고 생각했다.

아파트단지로 들어선 충심은 걸음을 멈추고 불켜진 창문들을 올려다보았다. 삼층의 어느 창문으로 한 남자가 가스레인지에 파란 불꽃을 활활 피워놓고 요리하고 있는 게 보였다. 그 옆으로 헐렁한 잠옷을 입은 여자와 너덧살로 보이는 꼬마가 가끔씩 등장했다가 사라졌다. 주차된 자동차도 거의 없는 낡고 허름한 아파트단지의 가난한 창문마다에 눈이 내렸고, 그 틈으로 잠깐씩 사람의 모습이 그림자극처럼 떠올랐다 스러졌다. 충심은 눈 내리는 밤의 어두운 풍경 속으로 스미듯 걸어들어갔다.

그의 아파트 앞에 섰다.

한성안마의 복무원 숙소에서 부대끼지 말라며 그가 마련해준, 한 달에 천삼백 위안짜리 좁고 허름한 아파트였다. 한성안마의 숙소에 비하면 궁궐이었지만 충심은 그 없는 아파트에서는 단 하루도 홀로 자본 적이 없었다. 몸에 쌓인 눈을 털어내고 비밀번호를 눌러 아파트 문을 열었다. 막막한 어둠이 맨먼저 충심을 맞이했다.

아무도 없다.

………

괜찮다, 괜찮다.

스스로를 위로하며 충심은 아파트에 가득 차 있는 냉기 속으로 들어섰다. 사람이 살고 있지 않아서 그런지 빙상(氷箱, 냉장고) 속에 들어온 기분이었다. 그토록 간절히 원했건만 그는 없었다. 어둠속에 잠시 우두커니 서 있던 충심은 벽을 더듬어 스위치를 찾아 꾹 눌렀다. 형광등은 차가운 빛을 내뿜으며 실내를 환하게 밝혔다. 서걱서걱 언 양말을 벗으며 침실로 들어가 침대에 깔린 전기요의 전원을 켰다.

충심은 침대로 올라가 쪼그리고 앉아 언 발가락을 주물렀다. 발가락에 온기가 돌아오자 대신 몸이 와들와들 떨리기 시작했다. 다다다닥 소리를 내며 이까지 저절로 떨렸다. 온몸을 새우처럼 웅크리고 옆으로 누워 떨리는 몸을 막막하게 지켜보았다. 살아오는 동안, 속수무책일 때가 많았다. 길의 끝이 낭떠러지가 분명한데도 그냥 가야만 했던, 돌아서고 싶었지만 인간의 의지를 비웃으며 저절로 걸음이 옮겨지던 속수무책의 순간들. 왜 다른 길로 가지 않았느냐고 묻는다면, 다른 길로 가고 싶었지만 뜻대로 되질 않았다고 대답할 수밖에 없었다.

침대 바닥이 따뜻해지자 몸의 떨림이 조금씩 가라앉는가 싶었는데 슬그머니 설움이 땅거미처럼 몰려왔다. 충심은 손바닥으로 입을 틀어막고 끅끅 울음을 참았다. 삼년 전, 목단강을 떠나올 때 다시는 울지

않겠다고 맹세했다. 아무리 힘들고 서러워도 울음과 눈물을 참아내야
만 인간의 위신을 지킬 수 있다고 다짐했건만, 맹세는 번번이 깨졌다.
터져나오는 울음을 간신히 막아냈더니, 스르르 눈물이 흘러내렸다.
충심은 흐르는 눈물을 그대로 둔 채 눈을 감았다.

소소(小小), 잘 있었어?
귀에 익은 목소리가 깊은 어둠속에서 또렷하게 들려왔다.
어디에도 얼굴은 보이지 않았다.
꿈이 아니기를, 제발 꿈이 아니기를……
충심아, 충심아.
함흥역인가? 아니면 김책역? 기차가 막 떠나는 텅 빈 플랫폼의 뿌
연 신기루 속에서 하얀 옷을 입은 어머니가 손을 흔들고 있었다. 어서
내리라는 것인지, 잘 가라는 것인지 알아보기 힘든 손짓이었다.
오마니!
충심은 점점 뒤로 멀어져가는 어머니를 불렀다. 그런데 아무리 불
러도 목소리가 나오질 않았다. 목소리가 터지기만 하면 멀어져가는
어머니를 붙잡을 것 같은데, 목청이 터져라 어머니를 부르고 싶어도
벙어리처럼 아무 소리도 내질 못했다.
금산촌의 집에서 거위가 목청껏 울었다. 만삭인 미향이 춤을 추며
노래했던가? 그때, 아지랑이 속에서 공안이 불쑥 나타났다. 순식간에
양어장으로 공간이동을 했다. 양어장에는 메기며 붕어가 물밖으로 튀
어올랐다. 아지랑이 속에서 공안은 성큼성큼 다가오고 있었다. 다시
집으로 공간이동이 이뤄졌다. 철사로 코를 뚫어 뚜레를 만들어 끌고
간다고 했는데…… 공안이 끝이 바늘처럼 뾰족한 철사를 들고 집 안

으로 들어섰다. 코를 꿰여 잡혀가느니 차라리 벽돌이 되고 싶었다. 공안이 점점 가까이 다가왔다. 공안의 얼굴은 갑봉인지 화동인지 분간이 되질 않았다. 충심은 몸을 돌려 벽을 향해 뛰어들었다. 벽 속으로 빨려들었는가 싶었는데 한성안마 이층이었다.

메이나!

안마를 받던 사람이 충심의 중국식 가명을 불렀다. 대답을 하며 얼굴을 보니, 김화동이었다. 기겁을 하고 돌아서는데 김화동이 손을 뻗어 옷자락을 잡았다. 김화동의 손에서 철사가 반짝 빛을 냈다. 가까이 다가온 김화동의 얼굴이 목단강 촌마을에 왔던 그 공안의 얼굴로, 다시 조선족 인신매매단의 얼굴로 순식간에 바뀌었다. 그 모든 얼굴이 한 사람의 얼굴에 번갈아 나타나는 것은 끔찍한 공포였다. 그들의 손아귀에서 벗어나려 아무리 애를 써도 몸이 말을 듣지 않았다.

이건 꿈일 거야, 일어나야지.

문득 현실이 아니고 꿈이라는 생각이 들었다. 그러자 몸 안에서 공포가 스르르 빠져나갔다. 마음이 편해지며 몸의 긴장도 풀렸다. 충심은 눈을 떴다. 뒤죽박죽인데다 밑도끝도없는 나쁜 꿈이었다. 후유, 충심은 한숨을 길게 내쉬었다. 꿈은 김이 모락모락 오르는, 갓 꺼낸 개의 간처럼 생생했다. 중국 공안에 잡히면 철사로 코꿰임을 당해 끌려간다는 것은 갑봉이 해준 말이었다. 나중에 알고 보니 순 거짓말이었다. 하지만 그 거짓말은 강렬해서 그뒤로도 오랫동안 진실로 느껴지곤 했다.

바람이 유리창을 흔들고 지나갔다.

유리창이 흔들리는 소리는 아주 먼 곳의 벌판에서 기차가 덜커덕덜커덕 달려가는 것처럼 까마득하고 아득했다. 깊고 깊은 심연으로 가라앉는 느낌이 들었다. 그러다 설핏 다시 잠이 들었다. 여전히 꿈은 어지러웠다. 조금 전의 꿈을 연속극처럼 이어서 꾸기도 했다.

불안한 잠과 불길한 꿈에 시달리다가 자신도 모르게 정신이 막 청소를 끝낸 방처럼 맑아지는 것을 느꼈다. 충심은 눈을 뜨지 않고 가만히 누워 그 느낌을 음미했다. 그의 아파트, 그의 침대에 누워 있다는 새삼스러운 느낌에 한결 마음이 편해졌다. 그는 심양에 왔을까? 아니면 눈이 너무 많이 내려 비행기가 공항에 착륙하지 못한 것일까?

'소소.'

아무리 아니라고 부정해도 속으로는 그를 간절히 기다린 모양이었다.

'너는 그게 뭐냐 대체? 엉덩이는 작고, 젖가슴은 인민광장에 붙은 껌이네. 그래서 시집이나 제대로 가고 애는 쑹쑹 낳겠냐? 심히 걱정이다야.'

'⋯⋯⋯⋯'

'하하하! 니 이름은 앞으로 소소다, 소소. 작을 소 두 개를 붙여 소소.'

중국식으로 '샤오샤오'나 '쌰오쌰오'라고 해야 하지만 그는 편하다며 소소를 고집했다. 충심은 미나라고 불러달라고 했지만, 그는 재미있다며 만나기만 하면 '소소'라고 불렀다. 갈증에 목이 탔다. 충심은 간신히 몸을 일으켜 주방으로 가서 빙상 문을 열었다. 오렌지주스와 박카스가 눈에 띄었다. 충심은 박카스를 집었다가 도로 놓고 주스를 꺼내 병째로 들이켜며 침실로 갔다. 불을 켰다. 불빛이 너무 환해 충심은 눈을 감았다가 떴다. 암천(岩泉) 정수기, 박카스 빈병, 옷걸이에 걸린 그가 입던 티셔츠, 꽁초가 든 재떨이, 중고로 산 이십 인치 텔레비전, 의자 등받이에 뱀허물처럼 걸쳐 있는 잠옷 대용의 운동복 바지가 불빛에 드러났다. '소소!'라고 부르면서 그가 장난처럼 툭 튀어나올 것만 같았다.

그를 사랑했던가? 우둥불이 올라붙은 듯 두 뺨이 화들짝 달아올랐다. 충심은 얼른 두 손으로 뺨을 덮었다. 심장이 쿵쾅거렸다. 사랑한 것은 결단코 아니었다. 사랑이라니? 그런 어마어마한 사치를 꿈꾸진 않았다. 필요한 것은 사랑이 아니라 신분증이었다. 중국 공안에 끌려가지 않을 신분증만 있다면 평생 사랑 없이 살아도 좋았다. 신분증만 있다면 굳이 한국에 갈 필요가 없었다. 그러나 한국에 가야만 합법적으로 신분증을 가질 수 있다는 것을 불행히도 아주 늦게야 알았다. 그동안 한국으로 갈 기회가 전혀 없었던 것은 아니었다. 기회가 왔을 때는 스스로 포기했다. 이럴 줄 알았으면 기회를 잡고 놓지 않는 것인데, 후회는 언제나 뒤늦게 왔다. 그 후과로 지금, 그를 기다리게 되었다.

충심은 유리창을 열고 머리를 내밀었다. 찬바람이 얼굴을 와락 덮쳤다. 새파랗게 언 손이 옷섶을 헤치고 가슴으로 쑥 들어온 듯, 머리가 찌잉 울렸다. 날씨는 아주 맵짰다. 가지마다 하얗게 눈서리꽃이 핀 나무 아래로는 새벽일을 나가는 사람들이 솜옷을 입고 목도리로 입을 가린 채 종종걸음을 치고 있었다. 지난밤에 펑펑 쏟아지던 눈은 새벽 무렵에야 겨우 그친 모양이었다. 뽀드득뽀드득, 눈 밟는 소리를 내며 웃던 고향의 동무들이 그리웠다.

바람이 창밖의 앙상한 나뭇가지를 세차게 흔들었다. 거무튀튀하고 음울한 서탑 연변가 아파트단지의 나무들이 눈꽃바람의 방향에 따라 메마른 가지를 이리저리 흔들며 춤을 추었다. 마가을이 훌쩍 지나고 겨울이 와버렸을 고향, 꿈에서조차 모습을 숨겨버린 그 거리가 이랬던가? 함흥역 광장 옆 작은 공원에서 몰래 미신쟁이를 만나 운명을 점쳤던 은실이는 지금 어떻게 살고 있을까? 그립고 그리웠다. 겨울이 오면 함께 눈사람을 만들고, 옷 속에 눈뭉치를 집어넣으며 장난치던 그 시절은 아득하기만 했다. 이제 한국으로 간다면 다시는 만나기 어려울 터였다. 은실이뿐만 아니라 어머니, 아버지, 큰언니, 작은언니, 막내동생까지 모두 잃어버리게 된다는 생각에 코끝이 찡하게 울렸다. 충심은 젖어드는 눈굽을 엄지와 검지로 한참 동안 꾹 눌렀다.

유리창을 닫고 돌아선 충심은 침실 한가운데 우두커니 서서 벽에 붙인 중국지도를 하염없이 바라보았다. 접힌 자국마다 종이보풀이 일어난 닳고닳은 지도를 물끄러미 바라보는데 심장을 감싼 갈비뼈에 눈서리꽃이 피어나는 듯 가슴이 서늘해졌다. 지도로 다가가 오른손 검지로 우루무치로 가는 철길을 짚어보았다. 심양에서 우루무치까지 한 뼘도 되지 않았지만 기차를 타면 사흘이 걸린다고 했다. 심양에서 서울까지는 손가락 하나 정도의 짧은 거리였다. 그 짧은 거리를 가기 위해 충심은 두 해가 넘게 중국을 떠돈 셈이었다.

충심은 울란바토르에서 서울로 간 상숙언니와의 국제전화를 통해, 몽골초원을 거쳐 한국으로 가는 지옥여정의 고통에 대해 조금씩 들었다. 상숙언니는 도중에 동상에 걸려 발가락 두 개를 잃고 말았다. 몽골로 가겠다는 연분이모 때문에 한국 통일부의 하나원에서 교양을 받고 안산이라는 작은 도시에 방 하나를 얻고 살게 되었다는 상숙언니에게 전화를 걸었더니 펄펄 뛰며 가지 못하게 막으라며 고생담을 풀어놓았다.

"우루무치를 지나 국경으로 접근해서 안내원이 일러준 길을 따라 큰 산을 넘으면 몽골이야. 그 산을 넘는 것도 얼마나 힘들었는지 몰라. 산을 넘자마자 끝없는 초원이 펼쳐지는데, 그 지옥을 건너면 고비사막이라는 모래지옥이 또 앞을 가로막는 거야. 사막이라고 해서 처음엔 겁을 잔뜩 집어먹었는데 다행히 하루 만에 건널 수 있었어. 사막을 건너면 또다시 초원이야. 초원이 얼마나 지겨운 줄 알아? 죽은 낙타를 뜯어먹는 늑대를 봤는데 죽었다 싶더라. 천신만고 끝에 유목민들을 만나도 겨우 양고기나 얻어먹을 수 있는데, 그걸 먹으면 하루종일 설사를 죽죽 해대는 거야. 말이 다르기 때문에 길을 알려달라고 하지도 못해. 초원에서 두 사람이나 얼어죽었어. 나중엔 배가 고파서 양을 한 마리 잡아먹었어. 양떼의 주인이 말을 타고 나타나 채찍을 휘두르는데, 살이 쩍쩍 갈라지더라니까. 지금 생각해보면 어떻게 초원을 헤쳐나왔는지 모르겠어. 꿈만 같아. 절도죄로 몽골의 경찰한테 데려다주면 좋겠는데 실컷 때리고는 그냥 가버렸어. 열흘 넘게 헤맸는데, 밤이 되면 너무 추워서 잘 수가 없어 마냥 걸었어. 해뜨는 쪽으로만 죽자사자 걸었는데, 가다보니 정말 작은 마을이 나오는 거야. 송아지만한 몽골 개들이 송곳니를 드러내고 몰려오는데 딱 죽었다 싶더라. 그 도시에서 양고기 칼국수를 먹고 돈을 모아 트럭을 빌려 타고 울란바토르로 갔어. 하늘이 도운 거라고 하더라. 울란바토르에 도착하자마자 곧장 한국대사관으로 쳐들어갔어. 그렇게 겨우겨우 한국에 도착했더니 정착금에서 이만 위안을 또 뜯어가는 거야. 나쁜 새끼들. 충심아, 연분이모라는 사람 몽골로 절대로 보내면 안돼. 나는 발가락을 두 개나 잘랐어. 그것 때문에 잘 걷지를 못하고 절룩거려."

절룩거리며 걷는 상숙언니의 모습이 상상 속에서 떠올랐다. 가슴 깊은 곳에서 무언가가 울컥울컥 치밀어올라왔다. 게다가 비용은 얼마나 많은지? 도합 사만 위안이었다. 겨우 국경을 넘는 길까지만 안내해주는 댓가치고는 너무 많았지만 막다른 골목에 내몰려 탈출구라고는 한국행밖에 없는 사람이라면, 그 돈을 마련해야만 했다. 연분이모도 그런 사람 중 하나였다.

충심은 지도에서 함흥과 두만강을 찾았다. 지도에 표시된 작은 점이 함흥이었고, 가느다란 선이 두만강이었다. 충심은 속으로 두만강처럼 울었다.

사람답게, 나이에 어울리게 살고 싶었다. 좋은 남자를 만나 사랑을 하고, 가족들과 함께 즐겁게 저녁을 먹고, 예쁜 옷을 입고, 곱게 화장하고, 동무들과 밤마실을 다니며 수다떨고 남의 흉도 보면서, 어린시절부터 꿈꾸던 것들을 위해 열심히 살며, 무엇보다도 신분증 없이 떠돌지 않으며, 아무리 늦어도 돌아갈 집이 있는 삶을 간절히 소망했다. 그러나 충심의 그 작은 소망은 모조리 금기에 속했다.

금기를 풀기 위해 충심은 그를 선택했다. 물론 우연이었지만 피할 수 없다는 생각이 들었고 그래서 받아들였다.

그는 사업하는 사람이었다. 한 달에 일주일은 심양의 사무소로 출장을 나온다는 그는 한성안마의 단골이었다. 서울에서 사업을 크게 하다가 망한 뒤에 이혼까지 하고 심양을 오가며 작은 무역을 하고 있다고 했다. 백제원 식당 옆의 오피스텔 건물에 사무소가 있어서 심양에 오면 주로 서탑 중심가에서 생활했다. 그는 한성안마에 오면 꼭 미나를 찾았다.

사실 충심의 안마솜씨는 젬병이라고 할 수 있었다. 주씨안마에서 경리를 할 때 어깨너머로 배운 솜씨라 손이 맵질 않았다. 중국사람이

나 조선족 같았으면 불만이 대단했겠지만 한국사람들은 대충 넘기며 따지질 않았다. 그는 미나가 언제나 명랑해서 만나면 기분이 좋아지기 때문에 단골이 되었다며 안마가 끝나면 반드시 팁을 듬뿍 주었다. 그는 늘 외롭고 지친 표정으로 안마를 받으러 왔다. 그래서 그런지는 몰라도 안마를 받기보다는 주로 대화를 하려고 했다. 음담패설이 아니라면 충심도 다정하게 말을 받아주었다.

그날은 안마를 시작하자마자 조선족들은 어찌하여 한국에 들어가기만 하면 달아나는 것이냐며 그가 불평을 늘어놓았다. 한 귀로 듣고 한 귀로 흘렸지만, 지루했다. 어깨를 풀어놓고 장(腸)안마를 시작했다. 충심은 그의 배를 손바닥으로 허리에서 감아올려 배꼽 주위로 잡아당겼다가 놓았다. 배가 물결처럼 출렁거렸다.

"나이가 몇살인데, 똥배 좀 봐? 임신 팔개월은 되었겠다. 배 좀 빼세요!"

충심은 배를 손바닥으로 꾹꾹 눌러 일부러 아프게 주무르며 말했다.

"내 배가 어때서? 김정일 국방위원장만큼은 근사하지 않냐?"

그의 농담을 듣는 순간, 충심은 파르라니 독기가 서렸다. 충심은 자신도 모르게 안마를 중단하고 사나운 표정을 지었다.

"얘가 왜 이래?"

그가 의아한 표정을 지었다.

"장군님하고 함부로 비교하지 말라우요. 어디르 감히?"

충심은 양손을 허리에 척 걸치고 따지듯 대들었다.

"뭐! 장군님?"

그가 벌떡 일어나 앉았다. 아차, 싶었지만 이미 엎질러진 물이었다.

"너, 탈북자지? 그렇지?"

매가 병아리를 채가듯 그는 충심의 팔을 잡았다. 충심은 그의 손을 뿌리쳤다. 엉뚱한 곳에서 실수를 하게 될 줄은 꿈에도 몰랐다.

"야, 감쪽같이 속았네."

그가 담배를 피워물었다. 충심은 돌아섰다.

"야, 미나! 어딜 가? 얘기 좀 하자. 내가 너를 잡아먹나?"

충심은 걸음을 멈췄다. 잠깐이지만 짧은 침묵이 흘렀고 충심은 되돌아섰다. 그가 나쁜 사람이었다면 뒤도 돌아보지 않았을 터였다. 적어도 한국으로 가는 길을 알려주겠다며 이만 위안이나 삼만 위안을 챙겨 달아나는 사람은 아니라는 생각이 들었다. 심지어 한국으로 들어간 탈북자 중에서 어떤 이들은 같은 처지의 사람들한테 경로를 알려주겠다며 삼만 위안을 요구하기도 했다. 한국에 들어가면 주겠다고 하자 먼저 입금하지 않으면 안되는 것은 물론이고, 한국에 도착하면 삼만 위안 외에 다시 오만 위안을 더 내라는 조건까지 덧붙였다. 녹색지대KTV에서 몸을 팔며 돈을 모은 은주는 그 방식대로 먼저 입금을 했는데 한국에서 전화번호를 바꿔버리는 통에 고스란히 돈을 날리기도 했다. 가끔 텔레비전에서 북경에 있는 외국대사관을 필사적으로 넘는 사람들을 보는데, 너무 비참하고 안쓰러웠다.

담배를 피운 뒤에 그는 옷을 입었다. 출장안마비를 줄 테니 밖에 나가 이야기하자고 했다. 잠시 망설이다가 충심은 그를 따라나섰다. 그는 충심을 데리고 백제원 식당으로 갔다. 배가 고프지 않다고 해도 막무가내였다. 심양에서 만난 대개의 한국사람들은 탈북자라면 곧 지독히 굶주린 것으로 오해했다. 물론 굶주리다 못해 강을 건넌 사람도 제법 있었다. 하지만 떠돌다가 만난 여자들 중 상당수는 충심과 마찬가지로 인신매매를 당해 중국의 오지 농촌으로 팔려간 사람들이었다.

“너 정말 한국에 가고 싶지 않냐?”

이해할 수 없다는 표정으로 그가 물었다.

“가고 싶어요.”

충심은 자포자기의 심정으로 말했다. 어린시절 거짓말을 하다가 현장에서 어머니에게 들킨 느낌이랄까 아니면 환한 조명 아래 발가벗고 서 있는 느낌이랄까, 뭐 그랬다. 그렇지만 한편으론 무엇을 잘못했는가 싶은 마음도 꿈틀거렸다. 그는 맥주를 벌컥벌컥 마셨다. 충심도 맥주를 들이켰다.

“그런데 왜 안 갔어?”

손등으로 입가에 묻은 거품을 닦으며 그가 물었다.

“사실 나는, 어리석어서 그렇지 일부러 조국을 배신한 것은 아니거든요. 바보처럼 속아서 강을 건넜다가 그대로 인신매매단한테 끌려가 목단강 근처 깊은 농촌으로 팔려가 강제결혼을 당했고, 남편이라고 해야 되나? 뭐, 그 사람은 조선족이었는데 착하고 성실했으면 운명이려니 하고 그냥 살 수도 있었어요. 그런데 그 남자는 정말 개새끼였어요. 양어장에서 붕어와 메기를 키웠는데, 사실 키우기나 했나요? 원두막에 드러누워 약담배나 빨았지요. 약담배에 빠져 도무지 일을 안 하니까, 농사라곤 지어본 적이 없는 내가 간신히 일을 했는데, 일이 뭐 잘되나요? 남의 집에 품이라도 팔러 가면, 혹시라도 바람쐴까봐 졸졸 따라다니며 감시를 하는데, 그거 아주 미치고 팔짝 뛸 노릇이었어요. 한번은 품팔러 갔다가 그 집 남자와 이야기를 하고 있는데, 약담배에 취한 그 작자가 죽이겠다고 도끼를 들고 달려와 그 집을 마구 때려부수며 난동을 부리는데 난리가 아니었어요. 또 한번은 동생을 데리러 동네를 떠났는데, 아예 도망친 줄 알고 공안에 신고를 해버렸어요. 어찌하나요? 공안이 나타나면 코꿰을 당해 잡혀가야 하는데? 그길로 그 마을을 떠났어요. 이래 죽으나 저래 죽으나 마찬가지라는 심정이었어요. 그게 벌써 삼년 전 얘기네요. 목단강에서 다시 연길로 가서 식당에서 일을 하다가 한국에서 온 선교사들인가 무슨 북한민주 화운동을 한다는 사람인가를 만났는데, 그 사람들 시키는 대로 서울에 가서 김정일 장군님 욕을 하고 내 고향 욕을 한다는 조건을 받아들이면 데려다준다고 했어요. 진짜로 나는 고향을 배신하고 싶지 않았어요. 내가 왜 내 얼굴에 침을 뱉어야 하나요? 근데 지난번에 한국에 들어간 동무들과 전화를 했는데 장군님과 공화국 욕을 하지 않아도 괜찮다 하더라고요. 그렇다면 들어가도 되겠구나 생각하고……"

충심의 한마디 한마디에 그의 표정은 시시각각 변했다. 무척 놀란 눈치였다. 중국에서 떠돌게 된 이야기를 있는 그대로 말하진 않았다. 미향에 관한 얘기는 철저하게 피했다.

"그거야 참, 구구절절 기구하네. 그때 그 사람들 따라서 한국으로 들어갔어야 하는데, 그랬으면 고생이라도 덜 하지. 그리고 말이야, 야, 그게 무슨 배신이냐? 몇마디만 하고 들어가면 되는 것을? 하하하, 너 참 특이하다."

그가 너털웃음을 터뜨렸다. 충심은 이유도 모른 채 부끄럽고 창피했다.

"그런데 말이야, 정 그렇게 배신하기 싫으면 도로 북한으로 들어가지 그랬어? 왜 고생을 하고 있어?"

충심은 말이 막혔다. 서탑에서 몸을 팔고 있는 은주나 한국에 들어간 상숙언니는 금산촌에서 잡힌 아홉 명의 북조선 여자들과 촌장집에서 잡혀 단동을 통해 조선으로 돌아갔었다. 조선으로 돌아가 두 달 정도 교양을 받고 본래의 직장으로 재배치되었는데, 직장사람들이나 마을사람들이 배신자 취급을 해서 견딜 수가 없었다고 했다. 고난의 행군을 함께하지 않고 조국을 배신했다는 따가운 눈초리와 따돌림 때문에 인간의 위신을 지킬 수가 없어 다시 강을 건너오고 말았다.

"한국에 데려다주세요."

이 말을 하는데 충심은 얼굴이 빨갛게 달아올랐다. 그만 울고 싶어졌다. 차라리 죽는다 하더라도 몽골을 통해서 기어이 한국에 가겠다는 연분이모와 청도에서 노래방에 나가는 또다른 조선 언니의 얼굴이 겹쳐져 떠올랐다가 스러졌다. 한국에 가게 되면 부모님의 얼굴을 영영 볼 수 없다는 안타까움에 가슴이 콱 막혀왔다. 가능하다면 도문으로 가서 인편으로 편지라도 한 통 보내고 싶었다.

"한 달만 나랑 살면, 반드시 데려다줄게."

그가 자신있게 말했다. 그 말에 충심은 자신도 모르게 눈물이 핑그르르 돌았다. 그가 그토록 치사해 보일 수가 없었다. 상대방의 불우한 처지를 이용해 자신의 욕구를 채우려는 인간들이 어찌 이리도 많은지……

"싫어요."

단호하게 도리질을 치는데 눈물이 뚝뚝 떨어져내렸다.

"울지 마, 니가 울면 내가 아주 나쁜 놈이 되잖냐? 미안하다. 내가 서울로 돌아가면 방법을 찾아볼게. 그리고 말이야, 내가 비록 나쁜 놈이지만 아주 나쁜 놈은 아니거든."

맨 마지막 말이 충심의 마음을 슬쩍 건드렸다. 스스로를 나쁜 놈이라고 말하는 사람은 흔치 않았다. 나쁜 놈이 아니라고, 양심적이라고 주장하던 많은 사람들이 충심의 등뒤에서 가차없이 비수를 꽂곤 했다.

"이런 말 하면 내가 도둑놈인데, 나이 차이도 많이 나지만, 솔직히 너를 좋아한다. 또 혼자 사니까 적적하고 외롭기도 하고."

외롭다는 말의 의미를 충심은 절절히 동감하고 있었다. 그를 비록 사랑하진 않았지만 딱 삼십일만 함께 살기로 했다. 한국에 들어가면 서로의 일을 깨끗하게 잊기로 약속까지 해두었다. 그래서 이름도 성도 알 필요가 없었다.

전화를 해볼까?

충심은 고개를 가로저었다. 먼저 전화를 했는데 귀찮아한다면 그것만큼 속상한 일도 없을 터였다. 어쩌면 심양에 없을 수도 있었다. 여태까지 온다는 날에 오지 않은 적은 한번도 없었다. 혹시 무슨 사고라도 당했나? 아니야. 이 무슨 방정맞은 생각이람. 나쁜 생각을 머리에서 얼른 지웠다.

배가 고팠다. 혼자 무언가를 먹고 있으면 버려진 것 같은 느낌이 들어서 싫었다. 그가 없는 아파트에서 라면을 끓여먹는 것도 참 못할 짓이었다. 충심은 연분이모가 묵고 있는 공동숙소로 가서 아침을 얻어먹을까 하다가 참았다. 그들은 벌써 새벽인력시장에 나갔을 시간이었다. 오늘은 아파트에서 지내기로 했다. 어쩌면 그가 올지도 모르는 일이었다.

김화동의 기세가 한풀 꺾인 다음 내일이나 모레쯤 나가는 것도 좋은 방법이었다. 그뒤에 공동숙소에서 머물며 새로운 일을 찾아보기로 했다. 김화동 때문에 서탑에서 안마 일을 하는 것은 이제 불가능해지고 말았다. 그렇다고 서탑을 떠날 수는 없었다. 언제 올지 모르지만 그가 심양에 왔는데 충심이 서탑에 없다면, 지난 시간들이 모두 헛되

이 소멸되고 말 터였다.

충심은 하루종일 텔레비전을 보며 자다 깨다를 반복하다가 오후 늦게 설매에게 전화를 걸어 호룡의 안부를 물었다. 호룡은 어젯밤 공안에게 잡혀갔다고 했다. 진심으로 호룡한테 미안했다. 점심 무렵에 김화동이 와서 난리를 치고 갔다며 한성안마 쪽으로는 발길도 돌리지 말라고 설매가 신신당부했다. 밤이 되자 속이 쓰리고 아렸다. 온종일 물만 먹고 아무것도 먹지 않았더니 머리가 핑글핑글 돌았다. 하는 수 없이 충심은 아파트를 나왔다.

충심은 공동숙소로 가기 위해 일부러 먼길을 택해 걸었다. 늘 다니던 길이기 때문에 혹시라도 김화동이 숨어 있을까봐 두려웠다. 연변가로 나오자 옆을 지나가는 공안차만 봐도 가슴이 덜컥 내려앉았다. 가슴을 졸이며 공동숙소에 도착한 충심은 연분이모가 자는 방으로 들어갔다. 연분이모는 충심을 반갑게 맞아주었다. 충심은 주인여자에게 일 위안을 내고 허겁지겁 밥을 먹었다. 밥을 먹자 다시 졸음이 쏟아졌다. 연분이모가 어제의 일을 두고 혀를 차며 걱정하는 말이 귀에 전혀 들어오지 않았다. 충심은 연분이모 곁에 픽 쓰러져 곯아떨어졌다.

얼마나 잤을까, 숨이 막혀 죽을 지경이었다. 눈을 떠보니 연분이모의 다리가 가슴을 누르고 있었다. 다리를 내려놓고 몸을 돌리려는데 아홉 명의 여자들이 칼잠을 자는 좁은 방이라 몸을 뒤척이기도 쉽지 않았다. 간신히 몸을 뒤집어 옆으로 누웠는데 연분이모가 다리를 다시 척 걸쳤다. 충심은 조심스레 연분이모의 다리를 밀어냈다. 그러자 기다렸다는 듯이 바로 옆에서 자는 여자가 이를 갈기 시작했는데, 빠드득빠드득 마치 식칼로 뼈를 갈아내는 듯한 기분나쁜 소리가 끊임없이 신경을 건드렸다. 충심은 누워 있지 못하고 몸을 일으켜 벽에 기대

앉아 새벽을 기다렸다.

새벽인력시장에 나가기 위해 충심은 '설거지, 청소'라고 적은 팻말을 목에 걸고 숙소에서 나갔다. 연분이모는 '요리' 팻말을 목에 걸었다. 숙소 옆의, 파란 바탕에 '화평구서탑지역소수민족외래인원(재취직)복무중심'이라고 붉은 글씨로 큼직하게 적힌 간판 아래가 바로 새벽인력시장이었다. 주로 '청소' '요리' '안마'라고 적은 팻말을 목에 건 백여명의 사람들이 모여 팔려가기를 기다리고 있었다.

모두들 추위에 발을 동동 구르며 서성거렸다. 영하 이십도의 맵짠 바람이 코를 빨갛게 얼렸다. 눈이 그치니 포근하던 날씨가 사납게 변해 있었다. 골목을 돌아나온 칼바람이 옷자락을 헤쳤다. 입마개를 하지 않은 것을 후회하며 충심은 옷깃을 여몄다. 바람은 거리의 쓰레기를 흩날리며 방향 없이 떠돌다가 충심의 가슴속으로 파고들어왔다.

무릎이 얼얼하게 아파올 즈음이 되자 동묘향산 식당 앞에 택시 하나가 멈추더니 털옷으로 몸을 감싼 여자가 내렸다. 그 여자의 얼굴을 본 순간, 충심은 파랗게 질렸다. 김화동과 하나도 다를 것이 없는 최옥화였다. 비싼 털옷으로 몸을 감싸고 진하게 화장한 최옥화는 곧장 팻말을 매달고 있는 사람들에게로 성큼성큼 다가왔다. 달아나야 하는데 마음뿐이었고 이상하게도 몸이 움직여주질 않았다. 마치 가위에 눌린 느낌이었다. 최옥화는 '안마' 팻말을 걸고 있는 여자들에게 가서 모자와 입마개를 벗어보라고 말했다. 충심은 눈사람처럼 서서 최옥화가 자기를 알아보지 못하고 지나가기를 기다렸다. 최옥화가 안마원을 구하기 위해 얼굴을 보는 사이 눈치를 챈 연분이모가 입마개를 벗어 충심의 입에 씌워주었다. 최옥화는 거만한 태도로 천천히 다른 사람들을 둘러보았다. 마침내 충심 앞에서 최옥화는 발길을 멈췄다. 심장이 터질 것만 같았다. 연분이모가 은근슬쩍 최옥화와 충심 사이로 끼어들었다. 최옥화는 고개를 갸웃거리며 돌아섰다.

최옥화가 안마 팻말을 걸고 있는 젊은 아가씨를 택시에 태우고 떠났다. 오래지 않아 충심은 서탑 명동칼국수집에서 설거지할 사람을 구하러 나온 주방여자의 선택을 받았다. 충심이 뽑히자 연분이모는 몹시 부럽다는 눈빛을 보냈다. 충심이 명동칼국수집으로 가는 것을 신호로 인력시장에 모인 사람들이 바람 속의 쓰레기처럼 뿔뿔이 흩어졌다. 연분이모도 힘없이 돌아섰다. 연분이모는 늙은 할아버지의 병든 얼굴처럼 오래되고 낡아서 겉보기에도 지독한 악취가 풍길 것 같은 아파트 삼층의 공동숙소를 향해 느릿느릿 걸음을 옮겼다.

한 달에 사백 위안을 받기로 하고 충심은 주방에서 설거지를 하게 되었다. 설거지는 점심부터 본격적으로 시작되었다. 그래도 주방 구석에서 하는 일이라 사람들 눈에 띄지 않아 좋았다. 설거지를 하면서 그 남자를 생각했다. 오늘이 아니라면 내일이나 모레쯤 반드시 올 것이라는 생각이 들었다. 저녁때도 손님이 많아 하염없이 설거지를 해야만 했다. 밤 아홉시가 넘자 겨우 한숨 돌릴 틈이 났다. 주방 뒷문으로 나와 기지개를 켜며 아픈 허리를 달래는데 전화가 왔다. 얼른 봤더니 연분이모였다.

"나야, 이모."

"충심아, 어드메 있니?"

연분이모의 목소리는 심하게 떨리고 있었다.

"명동칼국수. 무스그 일임메?"

자신도 모르게 조선말이 섞여나왔다.

"충심아, 잘 들어. 아까 저녁 무렵에 숙소로 김화동이 공안을 데리고 들이닥쳤단다. 머리에 붕대를 감고, 얼굴에도 반창고를 붙였더라마. 너를 찾느라고 방마다 샅샅이 뒤짐을 하더만, 니가 없으니까 호구조사를 하지 않겠니. 나야 다행히 가짜 호구라도 있지만, 목단강에서 왔다는, 거 왜 순희라는 여자 말이야, 이를 심하게 가는 여자. 그 여자 사실은 조선사람이더라. 우리도 몰랐잖니, 재수없게 딱 걸려서 공안이 끌고 가버렸다. 너도 숙소 근처에는 얼씬도 하지 마, 알았지?"

후유, 막다른 골목에 서 있는 기분이었다. 다행히 화는 면했지만 김화동의 손아귀에서 벗어날 길이 참으로 막막했다.

"이모는 어드메 있음둥?"

"나는 주씨안마 로반한테 말해서 거기에 있어. 갠찮아."

다행이었다. 연분이모는 김화동을 조심하라고 신신당부한 뒤에 전화를 끊었다. 충심은 한숨을 길게 내쉬며 하늘을 보았다. 튀밥처럼 굵은 눈이 천천히 휘날리고 있었다. 아무리 생각해도 서탑지역은 위험했다. 식당에서 일하다가 우연히 마주치기라도 한다면 더는 달아날 재간이 없었다. 충심은 주방으로 들어가 겉옷을 찾아 입고 거리로 나와 택시를 탔다.

눈송이들은 점점 굵어지고 있었고 거리는 고요했다. 몇대의 택시만이 눈 내리는 심양의 밤거리를 천천히 미끄러지듯 다니고 있었다. 충심은 택시 뒷좌석에 앉아 세상의 온갖 더러움을 덮는 눈송이를 막막하게 바라보았다. 새로운 한 해를 축하하는 화려한 네온싸인이 펑펑 쏟아지는 눈 속에서도 빛을 뿜어냈다. 목이 말랐고 입이 타들어갔다. 한떼의 젊은이들이 노래를 부르며, 혹은 눈싸움을 하면서 걸어갔다. 그들은 밤하늘 어딘가에서 쏟아지는 눈을 향해 두 팔을 쭉 뻗고 손바닥을 내밀며 춤을 추었다.

눈 내리는 밤, 충심은 어디로든 떠나고 싶었다. 문득 다시는 그 남자와 만나지 않아도 좋다는 생각이 들었다. 운이 좋아 전화가 오거나 만나게 되면 약속에 대해 먼저 말하지 않으리라 다짐했다. 다른 사람의 도움 없이 스스로 길을 찾고 싶었다. 그 순간 끼이익, 택시가 미끄러지더니 빙글 돌며 가로수에 부딪혔다. 속도를 내지 않았기 때문에 운전사나 충심이 다치진 않았지만 택시는 많이 망가지고 말았다. 충심은 택시에서 내려 심양역을 향해 걸었다. 쏟아지는 눈이 충심의 발자국을 재빠르게 지워버렸다. 눈발에 가려 가물가물 흐릿해진 역을 향해 느리게 걸어가는 충심의 머리와 어깨로 큼직한 눈송이가 소리없이 쌓였다. 멀리서 기적소리가 들려왔다.

영수의 몸이 끔벅거림을 진저리를 쳤다.
반달이 검은 구름 속으로 숨어들었고
작은 별 하나가 꼬리를 달고 서쪽으로 길게 떨어졌다
초원의 거친 바람이 영수의 몸과 옷을 흔들고 지나갔다. 움직이는 것은 바람에
흔들리는 머리카락뿐이었다. 엄마라는 소리를 닮은
바람이 초원을 가로질러 갔다. 엄마, 엄마

얼룩말

"초원에서 얼룩말 무리가 한가롭게 풀을 뜯고 있습니다."

오늘의 「동물의 왕국」 주인공은 얼룩말이었다. 얼룩말이라는 소리에 영수는 망가진 장난감을 내던지고 텔레비전 앞으로 쏜살같이 달려갔다. 화면 속으로 빨려들어갈 것만 같은 영수의 얼굴에는 건기의 초원처럼 메마른 버짐이 퍼져 있었다. 영수의 작은 눈동자 속에 아프리카의 초원이 드넓게 펼쳐지기 시작했다. 암사자 두 마리가 납작 엎드려 얼룩말을 향해 살금살금 다가가는 장면에서 영수는 두 주먹을 불끈 쥐었다.

"사자 너, 저리 가! 나빠!"

영수는 텔레비전 속의 사자를 향해 작은 주먹을 휘두르며 소리쳤다. 그러나 사자는 영수의 외침에도 아랑곳없이 얼룩말을 덮쳤다. 영수는 눈을 질끈 감았다. 여덟살 영수는 동물 중에서 얼룩말을 가장 좋아했다. 다섯살 때, 엄마의 등에 업혀 두만강을 건너와 텔레비전에서 얼룩말을 처음 보았다. 누 무리와 함께 쎄렝게티 초원에서 마음껏 풀을 뜯고 있는 얼룩말의 무늬는 정말 예뻤다. 무리지어 초원을 달리는 얼룩말 가족을 볼 때면 눈을 뗄 수가 없었고 얼굴도 발갛게 달아오르곤 했다. 영수는 얼룩말의 생애를 거의 외우다시피 했다.

"영수 너! 테레비 끈다?"

충심이모가 두 손을 허리에 척 걸치고 텔레비전 앞에 우뚝 서서 얼룩말을 가렸다. 이모는 마치 굶주린 암사자처럼 보였다. 영수의 입이 실룩실룩해지더니 아앙, 하며 울음을 터뜨렸다. 눈물이 메마른 사막을 간신히 적시며 흐르는 작은 물줄기처럼 볼 위로 흘러내렸다.

"알았어, 알았어. 에구 참."

이모가 몸을 비키자 얼룩말 무리가 초원을 힘차게 내달리는 게 보였다. 영수는 손등으로 눈물을 닦았다.

"수백만 마리씩 무리를 짓고 있지만 누와 얼룩말은 평화롭게 지내고 있습니다. 멀리 사자, 치타, 하이에나가 어슬렁거리고 있습니다."

영수는 사자며 치타, 표범과 하이에나가 미웠다. 배가 고프면 얼룩말처럼 풀을 뜯어먹으면 되는데, 그 못된 놈들은 가젤이나 영양 심지어 얼룩말까지 잡아먹었다. 사자들이 길고 누런 송곳니로 얼룩말의 목을 물어뜯어 숨통을 끊는 장면을 보면 마음이 아파서 소리를 꽥꽥 질러댔다. 사자가 얼룩말의 엉덩이를 덮칠 때가 영수는 제일 싫었다. 사자가 얼룩말의 뒤를 덮치는 것을 보면, 어떤 아저씨가 엄마를 발가벗겨놓고 주먹질하던 모습이 떠올랐다.

그때 영수는 엄마가 사자한테 물려죽는 얼룩말처럼 생각되어 "안 돼!"라고 소리쳤다. 그러자 아저씨가 불같이 화를 내며 영수를 발로 찼고 엄마도 마구 두들겨팼다. 영수는 피흘리는 엄마를 구해줄 수가 없었다. 아저씨는 밤마다 술을 마셨고, 엄마는 지저분한 걸레처럼 구석에 앉아 눈치를 보았다. 영수는 엄마의 발치에 앉아 소리죽여 울었다. 그 아저씨는 새로 왕이 된 수사자처럼 사나웠고 눈초리에도 발톱을 세우고 있었다. 마당을 가로질러 가다가도 영수가 눈에 띄면 눈물이 쏙 빠지게 꿀밤을 먹이곤 했다. 엄마는 그저 아저씨의 눈치만 살금살금 살필 뿐이었다. 엄마가 미웠다. 그러던 어느날, 비가 몹시 내리는 밤에 엄마는 영수를 업고 그 위에 비닐을 둘러쓰고 그 마을에서 달아났다.

"밥 먹어."

충심이모가 식탁에 밥을 차려놓고 불렀다. 영수는 못 들은 척했다. 「동물의 왕국」은 왜 하필이면 저녁밥 먹을 시간에만 하는 것일까? 다른 시간에 하면 이모한테 혼나지 않아도 될 텐데. 충심이모가 아닌 다른 이모들이나 삼촌은 누구도 영수한테 밥 먹으라고 말하는 사람이 없었다. 밥이 입으로 들어가든 코로 들어가든 혹은 먹든 말든 아무도 영수에게 관심을 기울이지 않았다. 충심이모가 먹으라고 할 때 먹지 않으면 배에서 꾸르륵 소리가 나도록 굶어야 하지만 오늘은 꼭 얼룩말을 봐야 했다. 오늘이 아니면 언제 또다시 얼룩말이 주인공으로 나올지…… 영수는 기다리는 게 싫었다. 기다림이란 손에 든 아이스크림과 같았다.

"어서 먹어! 안 먹으면 치워버린다?"

충심이모가 사납게 윽박질렀다. 밥도 먹고 싶고 얼룩말도 보고 싶은데, 이모는 한꺼번에 두 가지 일을 못하게 했다. 영수가 얼룩말에 빠져 텔레비전에 코를 박고 있으면, 엄마는 옆에 와서 떠먹여주곤 했다. 엄마는 마라강을 무사히 건너갔을까? 엄마는 작년 십일월에 한국으로 간다며 연길을 떠났다. 반드시 데리러 오겠다며 새끼손가락을 걸고 약속하던 엄마, 눈물에 젖은 그 얼굴이 잊혀지지 않았다. 영수는 그 약속보다도 엄마의 눈물을 믿었다. 엄마가 떠나고 오래지 않아 눈이 펑펑 내리던 날, 아주 멀리에서 눈사람 하나가 이 좁은 집으로 들어왔다. 충심이모였다.

"너 뭐 해? 이모 말 안 들어?"

이모가 화를 벌컥 내며 영수의 손목을 잡았다.

"이모, 봐!"

영수는 텔레비전을 가리켰다. 화면 속, 암컷 얼룩말의 엉덩이에서 새끼의 다리가 나오는 참이었다. 새끼의 다리는 꼬리처럼 덜렁거렸다. 어미는 코를 벌렁거리며 "히힝" 하고 울었다. 다른 얼룩말들이 어미를 감싸고 주변을 경계했다. 다리가 반쯤 나오자 이번에는 머리가 보이기 시작했다. 엄마 얼룩말은 몹시 힘들어했다. 마침내 아기 얼룩말이 엄마의 엉덩이에서 초원으로 툭 떨어졌다. "아!" 하고 충심이모가 감탄했다. 엄마 얼룩말은 아기를 감싸고 있는 하얀 막을 먹어치웠다.

"예쁘지?"

영수가 아기 얼룩말을 가리키며 물었다.

"응, 예뻐."

이모가 고개를 끄덕였다.

"이제 밥 먹으러 가자."

이모가 영수의 팔을 잡아끌었다.

"싫어. 저거 볼래."

영수가 도리질을 쳤다. 아기 얼룩말이 일어서려고 몸부림을 치고 있었다. 영수는 주먹을 꼭 쥐고 아기 얼룩말을 응원했다.

"일어나, 일어나. 어서 일어나! 엄마 젖을 먹어."

아기 얼룩말은 두 번 쓰러진 뒤에야 초원에 네 다리를 디디고 우뚝 섰다.

"영수야, 우리는 오늘밤에 떠나야 해. 아주 멀리 갈 거야. 지금 밥 안 먹으면 먹을 시간이 없어.. 너 배고픈 거 싫지? 빨리 먹어, 응? 제발 부탁이야."

충심이모가 영수 앞에 쪼그리고 앉아 조용히 타일렀다.

"싫어."

영수는 자신도 모르게 세차게 도리질을 쳤다. 영수는 충심이모의 머리 뒤로 펼쳐진 얼룩말 무리에 눈길을 던지며 몸을 흔들었다. 아기 얼룩말은 엄마의 젖을 찾아 힘차게 빨기 시작했다.

"영수야, 시간이 없어. 우리 모두 떠나야 한다니까. 엄마한테 안 갈 거야?"

"엄마?"

영수는 순간, 화면에서 눈을 떼고 충심이모를 쳐다봤다.

"응, 엄마한테 가자."

"그럼, 마라강을 건너 쎄렝게티로 가는 거야?"

영수의 질문에 충심이모가 고개를 끄덕였다.

"야호, 신난다."

영수는 두 팔을 흔들며 가젤처럼 가볍게 통통 뛰었다. 영수는 콧구 멍을 열고 벌름거리다가 뒷다리를 힘차게 차올리는 수컷 얼룩말 흉내 를 내며 밥상으로 갔다. 식탁에는 청진에서 온 만복삼촌과 무산에서 온 주현이모, 신의주에서 좀 떨어진 작은 마을에서 왔다는 순덕이모가 먼저 밥을 먹고 있었다.

"충심이 너, 정말 데리고 갈 거야?"

만복삼촌이 턱짓으로 영수를 가리키면서 충심이모한테 물었다. 영수는 수저질을 멈췄다. 고개를 올리거나 돌리지도 못하고 그저 눈동자로만 어른들의 얼굴을 슬금슬금 훔쳐보았다.

"그럼 어떡해요? 애를 여기다 혼자 두고 가요? 어른들이 책임져야지!"

충심이모가 얼굴을 찡그리며 대답했다. 무언가 분위기가 심상치 않았다. 이모들 사이에서 말다툼이 시작되었다. 눈칫밥을 먹은 지도 벌써 삼년이었다.

"먼길 떠날 때는 눈썹마저도 두고 가라 했는데……"

순덕이모가 투덜거렸다. 충심이모가 손에 들고 있던 수저를 탁 놓았다.

"그만 좀 해! 언니는 목단강에 두고 온 애가 얘라면 어떡하겠어? 말이 되는 소리를 해야지, 말이! 지 자식 아니라고 그런 말 하면 천벌받아, 천벌! 알았어?"

충심이모가 사납게 대들었다. 영수는 반찬을 하나도 건드리지 않고 밥만 꾸역꾸역 퍼먹었다.

"그래, 너 잘났어. 우리는 모르니까 네가 책임져."

순덕이모가 고개를 팩 돌리며 말했다. 찬바람이 쌩 불었다. 영수는 조용히 수저를 내려놓았다. 밥은 반이나 남았지만 먹고 싶어도 먹을 수가 없었다.

"알았어. 내가 책임질 테니까 더 말하지 마! 아무리 어렵다고 해도 그렇지 사람들이 정이 없어, 정이."

충심이모가 다시 수저를 들었다. 영수는 눈치를 보다가 조용히 일어나서 텔레비전 앞으로 갔다. 그사이에 「동물의 왕국」은 끝났고, 그 많던 얼룩말들도 보이지 않았다. 맥이 탁 풀렸다. 눈물이 날 것 같았다. 콧등이 시큰하게 매웠다. 영수는 울고 싶었지만 꾹 참고 거실 구석에 쪼그리고 앉아 '엄마'라고 써보았다.

충심이모가 설거지를 마치자마자 두 남자가 들어왔다. 낯이 익은 사람들이었다. 양복을 차려입은 목사님과 청바지를 입은 박선교사였다: 박선교사는 비디오카메라로 민박집 구석구석을 찍었다. 목사님이 자리를 잡고 앉자 모두들 둥그렇게 모여앉았다. 영수는 충심이모의 등뒤에 슬쩍 앉았다. 목사님의 눈빛은 사슴을 닮아 있었다.

"기도합시다."

목사님이 말하자 순덕이모가 얼른 무릎을 꿇고 두 손을 모았다. 영수도 눈을 감고 두 손을 모았다.

"하늘에 계신 하나님 아버지, 길을 잃고 헤매는 어린 양들을 굽어살피소서. 저들이 이제 길을 찾아 떠나려고 합니다. 저들의 걸음걸음마다 하나님 아버지께서 함께하여주시옵소서. 저들이 무사히 한국에 도착할 수 있도록 힘을 주시옵고 광야로 나갈 때 성령과 함께하도록 하소서. 오직 믿음과 소망과 사랑만을 가지고 하나님 아버지를 향하여 나갈 수 있도록 힘을 주시옵소서. 믿습니다. 우리들의 거룩하신 예수 그리스도의 이름으로 기도드리옵나이다. 아멘."

목사님을 따라서 모두들 아멘 하고 말했다.

"이제 가야 하는데, 마음의 준비는 됐지요?"

영수는 마음의 준비가 뭘까 하고 생각했다. 그게 뭐기에 준비를 해야 하는 것일까? 옷 같은 것일까 아니면 신발 같은 것일까? 삼촌과 이모들의 얼굴을 보니 그런 것은 아닌 듯했다.

"무조건 예수님을 모시고 나서야 합니다. 여러분들이 힘들 때마다 '주여, 할렐루야, 아멘'을 외치면 반드시 예수님이 길을 인도해줄 것입니다. 아셨지요?"

"예에."

모두 한목소리로 힘없이 대답했다.

"예가 아니라, '믿습니다, 아멘'이라고 대답해야지요."

목사님이 환하게 웃으며 말했다.

"아멘!"

영수가 가장 먼저 목청껏 외쳤다. 목사님이 싱긋 웃으며 영수의 머리를 쓰다듬어주었다. 목사님의 손길은 엄마 얼룩말의 혀처럼 부드럽고 푸근하게 느껴졌다.

"실무와 관련된 자세한 이야기는 여기 계신 박선교사님과 얘기를 나누세요. 저는 다른 준비가 있어서 이만."

목사님이 민박집에서 나가자 박선교사가 흠흠 하며 헛기침을 했다. 배웅을 한 순덕이모가 들어와 앉았다.

"기차를 타고 북경으로 갔다가, 하루 묵고 우루무치행 기차로 갈아타야 합니다. 우루무치로 가는 도중에 알렌이라는 작은 도시가 있는데, 그곳에서 걸어서 몽골 국경을 넘어야 해요. 한족 가이드가 알렌까지는 동행하면서 편의를 봐줄 겁니다. 국경을 넘으면 무조건 몽골 군인한테 잡혀야 해요. 실수해서 인민해방군에게 잡히면 모든 것이 수포로 돌아가고 맙니다. 그걸 반드시 명심하세요. 몽골 군인한테 하루라도 빨리 잡히지 않으면 초원에서 얼어죽을 수도 있어요. 초원은 기후가 변화무쌍해서 어떻게 될지 아무도 몰라요. 동상에 걸리는 것은 기본이라고 보면 됩니다."

초원이라는 말에 영수의 귀가 번쩍 뜨였다. 다른 사람들은 심각한 표정으로 마른침을 꿀꺽 삼켰다.

"그리고 실무적인 사항도 점검을 꼼꼼히 해야 하는데…… 으흠, 비용은 정확히 해야 돼요. 비용을 받아도 어차피 여러분들을 위해서 사용하지, 우리가 쓰는 건 한푼도 없어요. 이건 자선사업이고 어디까지나 선교사업이라는 걸 아셔야 해요. 하지만 아무리 자선이고 선교라고 해도 비용까지 모조리 대신 내줄 수는 없어요. 내 말 알아들어요?"

영수로서는 무슨 말인지 도통 알 수 없었다. 그런데 어른들은 마지못해 고개를 끄덕이고 있었다.

"좋아요. 비용이…… 으흠, 한 사람당 한국돈으로 오백만원이라는 건 알고 있지요?"

오백만원이 얼마나 되는 돈인지 영수는 도무지 알 수 없었지만, 적어도 만두 열 판 사먹을 돈보다는 많을 거라는 느낌이 들었다.

"선금으로 이만 위안을 내시고요. 한국 가서 정착금 받으면 삼백만원을 잔금으로 내는 것도 알고 계시죠? 자, 그럼."

박선교사가 말을 끝내자 순덕이모가 가장 먼저 가방에서 두툼한 봉투를 꺼내놓았다.

"고생 많았어요."

봉투를 챙겨넣은 뒤, 박선교사가 순덕이모의 어깨를 톡톡 쳤다.

"저는 알렌에 가서 돈을 주겠어요."

충심이모가 낮게 그러나 못을 박듯이 말했다. 그러자 박선교사의 웃는 얼굴이 삽시간에 얼음처럼 차갑게 굳어버렸다.

"충심아, 그게 무슨 소리네?"

순덕이모가 깜짝 놀란 표정으로 충심이모를 꾸짖었다.

"전에도 돈을 먼저 줬다가 출발도 못하고 주저앉은 적이 있었어요. 한국사람이었는데 돈만 챙기고 사라졌어요. 이 돈 마련하느라 주현이는 술집에서 이년 동안 일했고, 나도 이년 넘게 안마를 했어요. 그게 어떤 돈인데? 입지도 먹지도 못하고, 그저 쫓기면서 간신히 한 푼 두 푼 모은 것을…… 후우, 한국사람들은 쉽게도 강탈해가요. 내가 목사님과 선교사님을 믿지 못하는 건 아니지만, 아무튼 알렌에 가서 드릴게요."

충심이모의 말에 만복삼촌이 고개를 끄덕였다. 그사이에 박선교사는 "하나님 아버지"를 여러번 뇌까렸다. 분위기가 서먹서먹해졌다.

"충심이 너 정말, 목사님과 선교사님을 어떻게 보고…… 목사님은 구세주야! 목사님이 안 계셨으면 우리가 어찌 한국에 갈 수 있다니? 그걸 알아야지? 어떻게 은혜를 원수로 갚을 수가 있어?"

순덕이모가 눈에 파란불을 켜고 충심이모를 닦달했다. 영수는 지금까지 순덕이모가 저렇게 얼굴이 빨개져서 화를 내는 걸 본 적이 없었다. 충심이모가 크게 잘못하고 있는 것만 같았다.

"비용을 받지 않고 한국으로 데려다주는 목사님도 있다는 말을 들었는데……"

주현이모가 혼잣말로 중얼거렸다. 주현이모의 말에 박선교사의 눈초리가 먹이를 두고 싸우는 수사자처럼 사납게 변했다.

"그렇다면 이번 일은 없던 것으로 합시다."

박선교사가 소리를 꽥 지르며 벌떡 일어섰다. 순덕이모가 얼른 그의 옷소매를 잡았다. 몹시 화가 났는지 박선교사의 얼굴이 터질 듯 붉었다.

"죄송해요, 선교사님. 충심이 너, 잘못했다고 빌어, 얼른!"

순덕이모는 거의 울먹거리며 충심이모의 무릎을 잡아끌었다. 영수는 어른들의 이런 행동이 무서워 슬그머니 뒤로 빠졌다.

"잘못했어요. 제가 생각이 짧았어요."

충심이모가 마지못해 빌자 박선교사가 자리에 앉았다. 모두들 봉투를 내밀었다. 박선교사가 영수를 쳐다보았다.

"저 아이는 두고 가는 거지요?"

박선교사가 순덕이모한테 물었다. 순덕이모가 충심이모의 눈치를 살폈다.

"네."

순덕이모의 입에서 아주 작은 목소리가 흘러나왔다. 그 소리를 듣자마자 충심이모가 순덕이모를 흘겨보았다.

"데리고 가야 해요. 우리가 떠나면 아무도 돌볼 사람이 없어요."

충심이모가 앞으로 나섰다.

"부모가 없습니까?"

박선교사가 영수를 슬쩍 본 뒤에 물었다. 순덕이모가 충심이모를 노려보았다. 주현이모는 손가락으로 방바닥에다 낙서를 하고 있었고, 만복삼촌은 손끝에 침을 묻혀 머리카락을 찍어 재떨이에 넣고 있었다.

"예. 사실은 작년겨울에 몽골로 떠났다가 그만 초원에서 잘못되었다는……"

충심이모가 영수의 귀에 들리지 않게 소곤거리듯 말했다.

"아하, 조선족 가이드를 따라간 그 팀이요?"

박선교사의 말에 충심이모가 고개를 끄덕였다.

"엄마도 없는데 여기에 혼자 두고 우리만 떠날 수는 없어요. 미리 상의하지 못한 것은 우리 책임이지만 데리고 가야만 해요."

충심이모가 차분하게 말했다.

"아무리 어리다고 해도 비용은 어른과 마찬가지로 다 들어갑니다. 좀더 솔직히 말하면 어린애는 말도 안 듣고 제멋대로 행동하고 자주 울고 그래서 방해만 됩니다. 그런 면에서 보면, 비용이 더 든다고 할 수도 있죠. 여러분들이 반드시 데리고 가겠다면 저로서는 어쩔 수 없지만 비용은 내셔야 합니다."

영수는 박선교사의 말을 들으면서 자신도 모르게 엄지손톱을 깨물었다.

"나는 몰라. 충심이 네가 알아서 해."

순덕이모가 차갑게 말했다.

"저도 지금은 돈이 모자라서…… 영수 비용은 한국 가서 드리면 안될까요?"

충심이모가 박선교사한테 조심스레 물었다. 사슴처럼 보이던 그의 눈이 자칼처럼 변해갔다.

"충심씨가 나를 믿지 못하는 것처럼 나도 충심씨를 믿지 못해요. 저 꼬마 비용은 현금차용증을 씁시다."

박선교사의 목소리에는 얼음덩어리가 든 것 같았다. 손톱을 너무 깊게 깨물어 피가 나기 시작했지만 그래도 영수는 멈추지 않았다.

"그게 뭔데요?"

충심이모가 물었다.

"현금차용증이란 돈을 빌렸다는 증서인데, 언제까지 갚겠다는 약속을 문서로 하는 겁니다. 만일 약속한 날짜에 갚지 않으면 감옥에 가야 하구요."

"그런데 제가 선교사님한테 돈을 빌린 적이 없는데 왜 현금차용증을 써야만 하죠?"

충심이모의 질문에 그는 너털웃음을 터뜨렸다.

"제가 충심씨한테 돈을 빌려준 적은 없지만, 저 꼬마의 비용을 제가 대신 내는 셈이니까, 빌려준 것과 마찬가지죠."

"저는 잘 모르겠어요."

충심이모는 도리질을 쳤다.

"잘 모르겠으면 하는 수 없죠."

박선교사가 가방을 들고 일어섰다. 모두들 깜짝 놀라 그를 쳐다보았다. 순덕이모가 그의 소매를 붙잡고 이대로 가면 안된다며 애원했다. 매몰차게도 그는 순덕이모를 뿌리치고 민박집을 나가버렸다.

박선교사가 민박집에서 가버리자 순덕이모와 충심이모 사이에 대판 싸움이 붙었다. 만복삼촌도 순덕이모를 거들다가 충심이모의 따귀를 때렸다. 충심이모는 코피를 줄줄 흘렸지만 끝내 울지 않았다. 영수는 너무 무서워 구석에 조용히 쪼그리고 앉아 있었다. 쥐구멍이라도 있으면 들어가고 싶었다. 싸움은 순덕이모가 박선교사를 다시 데려와 현금차용증을 쓰는 것으로 마무리되었다.

한참 후에 순덕이모가 박선교사를 데리고 왔다. 그는 영수의 비용은 받지 않겠으니 대신에 편지를 쓰라고 했다. 콧구멍에 휴지를 돌돌 말아 끼운 충심이모가 환하게 웃으며 영수한테 글씨 쓸 줄 아느냐고 물었다. 영수는 자신은 없었지만 엄마한테 배운 가갸거겨가 있기에 쓸 줄 안다고 대답했다. 박선교사는 미리 준비해온 도화지와 크레용을 방바닥에 내놓았다.

"자, 내가 불러주는 대로 연습 한번 합시다."

충심이모가 와서 영수의 손에 크레용을 쥐어주었다. 박선교사는 비디오카메라로 영수의 얼굴과 옷차림을 촬영하기 시작했다.

"조선으로 가고 싶지 않아요. 김정일은 나쁜 사람이에요. 예수님의 도움을 받아 한국으로 가고 싶어요. 자유를 정말 원해요. 조선은 지옥이고 많이 굶었어요. 밥도 많이 먹고 싶고, 자유를 원해요. 도와주세요."

박선교사가 부르는 대로 충심이모의 손짓에 따라 영수는 편지를 썼다. 충심이모는 얼굴을 찡그렸다.

"꼭 이렇게까지 해야만 하나요?"

충심이모가 물었다. 아무도 충심이모의 말에 대답하지 않았다. 영수도 얼른 글씨를 쓰고 싶었다.

"좋았어. 그런데 옷이 너무 깨끗해. 좀 더러운 거 없어요?"

박선교사가 말하자 만복삼촌의 눈초리가 사납게 변하더니 혀를 끌끌 찼다. 순덕이모가 얼른 크레용으로 옷을 더럽게 만들더니 조금 찢었다.

"좋았어. 이제 갑시다!"

영수는 충심이모의 도움 없이 삐뚤빼뚤한 글씨로 편지를 써내려갔다. 이마에서 땀이 뻘뻘 났다. 박선교사는 환한 얼굴로 촬영에 열중했다.

"너 뭐야?"

충심이모가 영수를 보더니 깜짝 놀랐다.

"눈썹을 두고 가는 거라고 해서……"

영수는 자랑스럽게 대답했다. 아침밥을 먹고 나서 만복삼촌의 면도
기로 눈썹을 말끔하게 밀어버린 것이었다.

"그건 속담인데, 그런다고 깎아?"

충심이모가 영수의 엉덩이를 툭 치며 눈을 흘겼다. 영수는 울상을
지었다.

"호호호, 순덕언니, 이리 와봐."

충심이모가 화장을 하고 있는 순덕이모를 불렀다. 순덕이모가 와서
영수를 보더니 눈이 휘둥그레 커졌다. 순덕이모의 휘둥그레진 눈을
보고서 영수는 일이 한참 잘못되었다는 것을 눈치챘다.

"너 눈썹 어디 갔어? 세상에, 호호호."

순덕이모의 말에 영수의 두 눈 가득 눈물이 차올랐다. 눈물 한방울
이 얼굴 위에 또르르 굴러내렸다. 엄마가 떠난 뒤로는 곤란한 일이 생
기면 자신도 모르게 눈물이 나왔다. 그래서 새로 얻은 별명이 울보지
만 소리내어 운 적은 없었다. 아무도 엄마처럼 다정하게 눈물을 닦아
주지 않았기 때문이다. 영수는 혼자 울다가 혼자 그치곤 했다.

"이리 와."

순덕이모가 영수를 데리고 화장을 하던 거울 앞으로 갔다.

"이렇게 하고 나가면 사람들이 다 쳐다봐. 그러면 공안한테 걸려.
이모가 눈썹 그려줄게."

순덕이모가 작은 연필로 영수의 없어진 눈썹을 그려주었다. 어딘가
이상했지만 없는 것보다는 나았다.

"자, 됐다. 가서 옷 입어."

순덕이모가 영수의 엉덩이를 밀었다. 영수는 충심이모한테 갔다.

충심이모가 두꺼운 점퍼를 입혀주었다. 그러고는 지퍼를 끝까지 올려 턱을 덮어주었다.

"영수 너, 아무리 힘들어도 절대 울면 안돼! 알았지?"

영수는 새끼 얼룩말을 떠올리며 고개를 끄덕거렸다. 영수는 여덟살이었지만 몸은 여섯살 아이처럼 작았다. 영수는 자신의 키가 작고 몸도 빼빼 마른 것은 아프리카 초원에 아주 오랫동안 비가 내리지 않았기 때문이라고 생각하고 있었다.

밤이 되자 모두 민박집을 나와 택시에 나눠 타고 연길역으로 갔다. 연길역에 도착하니 목사님이 나와 있었다. 뿐만 아니라 비디오카메라를 든 박선교사와 다른 탈북자 네 사람도 나타났다. 서로 어색한 인사를 나누었다. 영수보다 키가 크고 이마에 여드름이 많은 형과 까무잡잡한 얼굴의 아주머니, 눈이 부리부리하고 어깨가 떡벌어진 젊은 남자와 순덕이모처럼 키작고 통통한 처녀와 모두들 눈인사를 주고받았다. 그 사람들은 영수를 보더니 혀를 끌끌 찼다.

박선교사는 한순간도 쉬지 않고 촬영을 했다. 영수는 신기하고 재미있었다. 빛이 없어도 촬영할 수 있다는 고성능 카메라라고 목사님이 자랑했다. 사람들은 인사만 했을 뿐 말을 하지 않았다. 기차에 오르고 차표에 적힌 자리에 앉은 뒤에도 사람들은 입을 굳게 다물고 있었다. 이상할 것은 없었다. 얼룩말들도 같은 가족이 아니면 하나의 거대한 무리 속에서도 서로 모른 체한다는 것을 영수는 알고 있었다.

덜커덩, 드디어 기차가 출발했다. 쎄렝게티행 기차라는 생각에 영수는 야호, 하고 소리를 질렀다. 그러자 만복삼촌이 호되게 꿀밤을 먹였다. 눈물이 핑 돌았다.

"앞으로 입을 열면 죽여버리갔어."

싸늘하게 말하는 만복삼촌의 얼굴이 하마를 뜯어먹는 악어처럼 보였다. 영수는 글썽거리던 눈물이 순식간에 얼어붙는 느낌이었다.

"애한테 그게 무슨 소리예요?"

충심이모가 영수를 감싸며 따지고 들었다. 그러자 만복삼촌이 말없이 충심이모의 목을 우악스럽게 쥐고 힘을 주었다. 충심이모가 숨이 막히는지 캑캑거렸다.

"머저리 같은 년! 너도 주둥아리 닥치지 않으면 죽을 줄 알아!"

만복삼촌의 눈에서 붉은 살기가 느껴졌다. 영수는 무서웠다. 순덕이모는 무릎에 성경책을 놓고 읽기에 열중하고 있었다. 박선교사는 순덕이모를 주인공으로 삼았는지 그 곁에서 떠나질 않았다. 만복삼촌에게 멱을 잡힌 뒤로 충심이모는 입을 꾹 다물고 눈을 감았다. 기차는 어둠속을 한없이 달렸고, 영수는 충심이모의 어깨에 기대어 잠이 들었다.

누군가가 어깨를 흔들어 잠에서 깨니 북경역이라고 했다. 영수는 손바닥으로 입가에 묻은 침을 닦아내며 잠에 취해 비틀비틀 걸었다. 다른 사람들, 만복삼촌과 순덕이모와 주현이모는 영수가 따라오든지 말든지 앞서 걸었고, 충심이모만 영수의 손을 잡고 종종걸음을 쳤다. 역 대합실로 가자 국경까지 안내해줄 중국인 아저씨가 나타났다. 목사님과 그 아저씨는 악수하며 반가워했다. 오래지 않아 목사님은 떠났고 중국인 아저씨와 박선교사는 남았다. 만복삼촌이 왜 계속 비디오를 찍느냐고 따지자, 비디오를 찍어 미국과 한국의 선교사업회에 보낼 것이라고 대답했다. 만복삼촌은 그 말을 듣고 침을 퉤 뱉었다.

중국인 아저씨의 안내에 따라 우루무치행 기차로 갈아탔다. 원래는 하루 묵어야 하는데 연길에서 하루 늦게 출발하는 바람에 곧장 이동

한다고 했다. 기차에 오르자마자 영수는 눈을 감았다. 잠은 오지 않았고 텔레비전에서 본 마라강이 머리에 떠올랐다. 마라강은 케냐와 탄자니아 국경을 넘어 흐르는 강이었다. 강물에는 악어와 하마 들이 우글거렸다. 조용히 흐르는 강물 속에 악어가 숨어 있는 장면이 떠오르니 영수는 갑자기 오줌이 마려웠다. 짜개바지를 입었더라면 아무 곳에서나 오줌을 쌀 수 있을 텐데, 할 수 없이 곤히 자고 있는 충심이모를 깨웠다. 그 바람에 만복삼촌이 잠에서 깨어 짜증을 부렸다. 충심이모가 깨어나 왜냐고 물었지만 오줌이 마렵다는 말을 하지 못하고 울먹거리기만 했다. 충심이모가 다시 눈을 감았다. 영수는 바지춤만 잡고 쩔쩔맸다.

"왜 오줌 마려워?"

충심이모가 어느새 눈을 뜨고 물었다. 영수는 만복삼촌의 눈치를 보며 고개를 끄덕거렸다. 충심이모가 영수의 손을 잡고 열차칸에서 나와 변소로 향했다. 오줌보가 너무 탱탱해서 영수는 걸음을 제대로 걷지 못했다. 오줌을 시원하게 싸고 다시 열차칸으로 오니 공안이 순덕이모의 성경책을 뒤적거리며 꼬치꼬치 따지고 있었다. 그러자 중국인 아저씨가 중국말로 뭐라 쏼라쏼라하며 공안을 데리고 나갔다.

"그 성경책을 보고 있으면 돈이 나오나 밥이 나오나? 당장 치우지 못해?"

공안이 나가자 만복삼촌이 눈알을 부라리며 화를 냈다. 박선교사는 그것도 촬영했다. 순덕이모는 뭐라 툴툴거리면서 성경책을 가방에 넣었다. 자리에 앉자 충심이모가 영수를 꼭 끌어안았다. 영수는 충심이모한테서 엄마 냄새를 맡으며 눈을 감았다. 기차는 밤낮을 가리지 않고 달렸다. 그러다 잠에서 깨면, 영수는 충심이모한테 얼룩말의 이동

에 대해 재잘재잘 말해주었다. 충심이모는 건성으로 대답하며 영수의
말을 들었다.

마침내 기차는 알렌이라는 곳에 도착했다. 영수는 이곳이 마라강을
건너기 직전의 마사이마라 평원이라는 것을 직감했다. 이제 얼룩말들
이 모두 이 평원으로 모여들어 한꺼번에 마라강을 건널 터였다. 마라
강을 건너가지 못하면 쎄렝게티의 맛있는 풀은 구경도 못하고 굶어
죽어야만 했다. 벌써 몇달째 비가 오지 않는 초원은 사막으로 변해가
고 있었다. 영수는 어서 빨리 마라강을 건너 쎄렝게티로 가고 싶었다.

배가 고팠다. 하지만 신선한 풀은 어디에도 보이지 않았다. 연길에
서 먹던, 보온밥통에 오래 담겨 있어서 냄새나고 누런 밥마저도 그리
워 미칠 지경이었다. 그러나 알렌에서는 모든 음식에서 요상한 향내
가 지독하게 풍겼다. 음식이 나오면 울컥 구역질부터 올라왔다. 돈이
있는 사람들은 장마당에 나가 이것저것 사먹었지만 영수는 빈털터리
여서 손가락만 빨았다. 충심이모도 돈이 없는지 사탕 하나 사먹질 않
았다. 순덕이모는 음식을 먹을 때마다 일용할 양식을 주어 고맙다고
기도했지만 옆의 사람들과 나눠먹지는 않았다. 만복삼촌과 주현이모
는 신랑과 각시처럼 다정하게 둘이 꼭 붙어다녔고, 박선교사는 연길
역에서 만난 사람들과 순덕이모만 카메라에 담았다. 그들은 자주 모
여 성경책을 읽었고 예수님의 이름을 부르며 기도했다.

충심이모가 몽골음식인 양고기 칼국수를 사왔다. 냄새가 지독해서
영수는 얼굴을 찡그리며 고개를 돌렸다. 충심이모가 그래도 먹어야
한다고 무섭게 화를 냈다. 영수는 충심이모가 내미는 양고기를 억지
로 먹었다. 하지만 도저히 목구멍으로 넘어가지 않아서 씹다가 뱉어
냈다. 결국 중국인 아저씨가 아끼고 아껴둔 컵라면을 내주었다. 그것

은 정말 꿀맛이었다.

국경마을에는 모랫바람이 세차게 불었다. 영수는 마사이마라 평원에도 모랫바람이 불었던 장면을 기억해냈다. 용감한 얼룩말이 되어 모랫바람을 뚫고 쎄렝게티로 가겠다는 마음이 새록새록 솟았다.

구름이 온통 빨갛게 물들었다. 마치 불이 붙은 것처럼 보였다. 구름의 빨간색이 점점 검게 변하면서 어둠이 고요하게 내리기 시작했다. 어둠이 내리자 밤하늘은 반달과 별들로 검고 푸르게 빛났다. 일행 열한 명이 조용히 알렌을 빠져나와 걷기 시작했다. 앞에서 이끄는 중국인 아저씨는 치타처럼 빨랐다. 영수는 충심이모의 손을 잡고 뛰다시피 걸었다. 정말로 갓 태어난 새끼 얼룩말이 된 기분이었다.

국경마을을 벗어나니 검게 뻗은 도로가 나타났다. 중국인 아저씨가 걸음을 멈추고 도로 너머를 가리키며 가야 할 방향을 손가락으로 알려주었다. 여기서부터는 오직 스스로 알아서 중국과 몽골의 국경을 넘어야 한다는 것이었다. 박선교사는 어깨가 떡벌어진 부리부리 아저씨한테 카메라를 넘겼다. 무슨 일이 있어도 촬영을 해야 하고 카메라도 잃어버리지 말라는 당부를 여러번 남기고 박선교사와 중국인 아저씨는 알렌을 향해 검푸른 어둠속으로 사라졌다.

나머지 아홉 명은 하이에나처럼 제멋대로 무리를 지어 도로를 건넜다. 도로를 건너오니 갑자기 길이 사라져버렸다. 잠시 망설이는데, 만복삼촌이 먼저 나서자 다른 사람들도 뒤를 따랐다. 발목이 모래에 푹푹 빠졌다. 그래도 맨앞에 선 만복삼촌이 코끼리처럼 성큼성큼 빠르게 걷는 바람에 다른 사람들도 맞출 수밖에 없었다. 얼마 가지 않아 숨이 턱에 차올랐다. 헉헉거리며 부지런히 걸었지만 영수는 다리가 짧아 어른들을 따라잡기가 몹시 힘들었다.

　잠시만 속도를 늦춰도 어른들은 꼬리도 남기지 않고 어둠속으로 사라지곤 했다. 그럴 때마다 충심이모가 되돌아와 영수의 손을 잡고 뛰었다. 앞선 사람들을 따라잡았는가 싶어 잠시 숨을 고르면 또 저만치 가버리곤 했다. 마치 숨바꼭질을 하는 것 같았다. 허겁지겁 쫓아가면 홀연히 사라지기를 반복했다. 영수는 온몸이 땀으로 범벅이 되고 말았다. 그러다 숨을 고르기 위해 잠시 걸음을 멈추면 땀이 곧장 식어 얼음알갱이로 변했다. 모두들 얼음물에 들어앉은 것처럼 이를 다다닥 부딪치며 온몸을 덜덜 떨었다.

　충심이모도 춥다며 영수를 업고 걸었다. 오래지 않아 충심이모는 깊은 숨을 거칠게 몰아쉬며 간신히 걸었다. 영수는 땀이 식자 추워 죽을 것만 같았다. 충심이모의 등에 닿은 배는 춥지 않았지만 등짝은 싸늘하게 식어갔고 발은 고드름처럼 얼었다. 얼마나 걸었을까? 몸집이 작은 충심이모는 한걸음도 내딛지 못하고 푹 쓰러졌다.

　"영수야, 힘내고 걷자, 응? 이모도 너무 힘들어."

　대답할 틈도 없이 충심이모는 영수의 손을 잡고 뛰었다. 영수는 아무것도 생각할 수가 없었다. 충심이모의 손에 질질 끌려가다시피 했다. 그러다가 어둠속에서 쉬고 있는 일행을 발견했다. 충심이모는 영수의 손을 놓고 그대로 벌렁 드러누워버렸다. 영수는 앞으로 넘어져 저녁에 먹은 컵라면을 마구 토해냈다. 부리부리 아저씨가 영수의 그 모습을 카메라에 담았다. 하아하아, 숨을 크게 몰아쉬니 조금 살 것 같았다. 희끄무레한 빛 속에 철조망이 깔려 있는 게 보였다. 만복삼촌이 철조망 주변을 왔다갔다하면서 무언가를 살폈다.

　"방법이 없구만, 이거!"

만복삼촌이 점퍼를 벗어 철조망에 깔더니 그 위에 엎드렸다.

"모두들 나를 밟고 건너가라우!"

부리부리 아저씨는 신이 난 듯 그 장면을 찍었다.

"빨리!"

만복삼촌이 소리치자 충심이모가 영수의 손을 잡았다. 영수는 만복삼촌의 등에 다리를 올려놓았다. 다리가 후들후들 떨려 하마터면 넘어질 뻔하였다. 충심이모도 만복삼촌의 등을 밟고 무사히 철조망을 건넜다. 마지막 부리부리 아저씨까지 등을 타고 철조망을 넘어오고 만복삼촌마저 건너왔다.

"뛰어!"

만복삼촌이 가리키는 방향으로 일제히 뛰기 시작했다. 영수도 허겁지겁 달리기 시작했지만 순식간에 거리가 멀어졌다.

"이모오!"

영수는 겁이 더럭 나서 충심이모를 소리쳐 불렀다. 충심이모가 되돌아와 손을 잡고 뛰었다. 그래도 자꾸 처지기만 했다. 한참을 허겁지겁 뛰어가는데 만복삼촌이 서 있다가 소리를 버럭 질렀다.

"죽고 싶어 환장했네? 그러게 처음부터 데리고 오지 말랬잖아!"

만복삼촌은 고함을 지르며 충심이모의 등을 철썩 때렸다. 영수는 만복삼촌이 정말 무서웠다. 자꾸 뒤떨어지면 그냥 두고 갈 거야, 하면서 만복삼촌은 영수를 업고 달리기 시작했다. 충심이모가 업었을 때와는 느낌이 전혀 달랐다. 마치 수컷 얼룩말을 탄 느낌이었다. 이번에는 추운 줄도 몰랐다. 눈을 들어 밤하늘을 쳐다보았다. 어마어마한 수의 별들이 밤하늘에서 반짝반짝 빛을 내며 불꽃놀이를 하고 있었다. 어떤 별들은 긴 꼬리를 매달고 피융 날아가기도 했다.

밤하늘 아래, 초원은 넓고 넓어서 끝이 보이질 않았다. 영수는 여기가 진짜 쎄렝게티 초원이었으면 좋겠다고 생각했다. 하지만 바람에 실려오는 것은 신선한 풀냄새가 아니라 바싹 메마른 사막 냄새였다. 처음엔 대장 얼룩말처럼 힘차고 빠르던 만복삼촌의 걸음은 점차 느려졌고, 숨소리는 헉헉 소리를 낼 정도로 거칠어졌다. 영수는 미안했다. 나중에는 거의 걷다시피 초원을 가로질러가는데 부리부리 아저씨가 카메라로 만복삼촌과 영수를 촬영하기 시작했다.

"그거이 박살내기 전에 치우지 못하가서?"

만복삼촌이 버럭 고함을 질렀다. 부리부리 아저씨가 얼른 카메라를 내려놓았다. 영수가 만복삼촌의 등에서 내려오니 일행들이 쉬고 있다가 모두들 일어섰다. 일행들은 추위에 몸을 잔뜩 웅크리고 부리부리 아저씨의 키보다 두 배나 높은 철조망을 올려다보았다. 첫번째 철조망은 앉은뱅이였다면 이번 철조망은 키다리였다. 철조망을 어떻게 넘느냐고 말들이 많았지만 누구도 뾰족한 방법을 생각해내지 못했다. 겨우 숨을 고른 만복삼촌이 가방에서 뭔가를 꺼내더니 철조망의 그물코를 끊어내기 시작했다. 일행들은 첫번째 철조망을 넘을 때와는 달리 이번에는 만복삼촌을 마구마구 칭찬했다. 영수가 듣기에도 귀가 간지러울 정도였다. 철조망에 구멍이 뚫리자 부리부리 아저씨가 맨먼저 기어 통과했고, 이어서 카메라를 들이댔다. 영수는 세번째로 통과했고, 만복삼촌은 맨 꼴찌로 건너왔다.

철조망을 건너오기는 했지만 이젠 어디로 가야 할지 몰라 우왕좌왕이었다. 순덕이모는 길을 알려달라고 하나님께 기도를 했고, 부리부리 아저씨는 기도하는 순덕이모를 촬영했고, 충심이모는 영수의 손을 꼭 잡고 하늘만 쳐다보았다. 바다처럼 드넓은 초원에는 어디에도 길이 보이질 않았다. 만복삼촌은 밤하늘에서 별들의 움직임을 살펴보더니 마침내 앞장섰다. 부리부리 아저씨가 길이 맞느냐고 물었다. 만복삼촌은 따라오기 싫으면 그만두라고 퉁명스럽게 쏘아붙인 뒤 성큼성큼 걸어갔다.

충심이모는 점차 지쳐갔고 영수도 일행에서 점점 더 멀어졌다. 만복삼촌은 맨앞에서 일행을 이끄느라 보이지도 않았다. 영수는 젖먹던 힘까지 냈지만 기어이 넘어지고 말았다. 몸을 일으키려 안간힘을 썼지만 다리에 기운이 하나도 없어 휘청거릴 뿐 제대로 서기가 어려웠다. 잠시 그대로 있었더니 따뜻한 이불 속인 듯 편안했다.

"영수야, 일어나."

언제 왔는지 충심이모가 영수를 일으켜세웠다. 영수는 충심이모의 손에 이끌려 간신히 일어났고 겨우겨우 발을 뗐다. 충심이모는 옆에서 잘한다고 추켜세웠고 어깨를 밀며 걷는 것을 도왔다. 그렇게 한 시간쯤 더 걸었을까? 세번째 철조망 앞에서 서성거리는 사람들을 만날 수 있었다. 이번에도 만복삼촌이 철조망에 구멍을 냈다. 하지만 철조망은 두 겹이었다. 땅바닥에 바짝 엎드려 기어가지 않으면 안되었다. 영수는 걷는 것보다는 기는 게 편했다.

"잘했어. 이제 조금만 가면 되니까 힘내!"

충심이모가 영수의 엉덩이를 두드리며 칭찬해줬다. 만복삼촌도 영수의 머리를 쓰다듬었다. 영수는 자신도 모르게 힘이 솟구치는 기분이었다. 철조망을 통과하니 다시 또 망망한 초원이 희미한 어둠속에 끝없이 펼쳐져 있었다. 누군가가 긴 한숨을 내쉬었다. 어디에선가 바람은 끊임없이 불어와 옷자락을 헤집었다. 몸이 빠르게 식었다. 몸이 식어 저체온증으로 죽지 않으려면 걸어야 한다며 만복삼촌이 먼저 길을 나섰다.

걸음은 자꾸만 느려졌고 바람은 점점 칼바람으로 변해갔다. 물밑에서 악어가 얼룩말의 발목을 물어 당기는 것처럼 땅속의 무언가가 발목을 잡아당기는 것 같았다. 그러다 문득 영수는 여기가 마라강이 아닐까 하는 생각도 들었다.

마라강……은 얼마나 더 걸어가야 있는 것일까?
마라강만 건너가면 엄마가 있는 쎄렝게티가 펼쳐져 있을 텐데……

배도 심하게 고파왔다. 충심이모와 함께 간신히 일행이 쉬고 있는 곳까지 도착했더니 과자봉지가 흩어져 있었고, 쏘시지에서 벗겨낸 껍질에서 고소한 냄새가 풍겨왔다. 하지만 누구도 쏘시지와 과자를 먹으라고 내주지 않았다. 눈물이 날 것 같았지만 꾹 눌러참았다. 아무리 울어도 달래줄 사람이 없다는 것을 영수는 알고 있었다. 엄마가 보고 싶었다. 충심이모는 털썩 주저앉아 말없이 밤하늘을 바라보았다.

다시 걸었다.

걸으면 걸을수록 앞서간 사람들과 점점 멀어져만 갔고 드넓은 초원의 검푸른 어둠속에 영수 혼자만 남겨졌다. 가끔씩 충심이모가 바람속에서 스르르 나타나 영수의 팔을 잡아끌었다. 한걸음도 앞으로 내딛기가 힘들어지면 그제야 걸음을 멈추고 초원에 털썩 주저앉았다. 몸도 작고 가벼운 충심이모는 바람에 실려가듯이 초원으로 걸어갔다.

충심이모가 떠나간 빈자리로 순식간에 찬바람이 불어와 몸을 식혔다. 살을 에고 손가락이 뻣뻣하게 굳을 정도로 추운데도 먹이를 훔치러 오는 굶주린 하이에나떼처럼 졸음이 몰려왔다. 영수는 그대로 누워 잠들고 싶었다. 어둠속에서 불쑥 충심이모가 나타나 뺨을 찰싹찰싹 때리며 손을 잡아끌었다. 충심이모의 손에 질질 끌려가면 옹기종기 모여앉아 쉬고 있던 사람들이 부스스 일어나 또 걷기 시작했다. 영수는 잠시의 쉴 틈도 없이 일행의 뒤를 따라 걸었다.

그러다가 어느 순간, 충심이모의 손을 놓쳤다.

충심이모는 초원의 한가운데로 가뭇없이 사라졌고 영수는 완벽하게 무리를 잃은 새끼 얼룩말이 되었다. 걷고 또 걸으면서 이모를 목청껏 외쳤으나 바람 속으로 묻혔고, 영수는 그저 터덜터덜 걸었으나 제자리를 맴돌 뿐이었다. 우우, 우우, 멀리에서 배고픈 짐승의 울음소리가 바람에 실려왔다. 하이에나의 소리도 아니고 사자나 치타의 울음도 아니었다. 언제였던가? 「동물의 왕국」은 아니었는데, 몽골 초원에 푸른 늑대가 산다는 방송을 본 적이 있었다.

영수는 고비사막 근처에서 작은 가젤의 무리를 추격하는 한 마리의 푸른 늑대를 떠올리고는 희미하게 웃었다. 아야, 무언가에 발이 걸려 앞으로 넘어졌다. 일어나려고 힘을 써봤지만 몸이 움직이질 않았다. 영수는 몸을 돌려 밤하늘을 바라보았다. 별들이 검고 푸른 하늘에 총총히 박혀 있었다. 별과 별을 이어보니 엄마 얼굴이 그려졌다.

"엄마!"

영수는 환하게 웃으며 엄마를 불렀다. 바람이 엄마 대신 '응냐, 내 새끼'라고 대답해주었다. 엄마 품속으로 파고들었다. 영수는 몸을 웅크렸다. 갑자기 모든 것이 편안해졌고 졸음이 몰려들었다. 눈을 감았다.

문득, 마라강이 나타났다.

수만 마리의 얼룩말과 누 무리가 강변에 모여 잔잔하게 흐르는 강물을 보며 서성거리고 있었다. 악어들은 눈만 빼끔 내놓고 얼룩말 무리가 강으로 뛰어들기를 기다리고 있었다. 코를 벌름거리며 의심 많은 눈길로 강물을 바라보며 서성거리던 무리 중에서 용감한 얼룩말 한 마리가 마침내 두 다리를 높이 쳐들고 강으로 뛰어들었다. 그 뒤를 따라 얼룩말들이 폭포수처럼 마라강으로 쏟아져내렸다.

영수도 새끼 얼룩말이 되어 마라강을 헤엄치기 시작했다. 악어들이 강력한 힘과 쏜살같은 속도로 공격했지만 영수는 뒷다리를 세차게 차올리며 물살을 헤치며 앞으로 나갔다. 숨이 턱밑까지 차올랐다. 영수는 포기하지 않았다. 마침내 마라강을 건너 강기슭에 앞다리를 올려놓았다. 그때, 뒷다리에 송곳니가 박히는 느낌이 들었다. 악어가 물었나? 몸부림을 쳐봤지만, 악어는 새끼 얼룩말을 물고 물속으로 가라앉았다. 컥컥 숨이 막혔다.

그러다 어느 순간, 평온이 찾아들었다. 눈을 감으니 배도 고프지 않았고, 춥지도 않았다. 악어들이 얼룩말의 몸에 이빨을 박고 세차게 몸을 돌렸다. 얼룩말의 다리가 떨어져나갔다. 악어는 그것을 한입에 꿀꺽 삼켰다. 영수의 몸이 꿈틀꿈틀 진저리를 쳤다. 반달이 검은 구름 속으로 숨어들었고, 작은 별 하나가 꼬리를 달고 서쪽으로 길게 떨어졌다. 초원의 거친 바람이 영수의 몸을 흔들고 지나갔다. 움직이는 것은 바람에 흔들리는 머리카락뿐이었다. '엄마!'라는 소리를 닮은 바람이 초원을 가로질러갔다. 엄마, 엄마!

*세렝게티 부분은 BBC 'Wildlife Specials Crocodile'을 참고했다.

노래를 불러주자 찔레의 마른 입에 조금씩 생기가 도는 느낌이 들었다. 학교에서 음악학교 다닐 때 배웠던 칸나라에 곡조로 잠겨간 찔레와 고리게 남은 동생들 달래 와 별론 아버지의 찔레꽃 전설이 한 편의 영화처럼 눈앞에 펼쳐진다. 나는 찔레 화분을 끌어안고 잠들었다. 푸르스름한 새벽이 멀리 바다에서부터 오고 있었다.

찔레꽃

노래가 흔들리며 앞질러가고 남행열차가 빠르게 뒤를 따라 달렸다.

손님들과 도우미들은 서로 섞여 탬버린을 허벅지에 치며 목소리를 높여 합창했다. 좁은 공간에서 몸과 몸을 부딪치며 흔들어댔다. 애써 과장된 교태를 섞어 몸을 흔들던 나는 가슴이 답답해 의자에 털썩 주저앉았다. 방에 꽉찬 담배연기에 목이 따끔거렸다. 눈치를 보다가 슬며시 방에서 나왔다. 벌써 세번째 손님맞이였다. 근처 은행 지점에서 회식을 끝내고 이차로 노래방에 온 손님들이었다. 내 파트너는 창구에서 가끔 만나 얼굴이 익은 젊은 대리인 박이었다. 그는 노래방에 올 때마다 함께 이차를 가면 안되겠느냐며 묻고 물었다. 그 생각을 하니, 숨이 막힐 듯 답답해서 참을 수가 없었다.

모레쯤 그 남자가 올 텐데……

복도로 나와 잠시 숨을 몰아쉬었다. 각 방에서 흘러나온 노래들은

198

복도에서 서로 섞여 소음이 되었다. 아유 지겨워. 나도 모르게 혼잣말을 내뱉었다. 맑은 공기를 마시고 싶어 밖으로 나가는 문을 밀었다. 그런데 문은 밀리지 않았고 오히려 내 쪽으로 밀려왔다. 얼른 한걸음 뒤로 물러났다. 한 패거리의 손님들이 우르르 몰려들었다. 그들 몸에 비냄새가 큼큼하게 묻어 있었다.

"어, 은미씨 어디 가세요?"

이틀에 한번꼴로 노래방에 오는 최가 반갑게 웃으며 물었다. 나는 최의 웃음에 고개를 돌렸다. 최는 남동공단 볼트공장에서 쇠를 깎는 노총각이었다. 최는 키가 작고 통통했는데 험한 일을 하는 사람치고는 손이 고왔다. 서른다섯살이었는데 노래방에 오면 언제나 나를 불렀다. 내가 다른 방에 들어가 있으면 도우미 없이 혼자 노래를 부르며 기다린 적도 있었다. 최의 눈길을 등으로 느끼며 밖으로 나갔다. 이래도 되는 걸까? 잠시 지금의 행동을 의심했지만 발걸음은 이미 지하에서 지상을 향해 움직이고 있었다.

이슬비가 포구의 밤을 적시고 있었다. 후유, 길게 숨을 몰아쉬며 손바닥을 내밀었다. 손바닥에 빗방울이 고였고 이내 마음 가득 습기가 배어들었다. 서너 번 숨을 몰아쉬는데 진한 갯비린내가 풍겨왔다. 소래포구는 낮 동안의 소란을 어둠속에 품고 고요히 비에 젖고 있었다. 습기에 축축한 갯비린내가 내 안에 있던 함흥을 불러냈다. 낡고 오래된 아파트들, 눈길 가는 곳마다 붙어 있던 붉은 구호들, 돼지밥 달구지를 끌던 어머니와 어두운 방구석에서 말라가던 아버지, 단짝이던 은실이, 재춘오빠와 함께 갔던 빈 창고와 좁은 골목들, 그리고 지독하던 배고픔이 망막 위에서 빠르게 흘러갔다.

멀리에서 파도소리가 아련하게 들려왔다. 바다를 향해 몸을 돌렸다. 아니, 바다가 끄집어당긴 것인지도 몰랐다. 빗속으로 한걸음 내딛는데 누군가가 우산을 씌웠다. 옆을 보니 최였다. 최가 말없이 웃으며 고개를 끄덕였다. 최는 적어도 나에 대해서만큼은 불행한 남자였다.

우산으로 떨어지는 빗방울 소리를 들으며 고양이처럼 걸었다. 함흥을 떠난 이래, 한번도 땅에 발을 붙여보질 못했다. 중국을 떠돌 때에는 비법월경자였기에 발을 내려놓지 못했고, 한국에 와서는 물에 섞이지 못하는 기름처럼 떠돌았다. 북조선에 있을 때는 충심이었고, 중국에서는 메이나였다가 별명으로 소소를 얻었고 한국에 와서는 은미로 이름을 바꾸었다. 주민등록증에도 김충심이 아니라 이은미로 올라가 있다. 한국의 통일부나 국정원에선 어차피 진짜 이름을 조회할 순 없는 노릇이었고, 은실의 은과 미향의 미를 따서 은미라고 이름을 내세웠다. 혹시라도 있을 피해로부터 북의 가족을 보호하고 싶었다. 바다는 조용히 비를 맞으며 포구의 불빛을 받아 반짝거리는 동그라미를 만들어내고 있었다. 작은 어선들이 정박해 있는 선착장에 쪼그리고 앉아 바다에 떨어지는 빗줄기를 하염없이 바라보았다. 가슴 깊은 곳에 담겨 있던 노래가 나직하게 흘러나왔다.

찔레꽃 붉게 피이인 북쪽나라 내 고오오햐앙, 언덕 위의 초가삼가아안 그리이입습니이다아, 자주 고름 입에 물고오……

콧잔등이 시큰해지더니 눈앞이 흐릿해졌다. 눈물을 참아내며 느릿하고 나직하게 노래를 마쳤다. 함흥음악학교에서 배운 노래인데, 지금은 노래방 도우미의 십팔번이 되고 말았다. 뼈가 저리도록 슬플 때는 슬픈 노래를 불러야 슬픔이 삭았다. 뼈가 저리지 않을 정도의 슬픔은 억지로 웃거나 동무들과 어울려 놀면서 억지로라도 잊으려고 애썼다. 그래도 슬픔이 더 깊어지면 함흥냉면을 서너 그릇씩 사먹었다. 문득 찔레 화분에 물을 주지 않은 지도 꽤 오래되었다는 생각이 들었다. 집으로 돌아가면 가장 먼저 찔레에 물을 줘야지, 지난 오월 하얀 꽃이 하도 예뻐서 사왔는데, 오래지 않아 꽃은 졌고 잎과 가시만 무성해졌다.

"잘 놀고 있네. 졸라 열받아! 툭하면 찾으러 다녀야 되냐 씨발."

뒤에서 비아냥거리는 소리가 들렸다. 목소리로 봐서 노래방에서 일하는 총각이었다. 인간이 저렇게 싸가지가 없어도 되나 싶은 녀석이었다. 나는 말없이 일어서서 녀석을 슬쩍 피해 노래방을 향해 걸었다.

"암튼 탈북자년들은 대가리가 졸라 이상해. 손님이 있어도 멋대로 빠져나오고 지랄들이야 지랄이."

얼굴이 화끈 달아올랐다. 마음 같아선 돌아서서 따귀를 한대 올려붙이고 싶지만, 녀석의 말이 온통 틀린 것만은 아니었다. 불고깃집에 나가던 무산의 성희는 일이 힘들다며 사흘 만에 말없이 나와버렸고, 고속도로 휴게소에 취직했던 회령의 정림은 하루종일 서 있는 게 싫다며 일주일 출근하고는 드러누워버렸다.

남자에 대해서도 마찬가지였다. 성희와 함께 무산에서 나온 홍단은 툭하면 동거를 했고, 그나마 석 달을 넘기지 못했다. 벌써 네번째를 내보내고 다섯번째 동거를 시작하려고 남동공단 입구에 있는 카쎈터 총각을 밤마다 불러들이고 있었다. 대전에 있는 영희는 호프집에서 만난 남자와 동거를 시작했다고 전화에다 수다를 떨었다. 그것도 자랑이냐며 속으로 욕을 퍼부었다. 이미 중국에서 몸을 버릴 만큼 버린 터라 모두들 그까짓 것 하며 살았다. 누구를 탓할 수도 없는 지경에 내몰린 친구들만 생각하면 가슴이 아팠다. 나만 해도 노래방 도우미로 있으면서 벌써 서너 군데나 노래방을 옮겨다녔다. 한국에서 산다

는 것은 상상 이상으로 힘에 부쳤다. 중국으로 다시 나갈까 생각도 해
보았지만, 아직은 무서웠다.

노래방에 돌아갔더니 이차를 미리 계산한 은행 대리가 쑥스럽게 웃
고 있었다. 다른 손님들은 벌써 가버린 모양이었다. 노래방 사장님이
나 때문에 흥이 깨졌다며 버럭 화를 냈다. 미안한 노릇이긴 했다. 게
다가 바빠죽겠는데 속을 썩인다며 눈을 흘겼다.

"빨리 갔다 와, 바빠."

비가 내리는 날에는 손님들이 유난히 많았다. 비에는 술과 노래를
부르는 특별한 무언가가 있는 모양이었다. 은행 대리 박이 먼저 노래
방에서 나갔다. 대기실로 가서 손가방을 들고 나오다 최와 딱 마주쳤
다. 얼른 손가방을 뒤로 숨겼다. 최의 얼굴이 환하게 밝아졌다. 최한
테 미안했다. 최는 최소한 한 시간 정도는 더 기다려야 내 노래를 들
을 수 있었다.

노래방 도우미, 타인의 즐거운 노래에 장단을 맞추며 사는 인생이
내 운명의 어딘가에 있을 줄은 꿈에도 생각하지 못했다. 인천공항에
내릴 때만 하더라도 무엇이든 할 수 있을 것만 같았다. 물론 약간의
두려움이 없는 것은 아니었지만, 하고 싶은 일을 하며 살 수 있다는
꿈에 마음이 풍선처럼 부풀었던 것은 사실이었다. 이 땅에 도착하기
까지 겪어야 했던 지나온 모든 고통이여 안녕,이라고 마음속으로 소
리쳤다. 그러나 하나원을 나오자마자 기다리고 있는 것은 탈북자는
이방인에 불과하다는 사실이었다. 같은 민족이었지만 외국인노동자
보다도 차별이 더 심했다. 조금이라도 번듯해 보이는 회사에 가서 면
접을 보면, 탈북자라는 사실에 모두들 고개를 저었다. 심지어 식당에

서도 탈북자라면 고개를 외로 꼬았다. 공장에 가서 재봉틀을 돌리거나 다른 일을 하고 싶었지만 먼저 지나간 탈북자들의 행세가 나쁘다는 소문 때문에 그것도 여의치 않았다. 집밖으로 나가면 나도 모르게 주눅 먼저 들었다.

빽빽한 콘돔의 느낌을 이겨내려고 이를 악물었다. 마음에도 없는 행위를 몸으로 겪어내는 동안 모멸감이 물결처럼 밀려들었다. 세상에는 돈으로 해결할 수 없는 것이 하나쯤은 있어야 했다. 돈만 있으면 무엇이든 할 수 있다는 오만한 세상에서 혼자 산다는 것은 수모를 견디는 나날의 연속이었다. 나는 모텔의 천장에 그려진 별자리를 보며 마음을 몸밖으로 온전히 내보냈다. 야광으로 만들어진 별자리는 어둠 속에서 반딧불처럼 반짝였다. 휴대폰 속에서 울먹이던 엄마의 목소리가 별자리 속에서 유성처럼 쏟아져내렸다.

'아이구 충심아, 밥은 먹고 지냄둥? (눈물은 하염없이 흐르고 있으나 간신히 울음을 참아내며 '예, 엄마.') 어디를 가더라도 장군님이나 조국에 무스그 욕을 하는 거이 아임두. 내가 리인민위원장질을 하니 절대로 아이됨두! 알갔지비. (강대나무처럼 꽃꽃하게 말라가던 아버지를 떠올리며 '예, 엄마. 아바이는요?') 묏동 하나 해줄 돈이 없어 그냥 묻었지비. (엄마가 끄윽끄윽 울음을 참는 모습이 떠올랐다.) 마지막에 충심이 너를 찾다가 눈도 감지 아이하고…… (입술을 꽉 깨물었다.) 괜찮다마, 잊고 너나 잘 살거라. ('열흘만 남양 이모 집에 계세요. 미향이도 잘 있다고 이모한테 말해주고, 아바이 묏동 쓸 돈을 더 보낼 테니 무스그 좀 기다리고 있음두. 미향이도 돈을 모아 보낸다고 전해주고.') 돈은 무스그 썩어질. ('엄마 조심하고 꼭 기다려야 해.') 밥 굶지 마.'

박이 배 위에서 부르르 몸을 떨었다. 벌떡 일어나 박의 성기에서 콘돔을 벗겨 변기에 던지고 물을 내렸다. 콘돔은 변기 속에서 뱅글뱅글 돌다가 꾸르륵 소리와 함께 사라졌다. 이제 박과 나는 쎅스를 한 적이 없어졌다. 증거가 없으니 불법도 아닌 게 되어버렸다. 대충 몸을 씻고 서둘러 옷을 입었다. 박은 담배를 뻑뻑 빨며 한손에는 리모컨을 들고 채널을 마구 바꾸고 있었다. 인사도 없이 방을 나왔다.

모텔에서 나와 우산을 펼치는데, 아까 최가 씌워준, 살이 하나 꺾인 우산으로 후드득 눈물처럼 빗줄기가 떨어져내렸다. 최한테 미안했다. 지금은 노래방으로 돌아갈 기분이 아니라 비내리는 포구를 천천히 걸었다. 최는 노래방으로 출근하자마자 맞이한 첫손님이었다. 내 목소리에 반해 그뒤 내리 일주일을 퇴근과 동시에 노래방으로 와서 술을 마시며 두 시간씩이나 노래를 불렀다. 최는 주로 내 노래를 들으려고 했다. 최가 한 곡 부르면 나는 두 곡을 불러야 했다. 일주일 뒤에 최는 내가 좋다며 사귀자고 했다. 나는 혼자의 몸도 버거워 싫다고 했다. 그래도 최는 밥을 사주겠다, 옷을 사주겠다, 회를 사주겠다며 데이트를 신청했다. 탈북자 여자라고 쉽게 보고, 또 헤퍼 보일까봐 그때마다 웃으며 거절했다. 그래도 최는 꿋꿋하게 사랑을 고백했다. 나는 울타리를 갖고 싶었다. 아주 높아서 누구도 나를 함부로 들여다보지 못할 울타리. 키는 작았지만 최는 높은 울타리가 될 수 있는 사람이었다. 내 소망은 먼지처럼 이 땅에 사뿐하게 내려앉아 그대로 스며드는 것이었다. 그 소망에 최는 적당한 사람일 수 있었다. 하지만 남자를 만날 준비가 되어 있지 않은데다가 심지어는 노래방 도우미로 살아가는 중이었다. 최는 그것을 모두 알고 있는 남자였다. 나는 뻔뻔해질 수가 없어서 최만 만나면 쌀쌀맞게 굴었다. 친구들은 속도 모르고 나더러

여자처럼 행동하라고 하지만 나는 여자인 것이 슬펐다.

최의 불행은 고백을 하고 한 달 뒤에 찾아왔다. 엄마와 이모한테 돈을 보내겠다고 약속한 날, 그동안 한번도 소식 없던 박선교사가 잔금을 달라며 교회집사라는 남자를 보냈다. 그때까지 한번도 나가지 않은 이차에 대해서 많이 고민했다. 결국 이차를 나가기로 마음을 먹고 몸을 내놓았다. 나 혼자 목구멍에 풀칠을 하자면 굳이 몸까지 팔 건 없었지만, 엄마와 이모한테는 목돈을 보내주고 싶었다. 첫손님은 최가 아니었다. 며칠 후, 잔뜩 화가 난 최가 노래방에 오더니 이차를 가자고 했지만 망설이지 않고 거절했다. 최가 만약 사랑을 고백하지 않았더라면 분명히 내 손님이 되었을 것이다.

집으로 돌아오자마자 찔레를 찾았다. 찔레는 함흥의 아버지처럼 바삭바삭하게 말라 있었다. 명치에 숯불이 놓인 느낌이었다.

미안해, 미안해, 내가 잘못했어.

세숫대야 가득 물을 받아 찔레 화분을 담갔다. 물이 넘쳤다. 조심스레 침대로 찔레 화분을 옮기고 그 옆에 앉았다.

미안해, 미안해, 내가 잘못했어.

찔레를 쓰다듬는데 마른 잎이 툭툭 떨어져내렸다. 마음 깊은 곳에서 무언가가 툭 떨어지는 느낌이었는데, 그것은 어미를 잃고 무리에서 떨어진 얼룩말 새끼였다. 어제 오후 노래방으로 출근하려고 화장을 하다가 켜놓은 텔레비전에서 얼룩말 무리를 보았다. 얼룩말의 무늬를 보는 순간, 그만 하늘이 캄캄해지고 말았다. 가슴 깊은 곳에 묻어두었던 영수가 몽골초원에서 애타게 부르는 소리가 환청이 되어 귀에 쟁쟁했다.

"아버지, 재춘오빠, 미향아, 영수야."

그들은 모두 내 곁을 떠나 영원히 돌아오지 못할 사람이 되고 말았다. 문득 그들을 위해 밥 한그릇 차려놓지 못했다는 생각이 들었다. 그들이 미웠고 그들한테 미안했다. 그들의 이름을 하나씩 부르며 욕을 퍼붓다가 화분에 떨어진 찔레 잎사귀 몇개를 손에 꼭 쥐었다. 잎사귀는 손바닥 안에서 소리없이 바스러졌다. 손바닥을 펴보니 가루가 될 지경이었다.

가루…… 바람에 날리던.

미향은 도문행 기차 안에서 아기가 되다 만 핏덩어리를 쏟고야 말았다. 승객들이 놀라 비명을 질렀지만 나는 기차 바닥에 쏟아진 핏덩어리를 망연자실 바라만 보았다. 기차의 공안이 달려왔다. 다시 두만강을 건너 남양의 이모 집으로 미향을 데려다주기로 약속했기에 달아날 수도 없었다. 기차가 연길역에 서자 기차의 공안이 와서 축 늘어진 미향을 들것으로 실어나갔다. 병원에 도착하기도 전에 미향은 숨을 거두었다. 끝내 두만강을 건너가지 못했다. 나는 공안차에 실려 어딘가로 갔는데, 내릴 때 보니까 북부시장을 지나고 있었다. 눈에 익은 국자가 근처였다. 공안의 손에 끌려 허름하고 낡은 어느 건물의 삼층으로 올라갔다. 나중에 알았지만 그곳은 연길 안전국의 탈북자 조사실이었다. 그곳에 갇혀 탈북과정을 소상히 적고 또 적었다. 조사를 담당한 사람은 사나웠지만 가끔씩 들러 조사를 살펴보던 높은 사람은 올 때마다 밥을 먹었느냐고 물었고 직접 나가 식당에서 밥을 사오기도 했다.

그러던 중, 조사가 거의 끝나갈 즈음의 어느날 점심 무렵이었다. 높은 사람이 와서 조사기록을 찬찬히 훑어보며 편하게 농담도 해가며

이런저런 질문들을 던졌다. 그의 질문에 솔직하게 대답했다. 그는 차
라리 합법적으로 오고가게 만들면 비법적으로 월경하는 사람도 없을
거라며 혀를 끌끌 찼다. 세상에 가장 못된 장사가 있는데, 그것은 얼
음장사와 사람장사라고 덧붙였다. 그때, 누군가가 밖에서 문을 세차
게 두들겼다. 조사를 담당하던 사람이 문을 열자 대뜸, "헹님에, 도시
락 개꾸 왔소"라고 소리지르며 남자가 들어섰다.

갑봉이었다.

소스라치게 놀랐다. 저 악한을 여기서 만나다니, 또다시 흑룡강성
농촌으로 팔려가는가 싶어 온몸이 부들부들 떨렸고 숨이 컥컥 막혔
다. 갑봉은 들고 온 도시락 보자기를 풀며 잠시도 입을 가만히 두지
않고 수다를 떠는 것이 예나 지금이나 여전했다. 나는 고개를 푹 숙였
다. 책상에 음식을 다 차려놓은 뒤에야 갑봉이 나를 알아봤다.

"니, 니가 여게 무스그?"

살다보면 때로는 악연도 도움이 되었다. 갑봉의 도움으로 미향의
뼛가루를 도문의 늪지로 가서 여울목에 뿌렸다. 미향의 뼛가루는 두
만강 위로 가뭇없이 날렸다. 늪지 위, 무산 가는 길에 아이들이 재재
거리며 걸어가는 게 아스라하게 보였다. 여울목을 뛰어가면 겨우 일
분도 걸리지 않아 북조선으로 건너갈 수 있다는 게 믿기지 않았다. 내
가 사랑하는 두 사람의 영혼을 담고 두만강은 말없이 흘렀다. 남양에
데려다주겠다는 미향과의 약속은 허망하게 물결에 실려 떠내려갔고,
나는 늪지의 언덕에 앉아 남양을 하염없이 바라보았다. 기어이 울지
않았다. 갑봉과 함께 연길로 돌아와 이틀을 내리 잤다. 꿈도 없는 깊
고 긴 잠에서 깨어나니 깊은 밤이었다. 다음날, 갑봉이 마련해준 여비
를 갖고 연길을 미련없이 떠났다. 어디로 가게 될지는 나도 몰랐다.

깜빡 졸았던가?

와장창하는 소리에 깜짝 놀라 일어나니 침대에 두었던 세숫대야와 찔레 화분이 방바닥으로 떨어져 있었다. 화분은 깨졌고, 흙과 섞인 물이 질펀하게 방바닥을 적시고 있었다. 한동안 멍한 눈길로 난장판이 된 방바닥을 바라보기만 했다. 침대도 물에 젖어 축축했다. 목이 몹시 말랐다. 냉장고로 가서 살폈더니 맥주 세 병과 먹다 남은 소주가 보였다. 맥주 한 병과 반 병 정도의 소주를 한꺼번에 바가지에 붓고 단숨에 숨도 쉬지 않고 벌컥벌컥 들이켰다. 얼음보다 찬 소맥 폭탄주가 들어가니 가슴이 뻥 뚫리는 기분이었다. 다시 맥주 한 병을 바가지에 붓고 마시다가 숨이 차서 식탁에 내려놓았다. 의자에 털썩 주저앉아 "찔레꽃 붉게 피는 북쪽나라 내 고향……"을 되풀이해서 부르며 질질 짜다 크게 깔깔거리곤 했다. 바가지에 담긴 맥주를 간신히 마시고 다시 한 병을 꺼내 콸콸 부었다. 문득 방바닥에 뿌리를 드러내고 누운 찔레가 보였다.

그래 너도 취해보라마.

찔레를 집어들었다. 손바닥이 따끔 아팠다. 반항하는 거지 너,라고 소리지르며 바가지 속의 맥주에다 찔레를 푹 담갔다. 거품이 출렁거렸다. 방바닥의 흙을 바가지에 퍼담고 침대로 기어올랐다. 베개를 가슴에 끌어안고 눈을 감았다.

미안해, 미안해, 내가 잘못했어. 그런데 무스그 어쩌라고? 어쩌라는 게야?

미향의 이름으로 이모한테 보낼 돈과 엄마한테 보낼 돈을 중국의 브로커한테 송금했다. 이제 연길에서 그 돈을 찾은 브로커는 북조선의 남양으로 건너가 엄마를 만날 터였다. 엄마를 데리고 두만강변으로 몰래 나와서, 숨겨가지고 간 휴대폰으로 내게 전화를 걸어 돈을 분명히 전달했음을 확인시킬 것이다. 백만원을 송금하면 그중에서 삼십만원은 수수료로 떼고 나머지 칠십만원을 중국돈으로 바꿔 엄마의 손에 건네주는 장면을 상상하니, 기분이 좋아졌다. 엄마는 내 몫으로 중국돈 삼만 위안, 이모는 미향의 몫으로 만 위안을 받게 되었다. 엄마는 함흥으로 돌아가야 하니 앞으로 최소한 여섯 달은 목소리를 듣지 못할 터였다. 그래서 돈을 더 마련하고자 아득바득 애를 쓴 것이었다.

　돈의 액수보다도 미향이 살아 있다고 믿게 될 이모가 가여웠다. 이모 생각만 하면 가여워서 어찌할 줄을 모르고 허둥거렸다. 어차피 통일이 되기 전에는 미향을 만나지 못할 터이니 그렇게 믿다 그리움을 잔뜩 안고 돌아가시는 것도 좋은 일이라고 생각했다. 그 돈으로 적어도 여섯 달은 굶지 않고 살 수 있을 것이다. 어쩌면 더 오래 버틸 수 있을지도 몰랐다. 앞으로도 미향의 이름으로 가끔씩 송금해서 가여운 이모를 달래줄 작정이었다. 그래야만 미향이한테 진 빚을 갚는 셈이었다.

　먼저 정착한 언니한테 북의 부모한테 송금하는 방법을 듣던 날, 가슴이 벌렁벌렁 뛰어 잠을 이룰 수 없었다. 대부분의 새터민들이 그악스럽게 돈을 모아 중국의 브로커를 통해 인편으로 가족한테 송금하고 있다는 사실도 놀라웠다. 어떤 남자는 중국을 통해 북으로 가서 살다가 왔다는 소문이 돌기도 했다. 그럴 수 있는 용기가 부러웠다. 통장으로 들어오는 정착금에는 어떤 일이 있어도 손을 대지 않겠다고 맹세했지만 굶고 사는 방법은 어디에도 없었다. 생계비로 입금되는 삼십칠만원으로는 생계를 꾸리기에도 턱없이 부족했다. 그러기에 총액

천만원인 정착금을 삼개월마다 백만원씩 보내주는 그 돈도 눈 녹듯이 사라졌다. 옷도 입어야 하고, 휴대폰도 사야 했으며 텔레비전과 침대와 냉장고와 밥솥도 필요했다. 게다가 한국으로 오면서 진 빚이 당장 문제였다. 질나쁜 브로커들은 잔금을 받겠다며 아예 정착금 통장을 빼앗아가서 깡을 하기도 했다. 게다가 그들이 북으로 송금까지 해주는 사람이었으니, 가족의 목소리를 듣고 싶으면 무조건 잔금부터 갚아야 했다. 다행히 소개받은 브로커는 나와 관련이 없는 사람이었다.

파란 플라스틱 바가지에 담겨 있는 찔레를 망연하게 바라보는데 문득 속에서 신물이 올라왔다. 무언가를 먹어야 하는데, 밥을 하고 싶은 마음은 물론이고 라면을 끓여 식탁에 차리는 것 자체에도 역증이 솟았다. 그렇다고 혼자 나가서 사먹자니 청승맞아 싫었다. 침대 모서리에 기대어 앉아 아무 생각도 하지 않으려 애를 썼다. 찔레와 바가지는 서로 어울리지 않았다. 예쁜 화분을 사서 옮겨줘야겠다는 생각이 들었다.

휴대폰이 부르르 몸을 떨었다. 노래방 사장의 번호가 화면에 떠 있었다. 벽시계를 보니 오후 다섯시 삼십분이었다. 벌써 출근해 대기실에서 저녁을 먹고 손님을 기다리고 있을 시간이었다. 휴대폰에서 배터리를 빼버렸다. 부르고 싶지도 않은 노래를 불러야 하고 낯선 손님 앞에서 옷을 벗는 내가 너무 가여웠다. 적어도 한 달은 푹 쉬고 싶었다. 그것이 가여운 나를 위해 내가 할 수 있는 유일한 일이었다.

그래 뭐든 먹자. 먹고 싶어도 먹을 게 없어 굶어죽는 사람들도 있는데……

그들에게 죄를 짓는 기분이었다. 먹을 수 있는데도 먹지 않고 마음이 어쩌고저쩌고 따지는 것 자체가 커다란 죄였다. 벌떡 몸을 일으켜 모자를 꾹 눌러썼다. 김밥을 한 줄 사먹고 빈 화분과 화초영양제를 샀다. 영양제를 살 때, 잠시 머뭇거렸다. 함흥에서 봤던, 부황든 어린애들이 떠올랐기 때문이다. 집으로 돌아와 바가지에 담겨 있던 찔레를 화분에 옮겨심고 영양제를 꽂았다. 찔레 뿌리가 노란 영양제를 방울방울 빨아들이는 상상을 하며 함흥의 아이들을 위해 기도했다. 제발 굶지 말기를, 무엇이든지 먹고 토실토실 살이 올라 어여쁜 꿈을 꾸기를. 이제 곧 찔레는 푸르게 살아날 터였다. 아니 반드시 살아나야만 했다. 솔직히 나는 저 찔레에 잎은 다 떨어지고 가시만 남을까봐 두려웠다.

"미안해요. 아직 준비가 덜 됐어요."

박선교사가 보낸 남자가 집으로 찾아왔다. 잔금 삼백만원을 받으러 온 것이었다. 나는 최대한 다소곳하게 말했다. 말끔하게 양복을 입었고 선하게 생긴 눈빛을 가지고 있어 마음이 놓였다. 듣기로는 이 남자한테 잔금을 치를 탈북자들이 인천시 남동구 논현동의 이 아파트에만 일곱 명이라고 했다.

"장난쳐, 지금?"

그의 선해 보이던 눈동자에 순식간에 독기가 서렸다. 나는 움찔 놀랐다. 주먹으로 한대 때릴 기세였다.

"통장이라도 가져와!"

숫제 명령이었다. 가슴이 덜커덕 내려앉았다. 만일 엄마한테 돈을 송금하지 않았더라면 나는 지레 겁을 먹고 그 돈을 순순히 내줬을지도 몰랐다. 하지만 엄마는 함흥에서 남양까지 와서 그 돈을 기다리고 있었다. 돈이 아니라 어쩌면 나와의 전화 한 통화에 간절히 목을 매달고 있을지도 몰랐다. 나도 엄마의 목소리가 너무 그리웠다.

"그건……"

나는 얼버무렸다.

"이런 개같은 년이! 돈도 없다, 통장도 못 준다! 그럼 어쩌자는 거
야, 응? 내가 여기서 살까? 이게 아주 순 쌩으로 먹자고 드네?"

그가 주먹으로 식탁을 내리쳤다. 커피잔이 넘어졌다. 주방 바닥으
로 흐르는 커피를 물끄러미 바라보다가 행주를 가져와 닦았다. 다리
가 후들후들 떨렸다. 그는 양복을 벗어 방바닥에 던지더니 침대로 올
라가 누웠다. 앞이 캄캄했다. 도움을 요청할 사람도 없는데 이 남자는
막무가내였다. 그는 침대에 누워 텔레비전을 켰다. 개그맨들과 가수
들이 웃고 떠드는 소리가 왁자하게 들렸다. 그는 텔레비전을 보며 낄
낄거리며 웃었다. 시간이 지루하게 흘러갔고 저녁이 되자 그는 중국
집에서 볶음밥과 소주를 주문해서 먹었다. 그는 정말 갈 생각이 없는
지 아예 바지를 벗고 본격적으로 침대를 차지했다. 양파를 씹은 것처
럼 코가 매웠다.

도무지 함께 있을 수가 없어 밖으로 나왔다. 주방의 칼을 보면 그의
배를 쑤시고 싶어졌고, 찔레 화분을 보면 그의 머리를 내리치고 싶었
고, 가위가 눈에 띄면 그의 눈을 찌르고 싶었다. 이러다간 살인을 저
지르고 말지 싶어서 서둘러 나왔던 것이다. 밖에는 옅은 어둠이 깔리
고 있었다. 마땅히 갈 곳이 없어 우두커니 서 있다가 발걸음이 가는
데로 하릴없이 걸었다. 단지 앞 과일가게에서 옆동의 성희가 조선족
남편의 팔짱을 끼고 환하게 웃으며 복숭아를 고르고 있었다. 중국에
있을 때 사이가 좋았는지 성희는 조선족 남편을 한국으로 불러들였
다. 하얗고 탐스러운 복숭아를 검은 비닐봉지에 담는 성희가 부러웠
다. 복숭아를 사들고 아파트로 돌아가는 성희 부부의 뒷모습을 물끄

러미 바라보다가 몸을 돌렸다. 성희 남편은 남동공단에 취직해서 열심히 돈을 벌고 있었다. 덕택에 성희는 아이를 가졌다고 날마다 자랑이었다.

소래포구를 향해 천천히 걸었다. 수많은 자동차들이 포구에 즐비한 횟집을 향해 몰려갔다. 그 광경을 보고 있자니 마치 긴 잠에서 막 깨어난 것처럼 몽롱해졌다. 숨을 쉴 때마다 배가 고프던 적이 있었다. 아니 배가 고픈 것보다도 꿈에 허기졌던 시절이 있었다. 이미 정해진 운명 때문에 다른 꿈은 꾸기 어려웠던 그곳과 지금의 여기는 극과 극처럼 서로 비현실적이었다. 휴전선이라든가 군사분계선을 사이에 두고, 이토록 극단적으로 다른 풍경이 펼쳐질 수 있다는 것이 믿어지지 않았다. 우물 안과 우물 밖은 전혀 다른 세상인 줄을 두만강을 건너기 전에는 진정 몰랐었다. 재춘오빠가 아니었다면 숨이 컥컥 막혀서 하루도 견디기 어려웠던 열아홉의 날들이 참으로 아득했다. 걷다보니 노래방 근처였다. 날마다 오가던 길을 기억하고 있는 발이 미웠다. 이쪽으로는 결코 오고 싶지 않았는데, 이차를 나가는 탈북자 노래방 도우미란 직업에서 영원히 벗어나고 싶었는데…… 눈길이 노래방 간판과 지하로 내려가는 계단으로 향했다. 누군가가 계단에서 쑥 올라왔다. 얼른 고개를 돌리고 반짝이는 포구 쪽으로 걸었다.

"이제 출근하세요?"

앞을 가로막은 사람은 최였다. 술냄새가 솔솔 풍겼다. 슬쩍 피했지만 최는 얼른 앞을 가로막았다. 나는 몸을 돌렸다. 그가 다시 앞을 가로막았다.

"나한테 너무하는 거 아니에요?"

최의 목소리에는 분노가 담겨 있었다. 노골적으로 따돌린 것은 맞지만 그렇다고 죄책감을 가질 정도는 아니었다. 솔직히 최를 따돌린 것은 나의 예의였다. 나를 좋아한다고 했기에 다른 손님들과 똑같이 대할 수는 없었다. 그런데 지금 최는 똑같은 손님으로 대해달라고 투정을 부리고 있는 것이다. 나는 말없이 몸을 돌려 걸었다.

"뭐야? 뭔 말이라도 해야 할 거 아냐?"

최가 내 손목을 잡았다. 앙칼지게 최의 손길을 뿌리쳤다.

"꼭 해야 되나요? 여긴 노래방도 아닌데? 무슨 자격으로 말을 하라 마라 하는 거예요?"

하지만 속마음은 '무스그? 이런 쎄스케(미친놈) 꺼지라마!'라고 외치고 있었다. 최가 고개를 흔들며 흠칫 놀라는 표정이었다.

"비켜요, 가게!"

나는 소래포구로 가는 것을 포기하고 아파트 쪽으로 걸었다. 북조선이나 중국에서처럼 비루하게 살고 싶진 않았다. 그건 사는 게 아니라 죽지 못하는 것뿐이었다. 최에 대해 나쁜 감정은 없었다. 그의 속마음이야 어찌되었든 한국에 와서 처음으로 좋아하니 사귀자는 말을 해준 사람이기에 고맙기는 했다.

아파트 문을 열었더니 코고는 소리가 요란했다. 나는 곧장 방으로 들어가 서랍에서 통장과 도장을 꺼냈다. 잔액은 삼십만원 정도였고 앞으로 입금될 정착금은 오백만원이었다. 통장을 바라보며 곰곰이 생각해봤지만 이걸 맡기고 돈을 빌릴 사람이 얼른 떠오르지 않았다. 그래도 떠오르는 이름은 모두 북조선을 떠나온 사람들이었다. 고개를 흔들었다. 그들도 대개는 나와 비슷한 처지에 놓여 있었다. 안 입고 안 먹고 모은 정착금을 북조선의 가족에게 보내는 그 마음들이 가여워서 언젠가는 서로 모여 삼겹살을 먹고 노래방에 갔다가 모두 울어버린 기억이 어제 일처럼 생생했다. 한 열흘쯤 굶어본 사람만이 굶는 사람의 그 간절하면서도 참담한 허기를 몸으로 알고 있었다. 허기가 깊어지면, 인간의 존엄은 서서히 사라지고 사나운 짐승으로 변해갔다. 졌다. 나는 그를 깨워 통장을 내밀었다. 통장을 받자마자 그의 눈에서 순식간에 독기가 사라졌다.

전화가 오지 않았다.

약속시간이 지났는데도 감감무소식이었다. 손바닥에 땀이 진득하게 차올랐다. 생리통처럼 아랫배가 찢어질 듯 아팠다. 진통제를 먹어도 아무 소용이 없었다. 중국의 브로커한테 전화를 먼저 할 수는 없는 노릇이었다. 온갖 나쁜 생각이 다 떠올라 미칠 것만 같았다. 엄마와 이모가 보위부에 끌려가는 모습, 보낸 돈을 보위부에 모두 빼앗기는 모습이 떠오르자 머리가 짜개질 듯 아팠다. 당장 중국 도문으로 가서 두만강을 건너고 싶은 마음이 굴뚝같았다. 두 눈으로 직접 볼 수 없다는 것이 이렇게 답답할 줄은 몰랐다. 그 브로커한테 돈을 보낸 다른 친구들에게 전화를 해봤더니 그들도 멍청히 앉아서 기다리고 있다는 대답이었다.

휴대폰만 바라보며 물 한모금도 넘기지 못한 채 이틀이 지나갔다. 가끔 안테나 숫자를 셌고, 배터리도 자주 갈았다. 그 이틀은 생지옥이었다. 사흘째 아침, 너도나도 사기를 당한 것이 분명하다는 전화들이 오갔다. 온몸이 저렸고 뼈마디가 모두 어긋난 듯 아팠다. 기어이 예정도 아닌데 생리가 터졌다. 목구멍도 벌겋게 부어 열이 펄펄 났다. 딸의 목소리를 듣겠다고 애간장을 태우며 기다리고 있을 엄마의 얼굴이 떠올라 침대에 누워 앓을 수도 없었다. 아무 방법도 없지만 성희한테 가서 통사정이라도 할 요량으로 아파트를 나섰다.

눈을 뜨니 동네의 병원이었다. 어떻게 병원에 왔는지 기억이 나질 않았는데 옆에 성희가 서 있었다. 성희의 말에 따르면 제 남편이 엘리베이터에 함께 탔다는 것이다. 진땀을 뻘뻘 흘리던 내가 엘리베이터 안에서 갑자기 푹 쓰러져 병원으로 업고 왔다고 정황을 말해주었다. 링거를 맞고 돌아와 성희가 끓여준 죽을 먹고 약기운에 깊은 잠 속으로 빠져들었다. 아침에 눈을 뜨니 침대가 흥건하게 젖어 있었다. 다행히 머리는 거울처럼 맑았고 몸은 가뿐했다. 식은 죽을 데워 천천히 먹고 있는데 거짓말처럼 한 사람의 이름이 떠올랐다.

갑봉이었다.

죽을 먹다 말고 일기장을 뒤지기 시작했다. 오래전의 그 기억이 분명하다면 일기장 어딘가에 갑봉의 전화번호가 있을 터였다. 이마에 진땀이 맺혔다. 갑봉이 나쁜 놈이기는 하지만 아주 악질은 아니었다. 마침내 미향을 두만강에 뿌리던 무렵의 일기에서 갑봉의 전화번호를 발견했다. 즉시 갑봉한테 전화를 걸었다.

"웨이."

갑봉의 목소리였다.

"갑봉아저씨, 나, 충심인데요? 저 기억나세요?"

조심스레 물었다. 이마에서 진땀이 눈으로 굴러들어와 맵고 아팠다.

"아, 그래! 기억남메. 으째 전화쳤음두?"

그동안의 사연을 말하려고 하는데 그만 목이 메었다. 아무리 참으려 해도 끄윽끄윽 목을 타고 올라오는 울음을 어쩌지 못했다.

"이런 썩어질……"

갑봉은 고맙게도 내가 다 울기를 기다려주었다. 울음이 가라앉자

216

나는 저간의 사정을 다 말했다.

"무스그!? 이런 쎄스케! ······ 이름이 무스그? ······ 알았음두. 발목 심줄으 따버려 앉은뱅이르 만들어주겠음두."

갑봉은 분노했다. 나는 남양의 이모 집에서 기다리고 있을 엄마를 걱정했다. 곧 함흥으로 돌아가야 하는데 돈을 사기당해 어쩌느냐며 하소연했다. 갑봉은 당장 돈이 없다며 한숨을 푹푹 내쉬었다. 나는 걱정해줘서 고맙다며 전화를 끊었다. 모르긴 몰라도 갑봉의 성격으로 보아 도문 해관을 들락거리며 사기꾼의 주소를 찾아낼 터였다. 불 맞은 멧돼지처럼 식식거리며 뛰어다닐 그 모습이 눈에 선했다.

전화를 끊고 한 시간쯤 지나 갑봉한테서 전화가 왔다. 한국 국적이 필요한 조선족과 가짜 결혼을 하면 천만원을 준다니까 그거라도 해보라고 다짜고짜 물어왔다. 나는 싫다고 대답했다.

"가짜 결혼인데 무스그함두?"

이어서 결혼하겠다면 지금 당장 사만 위안을 만들어 남양으로 건너가겠다는 말도 덧붙였다. 그 말에 마음이 흔들렸다. 신길동에 사는 누구도 탈북자인데 가짜 결혼으로 돈을 벌고 있다고 했다. 삼개월만 사는 척하면 출입국관리소에서도 더 살피지 않으니 당장 돈이 필요하다면 그 방법도 나쁘지 않다고 말했다.

하루종일 갑봉이 말한 돈의 액수와 가짜 결혼에 대해 생각했다. 가짜든 진짜든 그 상대가 조선족 남자인 것이 무조건 싫었다. 흑룡강성의 촌구석에서 보낸 지옥 같은 나날의 한가운데에 언제나 조선족 남자가 있었다. 그 돈이 무척 탐났지만, 정말이지 세상에는 돈으로 할 수 없는 일이 하나쯤은 있어야 한다는 생각에 목이 메었다. 찔레 화분에 거꾸로 꽂힌 영양제 통은 텅 비어 있었다. 찔레도 나처럼 링거를 맞고 금방 몸을 일으켰으면 좋겠다는 생각이 들었다.

차라리 영국으로 갈까?

요즘 들어 새터민들 중에서 일부는 정착금을 모두 까먹고 브로커한테 돈을 주고 영국으로 가는 게 유행이었다. 영국으로 가서 한국에서 왔다는 것을 숨기고 조사를 받으면 난민으로 인정되어 영국정부로부터 다시 정착금을 받는다며 정림이 함께 가자고 했다. 그런데 제 나라를 두고 또 어디로 간단 말인가? 언제까지 그렇게 살 수는 없는 노릇이었다.

온 하루를 고민한 끝에 갑봉한테 전화해서 가짜 결혼은 도저히 안 되겠다고, 미안하다고 말했다. 갑봉이 "무스그 썩어질"이라고 말하며 전화를 끊었다. 밤이 깊었다. 찔레 화분에 꽂힌 빈 영양제 통을 빼내고 새것으로 바꿔주었다. 그러곤 찔레를 쓰다듬으며 노래를 나직하게 불렀다. 최가 「찔레꽃」이라는 다른 제목의 노래도 있다며 가르쳐준 노래였다.

엄마 일 가는 길에 하얀 찔레꽃, 찔레꽃 하얀 잎은 맛도 좋지, 배고픈 날 하나씩 따먹었다오, 엄마 엄마 부르며 따먹었다오…… 엄마 품이 그리워 눈물 나오면, 마루 끝에 나와 앉아 별만 셉니다.

노래를 불러주자 찔레의 마른 잎에 조금씩 생기가 도는 느낌이 들었다. 함흥에서 음악학교 다닐 때 배웠던, 원나라에 공녀로 끌려간 찔레와 고려에 남은 동생 달래와 병든 아버지의 찔레꽃 전설이 한 편의 영화처럼 눈앞에 펼쳐졌다. 나는 찔레 화분을 끌어안고 잠들었다. 찔레꽃이 무더기로 핀 길 위에서 엄마가 돼지밥을 가득 싣고 달구지를 끌고 오는 꿈을 꾸었다. 달려가 그 품에 안겼지만 엄마는 냉정하게 모른 척했다. 일곱살쯤 되었을까? 어린 나는 엄마를 부르며 뛰어갔지만 아지랑이 속으로 돼지밥 달구지를 끌고 엄마는 사라졌다. 엄마를 찾아 온 함흥을 헤매다가 잠에서 깼다.

푸르스름한 새벽이 멀리 바다에서부터 오고 있었다. 침대 위에 있던 찔레 화분을 베란다에 내어놓았다. 새벽의 신선한 공기와 아침이슬을 먹이기 위해서였다. 새벽은 길지 않았고, 햇살이 찔레 화분에 이슬비처럼 뿌려졌다. 기분이 좀 좋아졌다. 오랜만에 간단하게 밥을 해 먹었다. 설거지를 하는데 전화가 왔다. 갑봉이었다.

"사만 위안이면 된다고 했음두?"

그때부터 갑봉은 중계방송하듯이 '간신히 돈을 마련했다, 반드시 벌어서 갚아라, 안전국 형님 차를 타고 도문으로 간다, 연길 도문 간 고속도로를 탔다, 변경 해관에 도착해서 수속을 밟는다' 등을 전화로 알려왔다.

"지금 다리를 건너감두. 남양에 가자마자 곧추 가진 못할 것임두. 보위부 눈치도 있고, 무역하는 일꾼들한테 장마당 둘러본다고 무스그 좀 멕에야 하니, 알간?"

"예, 조심하세요."

갑봉은 스스로도 수완이 좋은 장사꾼이라고 했다. 청진과 김책으로 다니며 무역을 했다고 하니, 참으로 종잡을 수 없는 사람이었다. 믿을 수도 없지만 믿지 않을 수도 없었다. 어찌되었건 갑봉한테 부탁을 했으니 기다리는 수밖에 달리 방법이 없었다. 기다림은 지루했고 서글펐다. 전화기만 바라보며 애를 태우며 두 시간쯤 간신히 견디고 있는데 마침내 휴대폰이 부르르 몸을 떨었다. 발신자 번호를 쳐다보지도 않고 전화를 받았다.

"충심이네?"

기다리던 갑봉이 아니라 대학원에서 공부를 하는 진숙언니였다.

"예, 언니."

몸에서 힘이 쭉 빠졌다.

"오데 아파? 목소리가 왜 기래?"

나는 아니라고 했다. 진숙언니는 곧 대학마다 특별전형이 시작되는데 준비는 하고 있느냐고 물었다. 얼른 대답을 않자 언제까지 노래방 도우미나 식당 종업원으로 일할 거냐며 꾸짖었다. 이제 스물일곱이니 아직도 충분히 공부할 수 있다며 당장 서류를 꾸미라고 난리였다. 중국어를 아주 잘하니까 중국어학과나 중문학과를 졸업하면 학원강사를 해도 지금보다는 낫지 않겠느냐며 나중에는 애원조로 타이르기까지 했다. 나는 그렇게 하겠다고 대답할 자신이 없었다. 수중에 돈도 한푼 없었고, 게다가 가짜 결혼까지 해야 하는 몸이었다.

"인차 준비하라우. 시간은 항상 니 편이 아이니. 네게 차례질 그 어떤 것보다 대학을 먼저 가라우."

나이 마흔에 아들 하나를 데리고 공부하는 억척어멈 진숙언니의 말은 구구절절 옳았다. 사실은 노래방에 나가지 않기로 작정하면서부터 대학에 입학할 준비를 할 참이었다. 중고로 컴퓨터를 하나 들여놓고 타자와 인터넷을 배우면서 그동안 쓰지 않던 중국어를 슬슬 공부할 요량이었는데 그게 마구 어긋나고 있었다.

갑봉이 남양에 들어간 지 네 시간이 지나서야 전화가 왔다. 엄마의 목소리를 듣는 순간 무언가가 울컥 치밀어올랐지만 꾹 눌러참았다. 목소리를 되도록 쾌활하게 꾸몄다. 엄마는 밥은 잘 먹느냐고 자꾸만 물었다.

'아부바이 묏동 잘 쓰라마. ('그까이 죽은 사람 뫼이 별거네? 산 사람이 무스그 살아야지.') 나 대학 갈까? ('무스그, 대학? 그거 졸업장 있으면 더 잘 삼두?') 잘 몰라. ('높은 공부하고 사람답게 살라마. 그 래도 밥은 굶지 말고.') 인차 함흥으로 감두? ('무스그라 해도 내 집이 젤 좋다마.') 추석때 남양으로 와, 목소리 듣게. ('추석때?') 응. ('그 땐 우리 충심이 얼굴이라도 보면 좋겠구마.') 알았음두. 보여줄게 꼭 오란대두! ('오냐, 내 새끼.')

　전화를 더 길게 할 수 없어 안타까웠다. 전화를 끊고 나니 멍해지며 온몸에 맥이 쭉 빠졌다. 잠시 침대에 기대어 앉아 눈을 감고 몰려오는 허탈감을 이기려 애썼다. 밥을 굶지 말라는 엄마의 말이 귓가에 맴돌 았다. 끄응, 몸에 힘을 주었다. 벌떡 일어나 냉장고를 뒤졌다. 한 달 전쯤 친구들과 함께 구워먹고 남은 삼겹살을 찾아 굽다가 신김치를 보시기째 엎어넣고 밥을 비볐다. 방바닥에 신문지를 깔고 그 위에 프 라이팬을 놓았다. 다리 사이에 프라이팬을 끼고 앉아 수저 가득 밥을 떠서 먹었다. 엄마의 말대로 절대로 밥을 굶지 않겠다고 다짐했다. 밥 을 먹다 말고 진숙언니한테 전화를 걸어 내일 당장 만나자고 약속을 정했다. 수저 가득 비빔밥을 떠서 입 안으로 밀어넣으며 찔레꽃을 보 았다. 찔레 잎사귀가 바람에 살랑거리고 있었다.

키치에 맞서는 비정성시(非情城市)

정은경

『친구는 멀리 갔어도』에서 출발하여 정도상의 소설은 이제껏 대체로 분단과 정치파행으로 야기된 이 땅의 사회·정치적 문제를 다루어 왔다. 이번에 묶인 중단편 일곱 편도 탈북자 이야기를 다룬 연작소설이라는 점에서는 과거 작품들의 연장선상에 있다고 할 수 있으나, 이번 작품들에서 보이는 탈북자의 형상화는 과거와는 조금 다른 영역에서 이뤄지고 있다는 점을 간과할 수 없다. 과거 소설들의 '현실적 쟁투'가 정치사상범과 용공조작사건, 투사, 혁명가, 장기수 등을 매개로 이데올로기적 자장 속에서 구성되었다면, 이번 연작은 이념 대립이나 파행적 정치권력을 직접적으로 겨냥하고 있지 않다는 것이다. 이는 최근 정도상이 『실상사』 연작과 소설집 『모란시장 여자』에서 보여준 실존적 고투의 흔적, 즉 일종의 변곡점의 반영으로 볼 수도 있겠지만 좀더 근본적으로는 달라진 현실지형, 즉 탈이데올기적으로 급변하는 오늘날의 국가제도 장치와 일상의 구획들과 밀접한 관련이 있다. 오늘날의 현실이 탈이념으로 급변하고 있다고는 하지만, 그것이 곧장 '탈정치'를 의미하지는 않는다. 최근 쇠고기 수입과 관련한 치열한 논란과 대중운동을 통해 알 수 있듯 현실정치를 둘러싼 대중의 움직임은 '실종'된 것이 아니라 과거와는 다른 방향에서 '폭발적으로' 진행되고 있다. 좌우익 대립, 군사독재와 민주주의의 대립이라는 명명백백한 이분법적 구분이 아니라, 구체적이고 일상적인 개별문제를 둘러싼 새로운 정치현상의 출현은 한국사회가 어느새 이제까지 경험해보지 못한, 또한 예측하지 못한 새로운 영토로 진입했음을 천명하게 된 '사건'인바, 아감벤(G. Agamben)이 소위 '생명정치'라 했던 근대(성) 특수성의 직접적인 현현을 의미한다.

아감벤에 따르면 근대 주권권력의 핵심인 '생명정치'란 별개였던 생명과 정치를 결합하는 과정, 즉 '조에(zōē)'라고 불리는 '자연생명' 혹은 '벌거벗은 생명'(nuda vita)을 정치영역에 포섭하는 것을 의미한다.[1] '조에'(그리스어로 '살아 있음'이라는 단순한 사실)가 그대로 '비오스'(bíos, 가치있는 삶)가 되던 과거와 달리, 생명 그 자체를 정치적으로 문제삼는 근대 생명정치란 '시민' 혹은 '국민'이라는 명분 아래 인간의 인간다움을 결정함으로써 수많은 '호모 사케르'(homo sacer, 신성한 생명)를 양산한다. '살해될 수는 있으나 희생물이 될 수는 없음'을 뜻하는 호모 사케르는 주권권력에 의해 법질서 바깥으로 배제됨으로써 정치적으로 내부에 포섭된, 즉 '합법적으로' 내버려진 생명들이다. 이 호모 사케르의 대표적인 예를 아감벤은 유대인, 수용소, 안락사를 통해 보

1) 조르조 아감벤 지음, 박진우 옮김, 『호모 사케르』(새물결 2008).

여주고 있으나, 우리는 비단 이러한 극단적인 형태뿐 아니라 일상에서 수많은 헐벗은 생명——가령 불법노동자, 불법월경자, 비정규직 노동자, 장애인, 성적 소수자——을 마주한다. 또한 국민보건법과 무역협상 등에서 매번 수위 조절되는 숱한 실정법을 통해 주권권력이 금 밖으로 내동댕이치거나 위계화하는 생명정치의 치열한 현장을 목도하고 있다. 미시적으로 분할된 숱한 정치적 아젠다와 이슈 들로 요동치는 근대 생명정치의 모험의 와중에 이러한 생명정치의 근간이 가장 첨예하게 드러난 형상은 바로 난민 혹은 이주노동자, 탈북자로 대변되는 국외자들이다. 국적, 주민등록증, 건강보험 등으로 대변되는 '증'없는(without paper) 이들 난민이야말로 '근대 국민-국가 질서의 불안정성은 물론 근대주권의 근원적인 허구성을 백일하에 드러내는 진정한 권리인'으로, "늘 실상을 가려버리는 시민이라는 가면을 벗어 던진 권리의 최초의 또 유일한 실제 출현"을[2] 의미한다. 그중에서도 탈북자라는 존재는 국내에 증가하고 있는 이주노동자와는 또다른 의미를 띤다. '탈북자'라는 호모 사케르는 과거 이념대립의 역사적 상흔과 그 현재적 영향, 그리고 여전히 지속되고 있는 분단상황이라는 복잡한 지형으로 인해, 이 땅의 주권권력의 숨겨진 실상을 가장 적나라하게, 가장 '곤란한' 방식으로 드러내기 때문이다. 정도상이 이번 연작에서 탈북자 문제를 과거 소설보다는 덜 이데올로기적인 방식으로, 좀더 일상적인 차원에서 다루고 있음에도 불구하고, 여전히 그것이 정치적인 이유는 바로 여기에 있다. 줄곧 "정치란 달리 말해서 인민의 생명에 일정한 형식을 부여하는 것이다"[3]라는 테제를 놓지 않

2) 같은 책 256면.
3) 같은 책 277면.

았던 치열한 문예전사 정도상, 그가 이번에는 영토 바깥도 내부도 아닌 한계영역에 선 탈북자들을 통해 전지구적 현실지형과 우리의 '생명의 형식'을 탐색하고 있는 것이다.

탈북의 궤적

『찔레꽃』 연작의 주인공은 '충심'이다. 수록된 일곱 편의 소설은 조금씩 각도를 달리하여 충심이 고향인 함흥을 떠나 남양으로, 중국 헤이룽쟝성(黑龍江省) 농촌으로, 션양(瀋陽)으로, 그리고 남한으로 이동하는 삶의 궤적을 좇고 있다. 충심에서 메이나(美娜)로, 또다시 은미로 이름이 바뀌는 데에서 알 수 있듯, 충심의 탈북행로는 단순한 탈향(脫鄕)에 머물지 않는다. 충심의 궤적은 그녀가 예속될 수밖에 없는 구체적 영토의 언어와 관습, 국가권력의 '완강한' 사실성, 그리고 근대 국민국가가 '자연생명'을 개조하고 배제하며 포섭하는 방식을 보여준다. 물론 이 충심이라는 한 개인은 탈북자의 한 전형으로서, 또한 수많은 난민과 유민, 그리고 국경을 넘는 이주노동자들의 그것으로서 제시된다. 그렇다면 이 탈북의 행로에 의해 충심이라는 '한갓 생명'은 어떻게 개조되고 변질되는가? 각 영토에서 '시민'이라는 부르는, 혹은 전세계가 공유하는 '인권'이라는 구호 속에 충심은 어떠한 '근대적 시민'으로 호명되는가? 충심의 월경이 각 영토에서 실현되는 '인간다움'의 다양한 차이를 육화하고, 추상적 인간(또는 하이데거적 의미에서의 존재)과 구체적 인간(현존재)의 간극을 체현한다는 점에서 호모 사케르로서 그녀의 모험은 근대 인간학과 실존양식에 대한 탐험으로 확장된다.

충심의 실존적 궤적은 함흥에서 출발한다.「함흥·2001·안개」에서 충심은 첫사랑에 가슴 설레고 친구들과의 수다에 몰두하는 평범한 처녀(여고생)로 등장한다. 음악학교를 졸업하고 선전대나 기동대에 들어가게 될 명확한 미래를 의심치 않는 그녀에게 고민이란 '우등생인 충성오빠 대신 택한 재춘오빠와의 사랑을 어떻게 지켜나갈 것인가' 혹은 '7년의 군복무를 위해 떠나는 그와의 이별여행을 어떻게 할 것인가' 등이다. 이 작품에서 충심의 삶은 비록 궁핍할망정 남한 혹은 다른 국가영토의 청춘들과 크게 다르지 않은 '온전성'을 지닌 것으로 제시된다. 충심은 여름방학을 맞아 중국 물건을 사다팔기 위해 재춘오빠와 함께 남양의 이모에게 간다. 그리고 그곳에서 이종사촌 미향과 함께 국경 너머 투먼(圖們)으로 건너가게 되는데, 바로 이 지점에서부터 충심의 '생명'은 곧장 근대 생명정치의 한계영역으로 밀려나게 된다. 충심의 투먼행은 매우 우발적이었다. 열악한 기차, 함흥 가족의 궁핍과 지독한 허기 등으로 상징되는 국가경제의 파탄은 줄곧 충심의 곤경으로 드러나긴 하지만, 월경을 감행할 만큼 돈에 대한 충심의 열망이 그렇게 절실하지는 않았다. 충심의 투먼행은 국경 근처에서 여자를 꾀어 중국 농촌에 팔아버리는 인신매매단의 소행이라는 점에서 능동적인 '탈북'이 아니며, 그후의 행적 또한 '주체적 결단'과는 무관하게 진행된다.

조선족 아낙네에게 속아서 두만강을 건너게 된 충심과 미향은 인신매매범인 갑봉과 춘구에게 넘겨진다. 각각 해림의 신흥촌과 광명촌에 팔려간 미향과 충심은 헤이룽쟝성의 초라한 농촌에서 일년을 지낸다. 그사이 늙은 시아버지와 젊은 남편에게 성적으로 유린당한 미향은 두부자의 피비린내나는 죽음을 목격하고 급기야 미쳐버리고, 충심은 약담배에 취해 사는 영출의 오해와 질투에 쫓겨 그곳을 탈출한다.

만삭의 미향이 죽어버리자 홀로 남은 충심은 션양으로 건너가 안마사로 일하게 된다. 메이나라는 이름으로 조선족 행세를 하며 이년 동안 열심히 일해 귀향을 꿈꾸던 충심은, 그러나 조선족인 김화동과 최옥화에게 빌려준 돈 때문에 또다시 추방된다. 결국 한국행을 결심한 충심은 선교단에게 거액의 비용을 약속하고 목숨 건 월경을 감행, 옌지(延吉)에서 뻬이징으로, 우루무치로, 그리고 몽골 국경을 넘는 험난한 여정에 오르는데, 션양에서의 생활과 월경 과정은 「소소, 눈사람 되다」와 「얼룩말」에서 실감나게 그려진다. 오랜 여정 끝에 드디어 한국에 당도한 충심, 그러나 그곳에서도 충심은 삶의 온전성을 회복하지 못한다. 통일부 하나원의 교육을 마치고 안산에 정착하지만 박선교사 일당에게 정착금과 생계비를 모두 빼앗길 수밖에 없는 충심은 또다시 노래방 도우미로, 웃음과 몸을 파는 매춘부로 전락하고 만다.

조에와 비오스의 비식별역, 그곳에서 '인간'이란 무엇인가

함흥, 남양, 해림, 션양, 옌지, 한국으로 이어지는 충심의 이동경로는 충심이라는 인물의 주체적 의지와 전혀 무관하게 이뤄진 것이나 전적으로 우연은 아니다. 탈북의 한 전형에 해당하는 이 궤적은 당대 동북아시아 난민들이 처한 필연적인 디아스포라적 곤경의 연쇄고리를 보여준다. 가령, 충심이 국경도시 남양에서 두만강을 넘어 투먼으로 향하고 조선족 농촌에 이르게 된 것은, 중국 조선족 여자들의 한국행 때문이다. 조선족 여자들의 한국행이 조선족 농촌 공동화와 인신매매를 불러오고, 팔려온 북조선 여자들은 비법(非法) 월경자가 되어 다시 심양과 연길로, 그리고 다시 한국으로 흘러든다. 중국과 북한의 국가경제 파탄과 맞물려 진행되는 이 디아스포라의 흐름은 전지구적 경계선들을 흐트러뜨리며 거대한 물결처럼 도도한 난민의 행렬을 형성하고 있다.

그렇다면, '최소한의 인간다움'을 위해 국경을 넘어선 이들의 '인간다움'이란 새로운 영토에서 어떻게 구성되는가? 앞서 살펴보았듯, 함경에서 충심의 삶은 비록 궁핍하긴 하나 '조에'(자연상태)의 그것은 아니었다. 그곳에는 가족과 연인, 학생이라는 신분, 선전기동대라는 장래직업, 그리고 무엇보다 예측 가능한 미래가 있었다. 모범생인 충성오빠와 불량한 재춘오빠 사이에서 빚어진 충심의 갈등이 이 작품의 중요한 서사축이 되는 것만 보더라도 그곳에서는 '비오스'를 위한 최소한의 조건, 즉 '시민'의 자격이 가능했다. "충성오빠의 사랑을 받을 때는 황홀했다. 그런데 재춘오빠를 사랑하게 되자 황홀함보다는 간절함이 깊었다. (…) 그제야 비로소 충심은 사랑을 받을 때와 할 때의 차이가 무엇인지를 깨달았다"(42면)라는 대목에서 충심이 가르는 미묘한 사랑의 감정은 '비오스' 단계를 추측케 하는 척도라고 할 수 있다.

그러나 두만강을 건너는 순간 충심은 '벌거벗은 생명'으로 변형된다. 인신매매단의 분류법에 의해 7만 위안의 '새가이'로 계산되는 충심은 사랑의 미묘한 감정을 헤아릴 줄 아는 '인간'에서 곧바로 '몸뚱아리'로 전락한다. 부자(父子)로부터 성행위를 강요당하는 미향 또한, 인간의 위엄은커녕 일체의 인간적 행위(일체의 정치·경제·사회·문화적 행위)를 박탈당한 채 성적 대상이 되고 만다. 미향의 광기는

"굴욕감, 두려움 및 공포로 인해 모든 의식과 모든 인격이 완전히 제거된" 나치 수용소 희생자들의 무기력과도 동일한 것으로, 그녀의 죽음은 이미 일체의 인격상실과 더불어 예견된 것이라 할 수 있다. 한편 주체의 의지가 완전히 봉쇄된 상황에서도 최소한의 '인간의 위신'을 지켜나가려는 충심은 영출과의 성관계를 지연시키지만, 춘구와의 관계를 오해받아 공안에게 쫓기게 된다. 어떠한 범죄적 행위도 없이 인신매매단에 의해 범죄자로 추락한 충심은 거대한 중국 땅 그 어디를 가더라도 자신이 '부당한 존재'임을 깨닫게 된다. 션양으로 삶의 터전을 옮긴 충심은 안마사로 번 돈을 조선족인 김화동과 최옥화에게 빌려준다. 그러나 충심이 그들에게 빚청산을 요구하자 김화동은 공안을 불러 오히려 그녀를 션양에서 쫓아버리고 만다. 비법월경자라는 근본적인 존재부정은 충심에게 교우관계는 물론 대부관계조차 허락하지 않음으로써 그녀를 '인간' 이전으로 돌려놓고 만다. 션양에서 '인간'을 회복하기 위해서는 합법적인 '시민'이 되지 않으면 안된다는 사실을 뼈저리게 깨달은 충심의 고뇌는 조에/비오스의 경계 넘기에 집중된다.

사람답게, 나이에 어울리게 살고 싶었다. 좋은 남자를 만나 사랑을 하고, 가족들과 함께 즐겁게 저녁을 먹고, 예쁜 옷을 입고, 곱게 화장하고, 동무들과 밤마실을 다니며 수다 떨고 남의 흉도 보면서, 어린시절 꿈꾸던 것들을 위해 열심히 살며, 무엇보다도 신분증 없이 떠돌지 않으며, 아무리 늦어도 돌아갈 집이 있는 삶을 충심은 간절히 소망했다. 그러나 충심의 그 작은 소망은 모조리 금기에 속했다. (「소소, 눈사람이 되다」, 157면)

필요한 것은 사랑이 아니라 신분증이었다. 중국 공안에 끌려가지 않을 신분증만 있다면 평생 사랑 없이 살아도 좋았다. 신분증만 있다면 굳이 한국에 갈 필요가 없었다. 그러나 한국에 가야만 합법적으로 신분증을 가질 수 있다는 것을 불행히도 아주 늦게야 알았다.
(「소소, 눈사람이 되다」, 154면)

더 나은 삶이 아니라, 삶 자체를 위해서 인간임을 증명하는 신분증을 획득해야 한다는 것, 이 절대적인 명제 앞에서 사랑은 한낱 사치스러운 놀이로 변질되고, 월경은 선택이 아닌 당위가 된다. 그러나 몽골 초원을 가로지르는 일은 단순히 야생의 자연을 극복하는 일이 아니다. 그것은 허기와 추위와 싸우는 동시에 일체의 법질서를 넘어서는 것, 즉 피시스(phŷsis, 자연)와 노모스(nômos, 법·관습)가 맞세운 이중의 죽음의 경계선을 넘어서는 일이다.

우루무치를 지나 국경으로 접근해서 안내원이 일러준 길을 따라 큰 산을 넘으면 몽골이야. 그 산을 넘는 것도 얼마나 힘들었는지 몰라. 산을 넘자마자 끝없는 초원이 펼쳐지는데, 그 지옥을 건너면 고비사막이라는 모래지옥이 또 앞을 가로막는 거야. (…) 초원에서 두 사람이나 얼어죽었어. 나중엔 배가 고파서 양을 한 마리 잡아먹었어. 양떼의 주인이 말을 타고 나타나 채찍을 휘두르는데, 살이 쩍쩍 갈라지더라니까. 지금 생각해보면 어떻게 초원을 헤쳐나왔는지 모르겠어. 꿈만 같아. 절도죄로 몽골의 경찰한테 데려다주면 좋겠는데 실컷 때리고는 그냥 가버렸어. 열흘 넘게 헤맸는데, 밤이 되면 너무 추워서 잘 수가 없어 마냥 걸었어. (…) 울란바토르에 도착하자마자 곧장 한국대사관으로 쳐들어갔어. 그렇게 겨우겨우 한국에 도착했더니 정착금에서 이만 위안을 또 뜯어가는 거야. 나쁜 새끼들. 충심아, 연분이모라는 사람 몽골로 절대로 보내면 안돼. 나는 발가락을 두 개나 잘랐어.(「소소, 눈사람이 되다」, 155~56면)

이 인용에서 탈북자의 신체는, 절도죄도 허용하지 않는 '한갓 생명'에 불과하다. 일체의 법이 적용되지 않는 신체란, 보호와 권리의 바깥에 있는 예외적인 생명, 즉 언제든 살해될 수 있는 생명을 의미한다. 피시스와 노모스의 비식별역(非識別域)의 한계영역을 가장 극명하게 보여주는 이 국경 넘기는 「얼룩말」에서 영수의 환상에 의해 비극적으로 형상화된다.

여덟살 난 소년 영수는 「동물의 왕국」의 얼룩말을 무척 좋아한다. 몽골 초원에서 엄마를 잃고 충심 일행과 월경길에 오른 영수는 이 험난한 여정을 얼룩말들의 '마라강 건너기'라고 생각한다. 영수의 환상을 통해, 몽골 초원은 마라강으로, 국경 너머는 쎄렝게티로, 탈북자들은 얼룩말로, 배고픔과 추위, 철조망과 몽골 군인은 사자와 하이에나, 악어로 변형된다. 초원을 건너면 엄마를 만날 수 있을 것이라고 믿는 영수의 환상은 이 고난의 행군을 소망스런 '엄마 찾아 삼만리'로 환치한다. 그러나 별들이 쏟아지고 얼룩말과 사자 들이 사투를 벌이는 이 동물의 세계는 어느새 끔찍한 현실로 바뀌어버린다. 영화 「인생은 아름다워」를 연상시키는 이 환상적 기법은 폭압적인 상황을 유머러스한 동화로 환치하지만 오히려 이를 통해 비극성은 한층 더 증폭된다. 특히 영수가 일행에서 떨어져나와 초원에서 홀로 죽어가는 장면은 동화 밑바닥에 깔린 잔인한 현실을 환기시킴으로써 강렬한 비극적 파토스를 불러일으킨다.

별들이 검고 푸른 하늘에 총총히 박혀 있었다. 별과 별을 이어보니 엄마 얼굴이 그려졌다.

"엄마!"

영수는 환하게 웃으며 엄마를 불렀다. 바람이 엄마 대신 '옹냐, 내 새끼'라고 대답해주었다. 엄마 품속으로 파고들었다. 영수는 몸을 웅크렸다. 갑자기 모든 것이 편안해졌고 졸음이 몰려들었다. 눈을 감았다.

문득, 마라강이 나타났다.

(…)

영수도 새끼 얼룩말이 되어 마라강을 헤엄치기 시작했다. 악어들이 강력한 힘과 쏜살같은 속도로 공격했지만 영수는 뒷다리를 세차게 차올리며 물살을 헤치며 앞으로 나갔다. 숨이 턱밑까지 차올랐다. 영수는 포기하지 않았다. 마침내 마라강을 건너 강기슭에 앞다리를 올려놓았다. 그때, 뒷다리에 송곳니가 박히는 느낌이 들었다. 악어가 물었나? 몸부림을 쳐봤지만, 악어는 새끼 얼룩말을 물고 물속으로 가라앉았다. 컥컥 숨이 막혔다.

그러다 어느 순간, 평온이 찾아들었다. 눈을 감으니 배도 고프지 않았고, 춥지도 않았다. 악어들이 얼룩말의 몸에 이빨을 박고 세차게 몸을 돌렸다. 얼룩말의 다리가 떨어져나갔다. 악어는 그것을 한 입에 꿀꺽 삼켰다. 영수의 몸이 꿈틀꿈틀 진저리를 쳤다. 반달이 검은 구름 속으로 숨어들었고, 작은 별 하나가 꼬리를 달고 서쪽으로 길게 떨어졌다. 초원의 거친 바람이 영수의 몸을 흔들고 지나갔다. 움직이는 것은 바람에 흔들리는 머리카락뿐이었다. '엄마!'라는 소리를 닮은 바람이 초원을 가로질러갔다. 엄마, 엄마! (「얼룩말」, 195~96면)

약육강식이 지배하는 동물세계와 노모스의 대지 위에서 벌어지는 저러한 폭력세계가 하등 다를 바 없다는 충격적인 사실은 탈북자가 놓여 있는 예외적 실상을 그대로 드러내준다. 영수를 데려가려는 충심과 대립각을 세우는 만복삼촌과 순덕이모, 그리고 그들에게 거액의 비용과 비디오카메라 촬영을 요구하는 박선교사 일당, 초원에서 뒤처진 영수를 미처 챙기지 못하고 그대로 나아가는 탈북자 일행 등은 '만인이 만인에게 늑대가 되는' 자연상태를 그대로 재현하는 듯하다. 그러나 그것은 말 그대로, 인간의 본성에 내재한 자연상태를 의미하지 않는다. 이 약육강식의 폭력성은 그보다 더 강력한 폭력에 의해 야기된 것이라는 점, 즉 주권권력의 추방령에 의해 산출된 폭력임을 이 작품은 고발하고 있다. 법이 폭력이 되고 문화가 자연이 되어버리는 초원이란 바로 조에와 비오스가 구별되지 않는 비식별역의 극한, 즉 주권적 폭력의 실체를 그대로 보여준다. "추방자의 삶은 법과 도시와는 무관한 야생적 본성의 일부"가 아니라, 오히려 "짐승과 인간, 퓌시스와 노모스, 배제와 포함 사이의 비식별역이자 이행의 경계선"이라고 했던 아감벤의 진술이 그대로 실현되는 그곳이 바로 월경의 현장이다.

정글과 키치

짐승과 인간, 두 세계 어디에도 속하지 않으면서도 두 세계 모두에 거주하는 호모 사케르의 예외상태는 국경선에만 있는 것이 아니라 주권권력이 작동하는 깊숙한 영토 내부에도 존재한다. 탈북자들을 끊임없이 위협하는 공안, 또 이를 이용해서 이익을 챙기는 악한들의 폭력이 이에 대한 명백한 사례가 될 수 있을 것이다.

인신매매와 얼음(필로폰)장사, 밀매로 먹고 살아가는 갑봉과 춘구는 예외가 규칙이 되어버린 유사 자연상태——정치적 탈영토화 및 공간질서 교란의 영구적인 구조——를 보여준다. 춘구와 갑봉은 비법월경자들을 이용해서 자신의 잇속을 챙긴다는 점에서 박선교사 일행과 같은 파렴치한에 속한다. 이들이 선교사 일행과 다른 법이 있다면 인권이니 인류애 같은 기만적인 명분을 내세우지 않는다는 것. 하여 더욱 노골적이며 직접적으로 드러나는 이들 폭력세계는 또다른 '동물의 왕국'을 구성한다.

조선족인 갑봉과 춘구는 동북아시아 월경의 루트에 새겨진 먹이사슬의 중간자로서 자신의 역할에 충실하다. 국경을 넘어온 북조선 여자들을 넘겨받아 가격을 매기고 파는 이들에게는 최소한의 인간적인 가치도 위엄도 없는 듯하다. 먹이다툼에서 이기기 위해 필요한 것은 일체의 인간적인 감정과 결별하는 것, 즉 냉혹한 정글의 규칙을 따르는 것뿐이다.

춘구는 마침내 맥주병을 손에 들고 일어섰다. 어떤 망설임도 없이 연길 놈들한테 흑룡강성 사람의 깡다구를 보여줘야 한다고 춘구는 생각했다. 사나이답게 해치워야 했다. 상대방은 모두 셋이었다. (…) 순간, 춘구는 맥주병을 쳐들어 주저없이 머리통을 내리찍었다. 펑, 하는 소리와 함께 맥주병이 춘구의 머리통 위에서 깨졌다. 허연 거품이 춘구의 머리카락을 적시며 흘러내렸다. 춘구는 씨익, 웃었다. 그 바람에 젊은 깍두기가 놀라 의자에 처박혔다. 춘구는 조용히 티셔츠를 걷어올렸다.

"니가 봉추이냐?"

춘구는 깨진 맥주병을 자신의 배에다 그었다. 맥주병이 지나간 자국마다 선혈이 투둑투둑 터지며 흘렀다. (「늪지」, 87~88면)

정글의 법칙이란 저렇듯 타인은 물론 자신에게도 일체의 감정이나 연민을 허용하지 않는 것, 목표를 위해서라면 불법이든 합법이든 상관없이 물불 가리지 않고 달려드는 것을 의미한다. 따라서 이들 수컷의 비정한 세계에는 사랑이나 인간적 가치란 존재하지 않는다. 춘구가 충심에게 잠시 마음이 흔들리지만 끝내 이를 외면하고 마는 것도 당연한 귀결이라 할 수 있다. 하여 야비함과 폭력성으로 점철된 이들 '늑대인간'에게 남은 유일한 인간적 품위란, 떵 샤오핑이 피었다는 담배 '웅묘'를 고집하는 키치적 몸짓에 불과하다.

이쯤에서 예외상태의 비정성시를 에워싸고 있는 키치적 장식물을 살펴보자. 키치(Kitsch)란 "고급예술을 위장하는 통속예술" "자못 진지한 예술임을 가장하는 거짓되고 감상적인 예술"[4]을 뜻한다. 그러나 키치는 단지 문화예술뿐 아니라 우리의 일상에 미만한 지배적 코드이다. 가령, 갑봉 일당이 "국경법규를 준수하면 영광스럽다. 밀매, 독품 판매 행위를 견결히 타격하자"라는 구호판을 보고 "썩어질, 이거

---

4) 조중걸 『키치, 우리들의 행복한 세계』, 프로네시스 2007.

이 무스그 왕청갔다온 말임메? 밀매나 독품 판매 행위를 견결히 해야 뽀다구나게 살지"라며 비웃을 때, 국가제도의 견결한 법질서와 공권력은 그야말로 한낱 허울에 불과한 키치로 드러난다. 또한 인권과 박애를 내세운 선교단이 영수에게 더러운 옷을 입히고 "조선으로 가고 싶지 않아요. 김정일은 나쁜 사람이에요. 예수님의 도움을 받아 한국으로 가고 싶어요"라는 거짓 간증을 강요하고 이를 카메라에 담을 때, 선교단을 비롯한 인권단체의 자선과 구호 들은 허위의식과 기만으로 곧장 전락하고 마는 것이다. 물론 모든 인권단체의 난민지원이 '양의 가죽을 쓴 늑대'의 기만적 행동이라는 것은 아니다. 그러나 인권을 앞세운 난민 구호정책이 어떠한 진정성을 담지하고 있더라도 그것이 키치로 떨어질 수밖에 없는 현실에 대해 한나 아렌트는 일찍이 다음과 같이 언급한 바 있다.

　　국민국가라는 체계 속에서 이른바 신성불가침의 인권이라는 것은 특정 국가의 시민들에게 귀속된 권리로서의 형태를 취하지 못하는 즉시 전혀 보호받지 못하여 또 아무런 현실성도 없다.[5]

각종 국제기구들이 인권의 개념을 정치중립성에 가두고자 할 때, 역설적으로 이들은 난민들을 추방한 바로 그 주권적 폭력과 한편임을 경고하는 이 언급은, 탈북자는 물론 이주노동자들을 향한 중립적 지원의 허구성을 폭로하고 있다. 하물며 이들 추상적 구호와도 결별하고 현실적 이익을 위해 난민을 이용하는 박선교사 일당의 '박애주의'

---

5) 아감벤, 앞의 책 248면.

란 거의 만행이라 해도 과언이 아닐 것이다. 봉춘 일당이 옌지 시내에서 조선족에게 더러운 옷을 입히고 탈북자로 위장, 한국 관광객에게 동냥질을 시키는 것 또한 박선교사의 그것과 다를 바 없다.

박선교사와 봉춘이 박애와 동정심을 내세워 길거리에서 위선적 퍼포먼스를 벌이는 동안 갑봉과 춘구는 탈북자들을 포획하고 조선족 농촌에 생매장한다. 그렇다면 이 총체적인 키치와 폭력의 세계에서 공권력이란 무엇인가? 자국민에게만 인간다운 권리를 보장하는 주권권력은 국경선에서는 난민들에게 총구를 들이대고 안으로 숨어든 '벌거벗은 생명'을 색출하여 철사로 코를 꿰어 감옥에 가두는 데(물론 이 사진은 갑봉의 조작으로 드러난다) 여념이 없다. 인신매매·약장사·밀매·폭력이 범람하는 이 비정성시에 어떠한 위용도 보여주지 못하는 국가권력과 법질서란 한낱 가짜 권위와 진지함으로 치장한 키치에 불과한 것이다. 북한 사회주의체제 또한 인민들에게 "우리식 사회주의를 지킨다는 자부심"과 "자기 운명의 주인은 자기"임을 각인시키지만, 죽조차 마음껏 먹지 못하는 궁핍과, 열차가 언제 도착할지 기관사조차 짐작하지 못하는 산업인프라의 총체적 파탄 속에서 혁명이념이란 한낱 허위의식에 불과하다.

주권권력의 폭력성과 허구성은 남한에도 존재한다. 신분증 획득이 유일한 인간 증명이라고 믿고 국경을 넘은 충심은 "모든 고통이여 안녕"이라고 되뇌며 새로운 삶을 꿈꾼다. 그러나 그녀는 곧 '한국적'만으로는 온전한 시민이 될 수 없음을 깨닫게 된다. "같은 민족이었지만 외국인노동자보다도 차별이 더 심한"(「찔레꽃」, 202면) 남한의 현실에서 그녀가 목숨 걸고 얻은 신분증이란 휴지조각에 불과하다. 그나마 용도가 있다면, 조선족과 위장결혼으로 돈을 받을 수 있는, 일종의 수표

같은 것. 탈북자라면 고개를 젓는 현실에서 충심은 또다시 노래방 도우미로, 매춘부로 전전함으로써 또다른 추방령으로 내몰린다.

결국 자기 운명의 주인은커녕 자신의 육체조차 마음대로 못하는 소외의 상황에서 충심이 택할 수 있는 유일한 인간적인 위신이란, '최'의 사랑을 거절하는 것. 뭇남자에게 몸을 팔면서도 '최'에게만은 몸과 마음을 허락하지 않는 이 아이러니야말로 전지구적으로 확산되고 있는 예외상태를 역설적으로 보여준다. 내부에 범람하는 자본의 폭력과 인권 유린은 방치한 채, 외부의 비법월경자에게만 폭력을 행사하는 법질서, 보호와 권익에 있어서는 진지함과 실제적 의미를 잃고 금기와 처벌에만 효력을 발휘하는 이 키치적 주권권력은 내부의 정글과 결합함으로써 법과 폭력의 구분이 불가능한 총체적 예외상태를 창출한다.

그러나 『찔레꽃』 연작이 완전한 절망과 허무로 치닫는 것은 아니다. 이 연작이 담고 있는 탈북자의 절망적 현실에는 법적 폭력의 해소, 즉 '벌거벗은 생명인 비법월경이 그 자체로 죄를 구성하는 법적 폭력을 해소하는 것'(발터 벤야민 「폭력 비판론」)이라는 근원적 지평이 내재되어 있다. 그리고 이 궁극적인 목표를 위해 작가가 희망을 거는 '사실성'은, 키치로 전락한 노모스(법, 관습)가 아니라 비정성시 내부의 폭력성의 구성하는 '인간들'에게 있다고 할 수 있다. 충심을 팔아넘긴 갑봉이 뒷날 충심의 돈을 가로챈 사기꾼들을 추적할 때, 냉혹한 춘구가 팔아넘긴 충심과 미향을 도와줄 때, 이들 인간의 비정은 온정과 사랑으로 바뀐다. 이러한 인물들의 입체적 면모는 작가가 등단 초기부터 줄곧 지녀온 인간에 대한 믿음에서 비롯된 것으로, 작가는 이 연작에서도 때로 비인(非人)으로 변질될 수 있더라도 또다시 인간다움을 회복할 수 있다는 것, 즉 사람만이 희망이라는 믿음을 놓지 않고 있다.

『찔레꽃』 연작은 국경 안팎으로 미만한 폭력과 비정함을 그리고 있으나, 한편 강팍함 속에 흐르는 인물들의 섬세한 정서와 인간적인 흔들림을 담아내고 있다. 그것이 비록 비굴과 절망, 두려움일지라도 그것만이 키치적인 세계에 맞서는 '진정성'의 원천임을 잊지 않는 작가의 시선은 다음과 같은 서정적인 소묘에 가닿는다.

눈은 여전히 펑펑 쏟아져내리고 있었다. (…) 신기료장수 정씨가 궤짝에다 구두굽, 구두약, 구둣솔 등을 챙겨넣고 있었다. 멀리서 보니 마치 눈사람이 움직이는 것 같았다. 그 옆 손수레 위의 과일도 눈에 파묻혀 있었다. 신기료장수 정씨는 눈을 뭉쳐 통통한 눈사람을 만든 뒤 그 머리 위에 망가진 구둣솔을 거꾸로 올려놓았다. 구둣솔은 눈사람을 까까머리 인형처럼 보이게 했다. 정씨는 구두약으로 눈과 코와 입을 그려놓은 뒤 궤짝을 메고 총총히 떠났다. 정씨의 눈사람을 보니 괜히 마음이 포근해졌다. 충심은 눈사람을 향해 손을 흔들었다. 눈사람은 눈을 맞으며 그 자리에 마냥 서 있었다.

충심은 한성안마에서 나와 눈사람에게로 갔다. 맨손으로 눈을 길게 뭉쳐 눈사람의 다리를 만들었다. 이어서 발도 만들어 다리에 붙인 뒤 그 위에 눈사람을 두 팔로 껴안아 올려놓았다. 아주 짧은 다리지만 보기가 참 좋았다. 다리를 만들어줬으니 녹아 사라지지 말고 어디로든 갔으면 싶었다. 더구나 그곳이 진정 원하는 곳이기를 짧게 기도했다. 충심은 시린 손을 입김으로 녹이며 눈사람에게 짧게 입을 맞추곤 돌아섰다. (「소소, 눈사람 되다」, 140면)

녹아 사라지더라도 팔과 다리로 어디든 갔으면 하는 충심의 소망
은, '합법적으로' 내버려진 탈북자들의 현재적 삶이 치욕 그 이상이
아니더라도 언제든 다시 조화로운 삶을 회복할 수 있기를 염원하는
작가의 소망이라 할 수 있다. 탈북자를 향한 작가의 문장은 그들에게
팔과 다리를 붙여줌으로써 온전한 '사람'으로 호명하는 작업이며, '사
실성' 속에 소진되지 않는 잠재성의 유적인 실존양식을 사유하는, 간
절한 기도라고 할 수 있다.

鄭恩鏡 | 문학평론가

　고비사막에 간 적이 있었다.

　그곳에서 흉노의 암각화를 보았다. 오천년 전, 흉노의 그림장이 하나가 바위에 사슴과 낙타와 늑대와 수레를 새겨넣는 장면을 오래도록 상상했었다. 암각화는 유목민인 흉노의 열망을 잘 표현하고 있었다. 고비사막과 그 주변의 광활한 초원에서 나는 흉노에 대해 그리고 유목에 대해 관심을 갖기 시작했다. 그후, 뜻하지 않은 슬픔을 만나면서 내 안에 생의 근거를 찾아 떠도는 유목민과 생의 근거를 상실하고 떠도는 유랑민이 동시에 존재한다는 것을 알게 되었다. 고백하자면, 나는 영혼의 유랑민에 가까운 존재로 지난 3년의 시간을 보냈고, 앞으로도 꽤 긴 시간을 그렇게 보낼지도 모른다. 사람들 앞에서 밝게 웃고 있으나 돌아서면 지독한 공허에 시달려야 했다. 내 영혼은 언제나 메마른 초원을 건너 사막으로 향하고 있었다.

　선양에서 두만강을 건너온 처녀를 우연히 만난 후, 스스로 금기로 여겼던 유랑의 이야기를 쓰지 않을 수 없었다. 남북 민간교류의 실무를 담당하고 있는 상황 때문에 쓸 수 없었던 이야기였다. 하지만 다른 작가들은 이 문제에 관심이 많지 않았고, 더이상 미룰 수가 없다고 판단하기에 이르렀다. 국경을 넘어 중국에서 유랑하는 사람들을 '탈북자'로 만들어 한국으로 '기획입국'시키며 영리를 추구하는 사람들이 뻔뻔스럽게도 '북한인권' 운운하는 것을 보면서 절망했고 그 때문에 이 작업이 긴급하다고 느꼈다.

무엇보다도 인신매매와 기획입국의 악순환은 당장 중단되어야 한다. 북한인권은 인간안보의 차원에서 접근해야 하며 정치적으로 악용하진 말아야 한다. 정치적 목적에 희생되는 그들을 볼 때마다 가여움이 목젖까지 치밀어올랐다. 진정으로 인간의 존엄과 권리를 생각한다면, '가짜 인권놀음'을 멈춰야만 한다. 그들, 21세기의 유랑민들에게 삶의 온전성을 되돌려줘야만 진정한 의미의 인권을 실천하는 일인 것이다.

삶의 온전성은 그들 스스로 가족을 비롯해 삶을 구성하는 모든 요소를 복원하도록 지원하되 간섭하지 않는 것에서 가까스로 유지될 수 있을 것이라고 나는 생각한다. 하지만 탈북자 혹은 북한인권은 그들 스스로의 실존적 상황 때문이 아니라 누군가의 '요청과 의도'에 의해서 구성되고 존재하는 것으로 기획된 측면이 없지 않다. 국경을 넘어 떠도는 유랑민의 실존적 기반이 기획에 의한 것이 아니라 실존 그 자체에 근거하고 있는 것처럼 태연하게 선전하며 악용하는 서방의 미디어와 정치집단(시민단체의 겉모양으로 존재하는 척하는)의 반인권적이며 반평화적인 행위야말로 삶의 온전성을 파괴하는 것이다. 삶의 온전성을 파괴하면서 인권을 주장하는 것은 시대착오이다. 그들의 시대착오는 내면의 냉전적 욕망을 덮으려는 위안에서 비롯되었다. 그렇기 때문에 그들은 위험하다.

무엇보다도 충심, 메이나, 소소, 은미로 이름을 바꾸며 살아야 했던 소설의 주인공에게 감사의 말을 전하고 싶다. 그의 실존을 얼마나 제대로 탐구했는지 아직까지도 자신이 없다. 다만 인간실존의 결을 세밀하게 담아내려고 노력했을 뿐이다. 여기에는 어떠한 정치적인 목적이나 설정 또한 존재하지 않는다. 있는 그대로의 현실을 재현하려고 많은 밤을 속절없이 끙끙거리며 보냈지만 수없이 한계에 부딪히기도 했다. 현실이 소설보다 훨씬 더 비극적인데, 그 비극을 온전히 표현해내지 못하는 것에 자주 마음이 아팠다.

　이 소설을 쓰는 과정에서 크게 도움을 준 사람들이 있다. 옌지에 살고 있는 김태룡 아우와 김정남 형님께 고맙다는 인사를 전한다. 추운 겨울 지안과 옌지를 함께 다녀줬고 원고 상태의 소설을 읽고 조언을 아끼지 않은, 후배이자 오랜 벗인 지수아빠도 빼놓을 수 없다. 소설을 오래 기다렸고, 세심하게 편집해준 창비의 식구들도 내겐 참 고마운 사람들이다. 독자들께는 죄송함과 고마움을 함께 전한다. 북한과 조선족 사람들이 쓰는 말을 그대로 살리고 싶었다. 중국 지명들도 마찬가지다. 더 정확히 알고 싶으신 분은 『조선말사전』을 찾아보시는 수고를 아끼지 않으시리라 믿는다.

　마지막으로 단편 「얼룩말」에 제목을 정해준, 저 하늘에서 언제나 나를 지켜보고 있을 아들 효민에게 이 소설집을 바친다. 그리고 나를 자주 웃기고 울리는 아들 채민에게 사랑을 전한다.

2008년 7월
서울 사당동 까치산 아래에서
정도상

| 수록작품 발표지면 |

겨울 압록강 ⋯ 웹진 『문장』 2008년 2월호

함흥·2001·안개 ⋯ 『문학수첩』 2006년 여름호

늪지 ⋯ 『문학사상』 2007년 6월호

풍풍우우風風雨雨 ⋯ 미발표 신작

소소, 눈사람 되다 ⋯ 『창작과비평』 2006년 봄호

얼룩말 ⋯ 『아시아』 2008년 봄호

찔레꽃 ⋯ 『창작과비평』 2007년 가을호